如果可以重新遇见你

陆丽萍 著

浙江大学出版社
ZHEJIANG UNIVERSITY PRESS
·杭州

图书在版编目（CIP）数据

如果可以重新遇见你 / 陆丽萍著. -- 杭州：浙江
大学出版社，2022.7
ISBN 978-7-308-22824-4

Ⅰ.①如… Ⅱ.①陆… Ⅲ.①新闻采访—作品集—中
国—当代 Ⅳ.①I253

中国版本图书馆CIP数据核字（2022）第123858号

如果可以重新遇见你

陆丽萍　著

责任编辑	傅百荣
责任校对	梁　兵
封面设计	时代艺术
出版发行	浙江大学出版社
	（杭州天目山路148号　邮政编码：310007）
	（网址：http://www.zjupress.com）
排　版	浙江时代出版服务有限公司
印　刷	广东虎彩云印刷有限公司绍兴分公司
开　本	889mm×1194mm　1/24
印　张	11.75
字　数	257千
版 印 次	2022年7月第1版　2022年7月第1次印刷
书　号	ISBN 978-7-308-22824-4
定　价	66.00元

序

当文字开满花朵

.

我一直相信缘分——所有的相遇，都是缘分的暗中撮合，或者说是一种绕不开的天意使然。当我用心研读丽萍的《如果可以重新遇见你》，我更加坚信自己对缘分的偏爱，因为收录《如果可以重新遇见你》近60篇人物通讯，见证的都是人与人之间相遇时的那种美妙的缘分。

丽萍笔下的文字，跳动着人与人之间拳拳相顾的那种情怀，尽管她的文字里并没有刻意解读"相遇是一种缘分"，但是每一篇人物通讯，字里行间倾注了这样化不开的情感。爱是一粒种子，当我们执意要把它带到最初想去的地方时，它却在不经意间从我们的指尖，滑落在我们途经的路上，开满了让我们瞩目的花朵。

丽萍是一个有心人，在其二十多年的记者生涯里，一直笔耕不辍，她用手中的笔，写下了一篇篇感人的文章，她让爱变成文字，继而让文字开花结果……这样的劳作，是一个非常辛苦的过程，也是一种只有她自己才能体会到的快乐。丽萍自始至终将这样的写作，当作生命中的美好相遇；在她看来"因为一次遇见，一次采访，我们认识了，成了朋友。有的再见，有的再也未曾见"。

《如果可以重新遇见你》分两个专辑，分别由《他们》和《他她》组成，一共55篇人物通讯，曾分别刊载于《浙江日报》《湖州日报》《湖州晚报》等纸媒。阅读丽萍撰写的这些人物通讯，我理解，这些文章是丽萍在最美好的时光里，与最美好的人、最美好的事物相遇后，激情迸发时留下的刻骨铭记的记忆。

丽萍的采访对象较为宽泛，既有新时期"铁人"王启民、著名钢琴家刘诗昆、中国现代文学馆原馆长舒乙、"辽宁舰"首任舰长张峥、"飞天女侠"章娴等名闻遐迩的人物，同时，丽萍更是将描写的触角，倾注于一些并不被世人关注的"小人物"，心甘情愿地为他们"树碑立传"——这些人物中，有"建设东白鱼潭小区的民工们"，有"寻呼小姐"，有"贫困生大学生"，有"美丽的天使"，有"荻港古村落的守望者"，有"遗体美容师"，还有"袖珍妈妈"……这些鲜活的人物，在丽萍的文字里一个个与我们相见，并让我们的人生，接受了别样的洗礼。

人物通讯是一种特殊的文体，如果硬要讲"门派"的话，应该归属于"报告文学"（也有叫"纪实文学"，近年出现了"非虚构"文体，我觉得大同小异），人物通讯属于其中最重要的一个分支。

如何将一个人物写得既栩栩如生又与众不同？丽萍在写作实践中始终不断探索，不断找出带有规律性的东西。身在湖州工作的丽萍，有了一个得天独厚的优势——报告文学大家徐迟，就是湖州南浔人，徐迟创作的那些脍炙人口的报告文学作品，就成了她学习的范本。很长的一段时间里，丽萍沉浸在研读徐迟先生的报告文学作品中，反复揣摩，领悟创作精髓，并融入自己的创作实践过程中……如今，回忆起这一段经历，丽萍依旧感慨颇多，她觉得自己"拜师"找对了人、找准了门；当然，她身边的前辈和同事，对她的创作所给予的引领，丽萍一直铭记在心。

从事人物通讯写作的人，大多会有一个心得体会，即选好要写的人物，是写好一篇人物通讯的"核心"。对此，丽萍深有体会。入选《如果可以重新遇见你》一书中的近60个人物或群体，无论是大名鼎鼎的赵孟頫、王启民、刘诗昆、舒乙等还是"寻呼小姐""女子保安""袖珍妈妈"等平凡的小人物，每一个人都是独特的存在。在这些人物的身上，都有闪光的亮点值得我们钦佩。因为丽萍笔下的这些人物有血有肉，所以才会让读者感到真实可信。

人物确定之后，采访就是一个非常重要的环节，也是一门"真功夫"。如何对人物进行采访，如何发现能吸引读者的好的故事，尤其是与采访的对象素昧平生，那就要考验作者的采访技巧了。

多年前，因丽萍的邀请，我参与了对吴亚琴、夏有贵、沈凤琴等人的采访，并客串了"摄影记者"。丽萍与这几个采访对象都是第一次见面，几分钟过后，丽萍和他们就像是早就熟悉的朋友，谈笑风生，没有丝毫的陌生感，这让我有些诧异，赞许之意油然而生。尤其是我阅读了丽萍写的这几篇人物通讯后，大有找到知音的欣喜。写人物通讯，我比丽萍早了12年，我的人物通讯写作属于工作上的偶尔"客串"，但她的写作属于职业，因而更加专业。

"得悉记者的到来，忙得焦头烂额的夏有贵匆匆赶来。尽管从上个月26日第一天采茶开始，几乎没睡过一个囫囵觉，手上吊水的针孔还依稀可见，消瘦的他依旧腰板挺直、目光执着，言谈间还不失幽默。"（《夏有贵：从绿色军营走向绿色田野》）这段文字很有现场感，寥寥几句，就让读者对主人翁有了一个深刻的印象。

"117，30，4，3.6。这是普通的四个数字，但用在长兴姑娘沈凤琴的身上却极不寻常，它们分别代表了她的身高、体重（公斤）、掌握的语言数和孩子出生时的体重（公斤）。"（《袖珍妈妈创造生命奇迹》）文章开篇的文字，一下子就抓住了读者的"眼球"，让人产生要一口气读下去的冲动。

"短发，玲珑的个子。当吴亚琴出现在记者眼前，让人着实无法把她与'企业家''董事长'等字眼联系在一起，她亲切得就像位邻家阿姨。一天的奔波让吴亚琴显得有些疲惫，喉咙也越发沙哑了，谈话间总是咳个不停。可一谈到她的印刷厂，吴亚琴马上变得精神起来，布满血丝的双眼立刻闪烁着坚定的目光。"（《吴亚琴：安吉印刷行业的领头人》）这段近似白描的语言，将一个干练的女企业家的形象刻画得栩栩如生……

采访几个小时，完成几千字文章，这之间的等号，并不是那么好画的。人物形象的丰满，文章的可读性，很大程度上取决于细节，得益于故事和构架，组织语言更是不可缺少的重要环节。丽萍在多年的创作实践中，不断积累了丰富的经验，慢慢地进入得心应手的创作状态。

真正善于倾听的人，首先要提出让对方容易交流的话题。"倾听""话题"，这是采访中非常重要的环节。丽萍在长期的创作实践中，对此深有体会。好的采访者，好比是手中握有一把万能的钥匙，去打开被采访者的心扉，让被采访者心无设防，进而愿意向你讲知心话；即便是不善言谈的人，也会在你的启发下，讲出你想要的东西。这是一门不易掌握的真功夫，丽萍恰恰掌握了这门真功夫，这让她的人物通讯的写作如虎添翼。我们在阅读丽萍的人物通讯后，会从一个层面感受到采访艺术的魅力所在。

丽萍创作的人物通讯的语言，平实但依旧具有吸引力，一些口语化的语言，更能拉近与读者的距离。著名报告文学大家李迪老师说过："我们的写作不要弄那么多的形容词、那么多的定语，一堆好词儿堆砌在一起，那叫小学生作文。成熟的作品一定要口语化，一定要大白话。"语言，是文章的"气质"，就像一个人的修养。丽萍的人物通讯，基本上形成了自己的语言风格，使用生活化的语言，使人物的形象跃然纸上，让人读起来亲切自然、如临其境。

"今年102岁的吕四毛老人的大女儿也已是满头银发的81岁老人了，长期居住在南京，又犯有晕车症而不能常来看望老人，倒是吕四毛老人却会在春节期间乘个小车赶去南京和女儿团聚。"

"102岁的姚阿菊，在38岁时拖着自己的几个孩子，从德清嫁到菱湖区千金镇西马干村时正是20世纪30年代。那是生活极其艰苦的时候，吃不饱、穿不暖，继子取名为小毛便是当年姚阿菊进门时因正处在嗷嗷待哺之时而得名的。但生性善良的姚阿菊将继子当亲生儿子一样看待，硬是和丈夫一起咬牙将儿女们一把尿一把屎地拉扯大。"

"今年103岁的刘吴氏老人家嫌别人洗东西不干净，她自己洗个痰盂要先用清水冲干净，然后放入洗衣粉用刷子刷，再用水冲净，用布擦干。"

"106岁高龄的沈美娜老人高兴地拉着记者的手示意记者坐下，而后说：'我也觉得心里蛮快活，子孙都待我很好，尽管一个儿子和两个女儿都走在了我前头，但我相信自己还可以再活几年。'边说着边端起薰豆茶喝了起来。看着这位106岁的老寿星还能将薰豆咬碎了吞下，我们惊诧不已，原来老人虽然牙齿早已掉完了，但多年来练就了一副'牙齿'，老人因此还能时常加餐一些瘦肉和锅巴。"

这些是摘取《寻访百岁老人》文中的几段文字，几位百岁老人的心态和情态一目了然，我们读后也会"会心一笑"。

我不敢说入选《如果可以重新遇见你》一书的每篇人物通讯，都是字字珠玑，但每一篇人物通讯都"与众不同"，它们都是丽萍的心血凝成。文学创作的学问很深，追寻一辈子依旧会是新鲜的课题，需要刻意地练习，比如练习讲故事的能力，练习开头结尾的出人意料，练习语言的个性化等等，愿与丽萍共勉。

　　时间一直往前奔跑，时间不会为某一个人停下脚步。此时此刻，我却已经心甘情愿地为丽萍的文章停下行走的脚步，并徜徉在她的人物通讯所营造的氛围里，亦步亦趋。因为，这是生命和情感曾经真实存在过的见证；因为，开满鲜花的文字，值得我们驻足流连。

郑天枝

湖州市作家协会原副主席

2022 年春天写于湖州白鹭谷茅庐

目 录

他们

他她

他 们

建设东白鱼潭小区的民工们

　　早就听说东白鱼潭小区是国家第一批安居工程，建设部第四期全国住宅试点小区，也是湖州市最大的居民住宅小区，建成后的东白鱼潭小区将拥有优美的居住环境、完善的配套设施，是高质量的 21 世纪住宅小区。

　　这样一个面向 21 世纪的大型住宅小区工程，作为建设单位的市房地产开发总公司是如何对民工和施工现场进行管理的呢？带着这个疑问，我们跟进了东白鱼潭小区的施工现场。

整洁舒适的生活营区

　　在小区的建设高潮时期，来自 10 多个省的建设者多达 3500 人，其主体便是民工。

建筑工地的大量外来民工群聚工作生活，也因此可能带来社会的不稳定和一些事故的隐患。可细心的人们也不难发现，为城市建设流汗出力的民工们生活条件艰苦，吃住在简易的工棚，每天还得从事繁重的体力劳动。

为了改变民工生活的杂乱现状，变无序为有序，房地产公司于今年3月投入230万元巨资建造了民工生活营区。营区建筑面积7640平方米，内配厕所、生活用水区、食堂等设施，同时设有录像厅、阅览室、球室以及医疗诊所。公司还聘请龙泉派出所6名安保人员实行24小时值班管理，并签订了《治安管理责任书》。营地实行一个大门进出，民工进入生活区须办理暂住证及生活区出入证，佩证出入，外来人员来访须在门卫值班室登记。

步入生活区内，可以看到墙上黑板报、宣传橱窗里刊有各种责任书，数十幢民工宿舍整洁明亮。傍晚时分，下了班的民工或去阅览室看书读报，或去录像厅看录像，或去台球室过把球瘾。据悉，像这种娱乐场所每天都要开放到晚上11点钟。

市房地产开发总公司负责人不无感慨地说，以前民工没有固定的生活居住区，只能住在简易的工棚里，条件艰苦且不安全。

一位来自安徽的李姓民工动情地说，有人老是把事故的责任不分青红皂白地推在我们民工身上，走在大街上人们看不起我们民工，有时我们也会产生自卑心理，甚至还会产生野蛮施工的报复心理。可现在我们也有了自己的住房，人们拿我们当自己人看待了，我们走在路上可以昂首挺胸，因为湖州是我们的第二故乡，我们也是文明的新湖州人。

内容丰富的民工政治学校

作为硬件的物质生活有了保障，但是对民工的规范管理是一个循序渐进的过程，仅仅是生活的关心是远远不够的。于是提高民工各方面的素质又提到了议事日程上来。

借鉴了湖州师专首次创办"民工政校"的成功经验，经市委宣传部和市城建委的批准和两个多月的精心策划与筹备，由市房地产开发总公司主办的民工政治学校于

1997年8月28日举行了开学典礼，并成立了校务委员会和7个分校。学校以"政治上引导、生活上关心、技术上帮带"为宗旨，根据民工的实际情况制订了教学计划，有步骤有目的地开展对民工的法制教育、业务技能教育和社会公德教育。采取以课堂为主，广播、讲座、黑板报和校报为辅的教学方式，深入浅出，通俗易懂，寓教于乐。

在民工政治学校教学计划的教学内容一栏记者看到，学校将十五大文献和邓小平同志建设有中国特色社会主义理论列入其中。尤其是十五大期间，学校组织广大民工观看了十五大现场直播，工地的4只高音喇叭在新闻时间按时播放新闻。同时开办了《民工校报》，鼓励民工积极投稿，年底评出"优秀通讯员"。一些民工说："我们也需要精神动力，自己的名字一旦上了黑板报、广播或者校报，真是讲不出的高兴。"

民工学校每月放映一场电影。总经理孙金虎说："第一次放电影，确实很担心，但结果观影秩序出乎意料的好。"于是从此计划中每月一场露天电影果断改为了每月两场。

走进民工学校的课堂，发现教室里座无虚席，有的甚至两人挤坐在一个位子上。

一位认真做着笔记的"学生"小声地告诉记者，以前学习不认真，只落得个小学文化程度，几年的工作过程中发现自己学得太少、懂得太少了。现在有民工学校学习的好机会当然不能错过了。

安全文明的施工现场

东白鱼潭小区的施工现场热火朝天，井然有序。建筑材料堆放整齐，沙、石堆场均有80厘米左右高的砖墙围护，施工道路笔直通畅，不见一般建筑工地上的碎砖乱石等建筑垃圾和施工污水。而建筑工人们则个个佩戴黄色安全帽，紧张而文明地施工着……

夜幕降临时，当我们再次跨进施工现场时，这里已是灯火通明。民工依然忙碌着。据悉，小区虽然计划要求在1999年3月底竣工，但建筑单位自加压力，夜以继日地抢进度，争取明年底完成。

对东白鱼潭小区建设中规范、有序和创新的管理以及用教育引导民工的这种做法，我们还专门采访了市委常委、宣传部部长陈永昊。陈部长对东白鱼潭小区的做法给予了充分的肯定，"以民工政治学校为阵地，加强对外来民工的法制观念、技术技能和公德意识教育是一项开创性的有益探索，已经产生了积极的效果。我们认为，一方面外来民工对湖州的建设作出了很大贡献，我们应该对他们在生活上、思想上多加关心；另一方面外来民工也确实需要教育，以利于他们素质的提高，这对促进湖州的发展和稳定，很有好处。我们准备在认真实践和总结经验的基础上，适时加以推广，使这项工作在更大的范围里，配合好湖州的两个文明建设。"

刊于 1997 年 11 月 21 日《湖州日报》

三个湖州姑娘过关斩将考空姐

激烈的竞争、无情的优胜劣汰，都说如今就业难。是否转变一下就业观念，拓宽一点就业面，走出湖州，走出浙江，甚至走出国门，你会发现原来外面的世界很广阔也很美好。

前不久，湖州姑娘周雪、陈容、徐笑艳通过新加坡航空公司的招考，在 300 多报名者中脱颖而出，成为"新航"空姐。这为我市外派高级劳务人员开辟了一条新路径，也为人们拓阔择业面提供了借鉴。

一

日历翻回到 1997 年的 12 月份，一天，市对外经济技术合作有限公司业务员罗杰在《钱江晚报》上发现一则招聘广告——新加坡航空公司在杭州招聘空姐。杭州姑娘有机会成为空姐，为什么湖州姑娘不能呢？抱着试试看的心态，罗杰拨通了广告上留的联系电话。

对方被湖州这种敢于自我推荐的勇气和精神感动了，同意了罗杰提出的湖州姑娘加入应聘的要求。对方的回答无疑给了罗杰一个惊喜，可惊喜之余也有担心，一是当时新加坡航空公司正好有一架飞机因故坠毁，二是湖州人历来恋家，不太愿意到外面闯荡。因此，湖州的姑娘愿不愿报名，敢不敢报名，心中实在没底。

但是，这样的机会实在太难得，觉得无论如何要在湖州尝试一下。于是，1997年12月18日，《湖州日报》四版刊出一则不怎么起眼的招聘广告。没承想一石激起千层浪，刊出广告的当天，办公室里的电话铃声不断，前来咨询的人络绎不绝，一下子有四五十人报了名，这个结果大大超出了罗杰的预料。

二

此番新加坡航空公司在中国公开招聘空姐，原本只在上海、杭州、宁波范围内招聘。湖州无论从城市规模还是对外开放程度上来说都稍逊于前三者。湖州的临时加盟，令具体负责招聘事宜的杭州公司着实捏了一把汗。他们对湖州实在没有把握，于是提出，要派专人到湖州初试一场。1月22日，公司派人来湖对报名者进行初试，其结果令考官大大地舒了一口气：没想到，湖州姑娘的素质一点也不比大城市里的姑娘差！

为了能在考试中取得好成绩，外经部门的同志放弃休息日，精心准备了摸底考试，对外语口语较差的姑娘进行指导。此番苦心没有白费，三位幸运者之一的陈容原是学习教学教育专业的，她考试回来说，真正的面试比模拟考试简单多了，所以考试时一点儿都不紧张。

值得一提的是，原戴山中学的周雪自从报了名以后一直没有音讯，1月22日的初试也没有参加，直到其他姑娘都整装待发去杭州面试的前夕，她才打电话来说也要参加。想到周雪克服各种困难的勇气和毅力，再加上她自身条件比较优越，外经部门负责人破例让她直接去杭州参加面试。

三

　　2月14日，杭州，来自四个城市的300多位漂亮姑娘汇集于此。

　　空姐职业的特殊性决定了对人的各方面素质的高要求，外貌测试只是考试的前奏，它要求的人才是T型能量结构的，姑娘们必须在谈吐、举止、气质上较量一番，体现出其真正的优雅内涵来才能获得通过，这种竞争激烈得近乎残酷。

　　在考官面前一站、一转身，你的相貌、身材就决定了你是否还有机会参加下一轮考试，一下子，300多报名者削减到40名。

　　如果说第一轮是争奇斗艳的话，那么接下来就要斗智斗勇了。而且考试形式别出心裁，考官们一面用英语与考生们进行对话，一面让姑娘们在一个置有沙发、桌子和瓜果等物的房间中自由活动。那是一个茶话会的场景布置，考生们就是茶话会的参与者，期间可以吃瓜果喝茶水，也可以相互交谈聊天。在近四个小时的"茶话会"上，考生的言行举止尽落考官眼底，成了打分的主要依据。太活跃的，不行！太沉默的，也不行！总之要表现得非常得体，恰到好处。就这样，人数又变成了30人。

　　如果说站姿和说话人人自小都会，表现的是自身的内涵，那么考游泳，恐怕就是考姑娘们面对困难的勇气和机智了。尤其是三名湖州姑娘，她们是"清一色"旱鸭子。可面对游泳池，她们没有任何畏惧，毫不犹豫地一个接着一个往水里跳。湖州姑娘出众的应急能力和良好的心理素质令考官竖起了大拇指。就这样，这三位湖州姑娘经过层层选拔，幸运地成为名闻遐迩的新加坡航空公司的空姐。

刊于1998年7月3日《湖州日报》

寻访百岁老人

　　1999 年是本世纪的最后一年，也是国际老人年。走过整个 20 世纪的老人都上百岁了。

　　在湖州市区，19 世纪末出生现在还健在的老人只有七位。她们已经跨过了两个世纪，在世纪末的最后一年，看看这七位老人生活得如何，给她们捎去一声问候，一句祝福，是这次寻访的目的。1 月 18 日、19 日、22 日和 25 日，记者用了四天时间走访了生活在南浔区、菱湖区乡村的五位百岁老人和湖州城区的两位百岁老人。

采访对象：吕四毛，102 岁，生于 1898 年 1 月

采访地点：菱湖区重兆镇吴兴塘村

祖籍河南的吕四毛老人一生颇为坎坷，30 年代抗日战争时期，日本鬼子进村将吕四毛当年所在的村庄给洗劫一空，还将老人绑在了廊柱上，并点着火，想烧死她。结果吕四毛的命是保住了，身体却被烧伤，这或多或少留下了一些后遗症。常言道："大难不死，必有后福。"吕四毛后来某些疾病竟然都不治而愈，"没什么病最快活"，老人一提起这个便乐。

"每逢佳节倍思亲"，今年 102 岁的吕四毛老人的大女儿也已是满头银发的 81 岁老人了，长期居住在南京，又犯有晕车症而不能常来湖州看望老人，倒是吕四毛老人却会在春节期间乘个小车赶去南京和女儿团聚。

老人最喜欢喝茶，平时茶杯不离手，而且对茶叶的品质颇为讲究。

采访对象：姚阿菊，102 岁，生于 1898 年 10 月

采访地点：菱湖区千金镇西马干村

当年 38 岁的姚阿菊拖着自己的几个孩子，从德清嫁到菱湖区千金镇西马干村时正是 30 年代，那是生活极其艰苦的时候，吃不饱，穿不暖，继子取名为小毛便是当年姚阿菊进门时因正处在嗷嗷待哺之时而得名的。生性善良的姚阿菊将继子当亲生儿子一样看待，硬是和丈夫一起咬牙将儿女们一把尿一把屎地拉扯大。

人们常言："好人总会有好报。"如今 102 岁的姚阿菊已子孙满堂，个个都很孝顺老人。

有太阳的日子，老人总喜欢一个人坐在自家廊檐底下晒晒太阳，看到来来往往的村民她都会一一招呼，与他们拉拉家常，而村上的人如果路过老人家门口，也总喜欢进屋问候老人一声。

采访对象：刘吴氏，103岁，生于1897年11月

采访地点：毗山老人公寓

今年103岁的刘吴氏老人家在江苏常州，子女们均分散在上海、西安、开封、青海等地工作。所以，老人早年也随子女们走南闯北了几十年。自从1997年来湖州以后便喜欢上了湖州这个有山有水的地方，现在就住在毗山脚下的老人公寓，而几个子女则从全国各地赶来湖州轮流照顾她。

老人平时很讲卫生，天天擦身、洗脚。在她身边照顾的儿子心疼她不让她干活，但老人闲不住，总趁儿子不在时偷偷找活干。据她儿子介绍，老人是嫌别人洗东西不干净，她自己洗个痰盂要先用清水冲干净，然后放入洗衣粉用刷子刷，再用水冲洗，用布擦干。

老人有早睡早起和午睡的习惯，每天早上五六点钟便起床，自己洗漱干净后在阳台上走动走动，呼吸呼吸新鲜空气，而每天午饭后的午睡也是雷打不动的。

老人说，现在人民政府好，吃穿不愁，她一次可以吃两罐八宝粥。于是她的儿子总是将八宝粥整箱整箱地往回搬，而她也常将自己穿不了的衣服捐给灾区。

采访对象：钱美凤，103岁，生于1897年1月

采访地点：南浔区横街镇长伍圲村

家住南浔区横街镇长伍圲村陈家圻29号的钱美凤听说有记者来看她时便从床上坐了起来，而后又吩咐80岁的儿子和56岁的孙子招呼我们。

当记者问老人今年高寿时，老人清晰地告诉记者102岁，而后又伸出三个手指头比划着说，过年就有103岁了。

据老人的孙子介绍，老人生活很有规律，一天吃三顿，每顿一小碗，最喜欢吃鱼，还能自己将鱼骨头剔出。老人也特别爱清洁，夏天，她会隔三岔五地跑到水槽边自己洗头，而且天天洗脸洗脚。去年老人节医生给老人检查身体时她均能很好地配合，检

查指标一切正常。

采访对象：沈美娜，106岁，生于1894年4月

采访地点：南浔区花林乡东堡村

当我们走到南浔区花林乡东堡村马家圬的村口时，远远地便望见桥的那头有一位老人在廊檐下朝我们招手，她便是106岁高龄的沈美娜老人。据她家里人说，当她知道有记者要来看她时执意要站在门口迎接。

当记者告诉老人她是湖州（除三县外）七个百岁老人中的老大时，老人高兴地拉着记者的手示意记者坐下，而后说："我也觉得心里蛮快活，子孙都待我很好，尽管一个儿子和两个女儿都走在了我前头，但我相信自己还可以活几年。"边说着边端起薰豆茶喝了起来。看着这位106岁的老寿星还能将薰豆咬碎了吞下，我们惊诧不已，原来老人虽然牙齿早已掉完了，但多年来练就了一副"牙齿"，老人因此还能时常加餐一些瘦肉和锅巴。

每年过春节是老人最开心的日子，因为五世同堂的一大家子有近百人相聚在一起，开饭时要摆上十来桌呢。每当此时，老人便坐在边上看着她的儿孙们吃，自己在旁一个劲地乐。

看到摄影记者举起相机时，老人便拉过她那今年6岁的玄孙一起合影，两人正好相差整整一个世纪的年龄。

采访对象：王彩正，103岁，生于1897年12月

采访地点：菱湖区石淙镇姚家坝村

走进103岁的王彩正老人的家时，王彩正老人正拿着扫帚在扫地，看到记者来了，便放下扫帚要泡茶招呼记者。老人看上去仿佛只有八十来岁，如今连臼牙也完好无损。平时还帮儿孙们烧烧饭，眼神也特别好使，见记者不信，还拿出针线表演了穿针引线呢，

让近视眼的记者当场叹服。

王彩正老人生性非常乐观，邻居常与她开玩笑，说她今年才三岁，而老人也总是乐呵呵地说："是啊，福气来的时候挡也挡不住的，想死都死不了呀！"当记者让老人猜猜年龄时，老人稍一思考便道："你嘛，只不过噶二十三四岁的样子。"记者和旁边的人都夸她眼力好猜得准，这时的老人竟是一脸的天真和得意，笑着问我们："你们看我聪明哇？"引得一屋子的人笑声不断。

老人喜欢喝点酒，年轻时一斤白酒分三顿喝，如今改为喝黄酒，量少不打紧，但品质一定要高，还特别喜欢用羔羊肉做下酒菜。

采访对象：宋俊英，104 岁，生于 1896 年 2 月
采访地点：湖州凤凰新村 6 幢 307 室

宋俊英老人见我们冒着雨前去她家看望她，激动得连声说谢谢。满头银发的宋俊英老人精神状态很好，尤其是面色红润，说来真是令我们年轻人都自愧不如。今年 104 岁的宋俊英老人年轻时从嘉善嫁到湖州，也算是在湖州生活了七八十年的"老湖州"了。

老人现在生活很有规律，每天上午八九点吃早饭，中午 11 点吃中饭，晚上五六点吃夜饭，从不挑食，一日三餐，烟酒不沾。若太阳好的话，她便坐在自家阳台上晒晒太阳，而每天晚上总要看一两个小时的电视。

当摄影记者举起相机时，她便理理头发，拉拉衣角，眼睛朝着相机镜头看，很是注重自己的形象呢。

巧的是本次寻访活动的百岁老人均为清一色女性，她们生活很有规律，不挑食，讲卫生，无不良嗜好，生性乐观，这些或许也是长寿的秘诀吧。真心祝愿老人们身体健康，平安度过本世纪，成为跨越三个世纪的百岁老人。

刊于 1999 年 1 月 29 日《湖州日报》

四代人的青春之歌

80 年前，满怀爱国之情的莘莘学子为了自己的祖国不再受列强的欺凌，以自己的一腔热血谱写了一曲壮丽的青春之歌。

那是一种拿鲜血和青春作代价的行动，那是一种初生牛犊不怕虎的热情，那是一种为了祖国而勇于牺牲一切的精神。80 年前的那群年轻人，以这种热情和精神，表达了为振兴中华而奋斗的决心。

为中华之崛起，从 80 年前到现在，无数的青年满怀着一腔报国之心，用自己的行动证明着那浸透身心的赤诚。

1999 年五四青年节前，特意采访了四代人，以当事人的回忆和记者问答诠释不同时代年轻人关心祖国、追求理想、勇于奉献的精神。这精神，代代相传，直至今天、明天、直至永远。

"日本鬼子是我的大仇敌"

采访对象：汪祖德（女，画家，生于1913年，24岁时，抗战全面爆发）

汪祖德出身书香门第，两个伯父是当时的驻外使节，母亲则是当时湖州一所小学的校长。

五岁起，汪祖德便在伯父和母亲的督促下，画画、练书法。后来考取民德保婴师范，毕业后留校担任美术教师。

1947年编印的《美术年鉴》上，有对她的评价："擅长画画，所作花卉，妍丽雅逸，尤善画蝶。"因为一生与画作伴，思之是画，见的是画，笔端又是画画，汪祖德整个就是生活在画的世界里。

采访中，老太太谈得最多的也是画，即便把她的思绪拉回到青年时代，她脱口而出的仍然是与画有关的事和许多我们早闻其名的书画家的名字，比如吴昌硕、张大千、潘天寿等。

然而，年轻时几乎是生活在桃花源中的汪祖德，仍然留有时代给她的烙印，那就是抗战全面爆发。一直养尊处优的汪祖德那年才24岁，正值青春大好年华，但她却不得不放弃在湖州安逸的家，随父母逃难到上海，随后的日子，她便是在贫困和饥饿中度过。

汪祖德虽然那时还不谙世事人情，但她的回忆中，那个年代还是有让她引以为傲的事情。抗战时期，她暂住上海时，曾做了一件震动上海艺术界的事，使她在上海名噪一时。汪祖德和父母离乡背井逃至上海后，生活极其困难，只能以卖画为生。当时逃至上海避难的画家不计其数，大家纷纷投入抗日救国的热潮中，以自己的微薄之力为国家出力。汪祖德性情胆怯腼腆，但她出于爱国热情和对日本侵略者的仇恨，与102

岁的书法家杨草仙在外滩华联同乡会联袂举办书画义卖，积极捐助抗日。一个20出头，一个年逾百岁，一老一少在外滩的爱国义举，在当时的上海被传为佳话。在各种各样的抗日义卖活动中，汪祖德先后义卖出了400多幅作品，而且在每幅作品上都落上"为抗日义卖而作"的字样，以表明她的爱国热忱。

聊及此事，老太太非常兴奋，她放低音调告诉我们，她年轻时除了在书画圈里有点交往，与社会其他阶层的交往几乎没有，而抗日义卖是她一生都难以忘怀的充满激情的举动。她说，这事要是让日本人知道了是要杀头的，但那时也顾不了那么多，人人都在为抗日出力，我也应该出点力。

全面抗战八年，汪祖德在上海待了八年，这八年中，她有幸拜张大千为师，成为张大千最年轻的弟子。

与汪祖德年龄相仿的老人，他们的青年时代，承受着国土沦陷的痛苦，饥饿和屈辱并没有压垮他们，他们用自己的青春和力量，利用各种形式抗击日本侵略者。

记者： 年轻时的抗日义卖举动，今天回忆起来，有什么样的感受？

汪祖德： 我做得很对，也做得很好。我是家中独女，从小受父母宠爱，加上我胆子小，年轻时大部分时间是在画画中度过。在上海和百岁老人杨草仙卖画捐助抗日是我印象最深的一件事。

记者： 作为热血的年轻人，日本入侵中国的这一事件，在你心中激起什么反响？

汪祖德： 日本侵略者是我的大仇敌。他们在我们国土上肆意地抢、烧、杀、炸，我们在湖州的家、在上海闸北的房子都让日寇给炸毁了，所以我说他们是我最大的仇敌。

"祖国利益高于一切"

采访对象：李苏卿（男，诗人，生于1935年，17岁参加抗美援朝）

刚踏入我们现在所说的"花季年龄"，李苏卿就遇到了社会的巨大变化，他所在的南浔迎接了解放。李苏卿说，当时社会腐败，百姓生活贫困，读初中的他们都是十四五岁，很厌恶旧社会，加上学校一些进步老师传播革命思想，使他们的思想很活跃，都倾向于革命，盼望解放军早日到来，盼望中国早日解放。李苏卿清楚地记得，当时学校里有一个地下室，进步师生们在地下室挂上了毛泽东、朱德等人的画像，可见当时他们渴望解放的心情。

1949年4月湖州解放后，李苏卿和所有湖州人一样，兴奋无比。他说，因为当时家里太穷，没有别的东西可示庆祝，他便弄点红布别在袖子上跑上大街与众人一起庆祝解放。

解放后，时逢嘉兴卫校招生，李苏卿便与六七个伙伴相约前去报考。他说，当时考学校，什么也不考虑，只是一心想考个学校，将来出来就能参加革命工作。这种想法，在当时青年中是很普遍的。做革命工作被视作无上光荣的事。在两年的求学期间，李苏卿读书相当用功，常常半夜起来看书，在他年轻的心中，吃苦是磨练，是参加革命，是国家的需要。

1950年，朝鲜战争爆发后，国家号召抗美援朝，当时嘉兴卫校全校两三百学生全都报名参军，当组织挑选40多人编入24军70师时，大家都非常激动，李苏卿也被选上了。说到这儿，李苏卿笑了，他说上前线时，他们坐在闷罐子似的火车车厢里，想象着战场的烟火纷飞，晚上便会写写日记，抒发抒发自己热爱祖国的情感，发誓要保家卫国。那年，李苏卿17岁。

说起抗美援朝，李苏卿记忆犹新。过鸭绿江时是晚上，而且是临时搭制的桥，就在夜色下摸索着前行。而1952年的除夕之夜，刚吃过难忘的罐头年夜饭，上面一声令下，要求马上行军，当时气温是零下37摄氏度，脚冻得穿不穿鞋都没有感觉。这次他们是去上甘岭接替电影《上甘岭》中描写的那支部队。因为那支部队的兵力几乎已经被打光了。李苏卿说，他和他的战友都做好了牺牲的准备，因为上战场就没打算活着回来。他讲了一个故事：有一次从前线抬下来一名受伤的战士，李苏卿想将他抱下来，可一伸手才发现他的臀部已经被炸飞了，这种血腥场面对于不到20岁的李苏卿来说，已经不再害怕，他的心中被仇恨塞满着。在三次防守战中，当敌人冲到自己面前时，李苏卿说，他只是快速地朝他们扔手榴弹，精神高度紧张，只牢牢记着一点，要打退敌人，不是敌人死就是自己亡。

现在回想起来，当时能这么做，凭的是一腔报国热情，凭的是纯洁的思想，当然还有人的本能。

像李苏卿一样出生在30年代的人，青年时期正遇新旧社会的交替。投身社会主义建设、抗美援朝是当时青年一代用以报效祖国的最好举动。

记者：你们那个年代读书机会不多，你觉得当时读书是为了什么？

李苏卿：那时候跟现在读书完全不一样，现在读书想得更多的是毕业后的工作分配问题，是自己今后的前途问题。而当时觉得读书不是为了个人，而是为了祖国。工作、家庭等问题从来不想，读书完全是为了革命。而且读书期间许多同学便加入新民主主义青年团，当时对党的认识虽然还不深刻，但觉得党很伟大，党员很光荣，应该积极向党组织靠拢。

记者：读书后没有参加工作而去了抗美援朝，当时一点顾虑也没有吗？

李苏卿：如果说一点也没有，那是假的，尤其是报名要求参加抗美援朝并被选中后，接下来几个月整天背着六七十斤的背包参加强化训练，手磨破了皮，脚上都是血泡，心想做个农民再苦也没有这么苦。但是，我们这一代年轻人的想法就是"一切为了祖国"，"一切听从祖国召唤"。再苦再累，精神上的支柱不会倒，身体自然也慢慢适应了。

在朝鲜战场上打仗时，看到一些战友们牺牲在战场上，不但一点也不怕，还拼命冲向前，心中就是想：狠狠打，为战友报仇。当时完全是豁出去，做好了牺牲在战场上的打算，而且每个人都写好了遗书，什么杂念都没有，全身心投入战斗。现在想来，真是一片赤诚报国心。

"永远生活在希望中"

采访对象：庄崇期（男，生于1954年，老三届初中毕业生）

庄崇期出生在知识分子家庭，父母对蚕桑颇有研究，良好的家庭氛围使庄崇期从小便立志要考大学。

然而，1958年，庄崇期的父亲被戴上了右派帽子。从此，兄弟姐妹便被小伙伴称为"狗崽子""黑五类"，在白眼和唾沫中度日。

1970年，正读初中二年级的庄崇期初中还未毕业，便写决心书，戴大红花要到广阔的天地里去"接受贫下中农再教育"。在欢送者的目光中坐上车，带着一份理想和向往、带着一份天真和幼稚、带着一份新奇和浪漫来到了农村。

长期生活在城市的庄崇期，从未干过农活，17岁的他也没多少力气，一次上山砍柴，觉得很新鲜，东跑西看，结果人家一两百斤的柴已砍好要挑下山了，自己却只有那么几根，被农民兄弟笑为"柴担像灯笼"。

施肥时要用手去抓猪粪，然而手伸出去却条件反射似的缩了回来，又被农民兄弟笑为知识分子就是"钢笔一支，田头一站"。

这上山下乡的日子一过就是八年。

如果说艰苦的生活条件和沉重的体力劳动还可以承受的话，那么空虚的精神生活则难以忍受。当时一些知青被推荐保送上工农兵大学，而庄崇期却因为所谓的"成分"问题不可能有这种机会。说到这，庄崇期唏嘘往事真的不堪回首。

一个月一次的知青会是知青们最开心的日子，大家可以聚在一起，互相交流，互相鼓励，记得当时一名知青激昂地说："未来是属于我们的！"平时讨论着名人名言，传阅着名人传记，这都是庄崇期他们当时的精神支柱。

八年的知青生活结束后回城，读着一些"伤痕"文学，在工厂里做工的庄崇期意识到知识太少，要读书，想做点贡献。当时许多知青和他的想法一样。有一位姓朱的知青，买上化学药品及器皿在家里做实验，说要提炼当时很流行的DNA。大家嬉笑着喊他"朱德巴赫"。虽然不切实际，但这确实反映出当时青年们想以科学振兴祖国的理想。

庄崇期他们这一代青年经历了十年"文革"时期，上山下乡几乎成为当时青年走出校园后的唯一选择。坎坎坷坷的路他们走过来了，他们把青春和热情留在了广阔天地，把青春的理想和追求留给了不再青春的年华。

记者：那八年下乡本来是你读书求学的时间，但你们却在田野里度过了，你当时是怎么想的？

庄崇期：当时倒也没有抱怨，反正大家都一样，尤其是不会干农活时被嘲笑，当时觉得自己确实应该"再教育"，怎么别人都能干，唯独自己不行。毕竟八年的知青生活也使自己得到了锻炼，肩上从只能压几十斤到可以压两百来斤，上山下乡给了我一个健康的体魄。

记者：八年知青生活对回城后的生活产生了什么影响？

庄崇期：影响很大，一方面因为书读得少，高考制度恢复以后，文化程度太低，没有办法上大学。但也正是这段知青生活，回城后使我意识到知识的重要性，对知识有一种渴求，当时老是往图书馆或者书店跑，借阅或买一些教科书来看，还边工作边读夜大来充实自己，坚信"学好数理化，走遍天下都不怕"。另一方面，人们常说我们这一代青年下乡，中年下岗，但只要想想知青生活便觉得自己的生活在希望中，只要自己努力，总是有机会的。我非常喜欢动手搞一些小发明，目前已获得"多功能自行车车篮""多功能儿童坐椅""电动玩具"等三项专利，名字收录在《中国当代发明家大辞典》中。

"学校不在大，有志则灵"

采访对象：何志刚（男，湖州师专学生，22岁，现任校学生会主席）

"当老师并非我所愿。"文质彬彬的何志刚一开口便坦诚得让人吃惊。

一直以来，何志刚的人生道路都是很顺利的，从小他便是父母眼里的好孩子，老师眼里的好学生，同学眼里的好班长。大家都认为他考个重点大学没问题，可谁也没想到，当时高考他发挥失常，现实和理想的差距曾使他一蹶不振，在收到湖州师专的录取通知书时，心高气傲的他将录取通知书撕掉了，还是母亲捡起碎片粘好，并去重新复印了一份，所以，何志刚当时是持着录取通知书的复印件来学校报到的。

言谈中，何志刚显然是一副"既来之，则安之"的状态，对现在的境遇他还是满足的。尽管名牌大学、热门专业如计算机专业等都与他无缘，但他对自己要求却很高。近三年的大学生活中，他获得了英语四级、计算机初级证书，尽管上次英语六级考因4分之差而没能过关，但他说，他是绝对不会放弃的，还想拿到计算机二级证书。他也多次被评为校"三好学生""优秀学生干部"等，并于去年5月份光荣地加入了中国共产党。

现在社会流行考文凭，对于何志刚他们这些在读学生来说这流行也同样火热，别的专科生都在参加自学本科考试，也有的在读双专业，他本人则想考研究生。当然他意识到这条路走起来是很辛苦的，一些同学在双休日去图书馆看书，一大早便提着热水壶、带上方便面，就这样一天都泡在图书馆里。也听说前年有位师专学生参加考研，为了使自己在看书时不打瞌睡，竟将椅子置于桌上，而人则站着看书。但也听说正是这位同学不但考取了研究生，还有望成为博士生去香港深造，这对何志刚来说无疑是一种激励。说到这事，何志刚显然对自己考研很有信心。用何志刚的话来说就是：学校不在大，有志则灵。

像何志刚这样正值青春年华的90年代年轻人，是我国第一代独生子女，真是生在红旗下、长在新时代的幸福一代，他们有优裕的生活条件和良好的读书环境，但他们无时无不在努力提高自身素质，使自己成为跨世纪人才，迎接知识经济的到来。他们的远大目标是用自己的知识、自身价值实现祖国的振兴。

记者：人们常说你们这一代是"蜜糖罐"里泡大的一代，吃不起苦，你自己是怎么想的？

何志刚：确实，我们可以全心全意地读书，但为了磨练自己的意志，我们时时不忘参加社会实践。去年暑假，我们十来个同学去了安吉递铺，到那里给递铺二中的学生搞夏令营，出黑板报。当时酷热难当，白天太阳晒，晚上蚊虫咬，而一个五六平方米的低矮小屋子和一个 15W 白炽灯便是我们的"根据地"。然而，我们克服困难，团结一致，出色地完成了为期十天的实践任务。这是我们找机会让自己吃点苦，有些同学便在课余时间给湖城一些下岗家庭或困难户子女补习功课等。通过这些事情也可以使自己成熟起来。我们是温室里的花朵，有了充分的养料和舒适的环境，同时我们自己在努力争取阳光，所以我们同样可以经受住风吹雨打的考验。

记者：在人们眼里，现在的教师是个相对稳定的职业，你是否觉得没有后顾之忧了呢？

何志刚：我认为这个社会没有一个真正的"铁"饭碗，教师这个职业虽然现在看起来很稳定，但以后也难说。现在不是许多学校都在搞招聘制了吗？所以我们也有忧患意识的，平时自己在努力学点一技之长。许多同学都与我一样，即使毕业后顺利地当了一名教师，总还想着趁着暑假、寒假学点别的知识、干点别的事情。

刊于 1999 年 4 月 30 日《湖州日报》

透过记者的眼睛

1999年的那场百年不遇的洪水，来得特别凶猛。而他们记录下的是坚忍不拔，是团结协作，是湖州人面对洪水誓不屈服的精神。

采访对象：陈坚（湖州日报记者）

采访时间：7月5日下午5：00

从6月27日到7月5日，我数次随市领导赴抗洪前线，以我亲身的感受，市领导在抗洪第一线指挥抗洪、了解灾情、慰问灾民，都是围绕着一个重点：必须确保人民群众的生命财产安全，生命是第一位的。所以，我们所到之处，问的第一句话就是：

有没有群众伤亡？这份关心确实令人感动。

由于指挥得当，措施到位，这次洪水没有发生重大伤亡。为了确保人民群众的安危，市领导每次出去听完当地的汇报，都要深入抗洪第一线，了解灾情，鼓舞群众的抗洪斗志。有时甚至亲自说服不肯转移的群众。6月29日，长兴一个大坝倒了，千余群众被困，市领导第一时间赶往长兴，得知许多群众待在楼上或屋顶，不肯转移，便冒着危险进村。在汤月清家，市领导劝说72岁的汤老妈妈转移。面对市领导恳切的话语，汤老妈妈终于理解了："政府这么关心我们，还是走吧！"

那么多天下来，市领导几乎都是通宵不眠，双眼布满了红血丝。但在抗洪一线，仍然精神抖擞，丝毫不露疲惫神态。6月30日凌晨零点多，菱湖千金镇告急，我随市领导从长兴前线直接赶赴千金，一直到早上六点多钟才回到湖州。然而，来不及歇一歇，来不及洗把脸，又紧急赶往别的灾区。

说实在的，这九天九夜里，我作为一名年轻记者都感到浑身乏力，体力不支，恨不得睡上三天三夜。然而，市领导们为了群众的安危，对他们来说，在车上打上几分钟的盹就是一种享受了。

采访对象：吴建勋（湖州日报记者）

采访时间：7月5日晚上8：00

晚上才"逮"住刚采访回编辑部导图片的摄影记者吴建勋。

在长兴畎桥镇办事处，安置着从林城镇北汤村转移来的灾民，一位小伙子在一块没过水的水泥地上翻着稻谷，我过去问他这稻谷是不是自己的，他说是的，家里除了这一袋稻谷外其余都让洪水冲淹了。说完他继续翻着他的稻谷。周围的灾民争相告诉我，这位小伙子名叫杨青山，是一名共产党员，也是村里的民兵连长，他家的房屋倒塌了，农田也淹了，大家都在紧急转移时，小杨却在前线带头参加抗洪。本来凭他的年轻力壮，完全有可能把自己家里所有的稻谷都抢运出来。听了这个故事，我沉默了好久，不知道对小杨说句什么话来表达我的心情。

这是我第一次参加抗洪抢险报道，以前都是在电视里看到摄影记者为了展现抗洪场面登高爬低，和抗洪战士一样冲在最前线。这一次，我也亲身体验了一回。那天，为了拍到堵决口的照片，我爬上了木桩，一低头看到的便是15米宽的决口急流。当时我没穿救生衣，最要命的是我不会游泳。但镜头一对准奋不顾身在水里拼搏的战士们，便忘了自己身处何地了。

在采访中，一位89岁的阿婆告诉我，她家的房子给洪水淹了，什么都没有了，但她现在依然有房住，能按时吃到热腾腾的饭菜，现在就盼望洪水能早点退掉，可以回家去看看。阿婆还告诉我，他们村上的人都相互帮助，有一位饭店老板，每天都免费提供30人的饭菜。灾情中的温暖同样让人感动。都说现在社会自私的人多，但在这次抗洪中，我们看到的是更多的互助，更多的关心，更多的温暖。

采访对象：成岭（湖州日报记者）
采访时间：7月5日下午3：30

这次抗洪抢险的采访让我领略了一位女支书的风采。说着，成岭便掏出那本被洪水浸得皱巴巴的采访本，那上面记满了密密麻麻的采访内容。

那是7月2日中午，京杭运河士林段发生了大规模的管涌，勾里镇优胜村的一位村民首先发现后报告了村支书姚掌琴。这位女支书听后二话不说赶往现场，在没有一点抗洪物资的情况下，她将自家建新房要用的木材全部捐献了出来。可这远远不够，情急之下，姚掌琴卸下自家的门板扛了出去，在她的带领下，全村人纷纷卸下房门跟着走。所以到村里采访，一直还在奇怪怎么这个村子里的所有房子都没有门的。

这些举动，难免有人不理解，明明是士林镇的抗洪区为什么要勾里镇来承担。可女支书却对大家说，非常时期不分你我。还下命令，必须赶在天黑之前堵住洪水，边指挥现场，边从舟山、金华等地调运抗洪物资。到晚上七点半，洪水终于被堵住了，大家才回到那满是水却没有门的家中。

在这么大的洪水面前，或许一些人想到的是求援，可许多湖州百姓面对困难，想方设法克服困难，让我重新认识了被称为"百坦""安耽"的湖州人。7月1日，德清国家粮食储备库的5万多吨粮食受到洪水威胁，省领导得知后问有无困难，该粮库主任硬是带领20多名职工喊出了"人在库在"的口号。这20多名职工中，有5名家住新市，而且已有人来通知他们的家得转移，可他们一个都没有回家。我在采访时问他们姓名，他们却一个都不肯说。

采访对象：沈宏（湖州日报记者）
采访时间：7月5日下午4：00

一片汪洋，已分不清哪里是河道，哪里是河岸，哪里是田地，哪里是鱼塘，一座座农舍浸泡在水里……这是7月1日晚我坐船采访德清县洛舍镇仲家村的第一印象——悲壮的仲家村。

广播里传来紧急通知，洪水又要到来了。仲家村已经没有退路了，村党支部书记杨新民急了，纵身跳入湍急的洪水中，用自己的身体去挡决口。前来参战的镇委干部和解放军战士也纷纷跃入水中，军民共筑一道人墙，抵挡洪魔的袭击……漆黑的晚上，我走在窄窄的堤坝上采访，填着草包的地方很容易陷脚，而填着蛇皮袋的地方又很滑，尽管很小心，我还是不慎滑下了水。当时水流很急，善良纯朴的村民就很关照浑身湿透的我，坐着小船采访时，一直有人在帮助我，让我非常感动。

7月2日早晨，洛舍大坝保住了。就在当天中午村里召开了生产自救的紧急会议，抗洪、开会回来来不及歇一歇的村民们来到田头排涝，村民们有的扶苗，有的洗苗或补苗。一位70多岁的老农告诉我，家给淹了，到现在还住在别人家里，现在什么都没有了，回家也没有意思，先到田头看一看，不管怎么样，今年一定要争取好收成。

虽然洪水使村民们遭受了重大损失，但他们对恢复生产重建家园充满信心，这种自信和坚定，深深感染着每一个去采访的记者。

采访对象：毕铭（湖州日报记者）

采访时间：7月5日下午4：30

常说"军令如山倒"。7月4日，我在和孚采访，看到驻湖某部警调连的50多名官兵不顾连日来抗洪抢险的疲劳，奉命去和孚镇云溪村的农户插秧，帮助村民生产自救，恢复家园。一会儿工夫，田里就绿了一片。正在这时，东大堤巡查的同志赶来说大堤多处发现渗漏，需要增援。连长一声令下，十几名战士连泥带水地上岸套上鞋子，火急赶往现场。这种精神面貌谁看到了都会钦佩。

与抗洪前线的战士相比，处在二线的居委会干部也毫不逊色。6月30日晚7时30分，红丰新村五村的居委会主任、61岁的虞汉林接到抗洪指挥部电话，133幢的居民必须立即转移。虞汉林二话没说冲进了雨幕。可是，由于事出突然，而且又是晚上，有几户居民不肯搬，虞汉林心急如焚，却还是耐着性子一家一家上门动员，又一家一家安排住宿，直到深夜12点多，居民转移得差不多了，虞汉林又一家家检查了一遍，确实没有人了才放心回到了大楼门前继续值班，继续守着这幢没有人住了的房子……

在千金镇的东马干村采访时我只能蹚着齐胸的水，拉着被洪水淹剩下的桑树梢慢慢前行，实在太深的地方就借助摩托艇，摩托艇在大雨中也没东西遮挡，人一坐下去透心凉，看着几天几夜参加抗洪没合眼的人们浑身湿透，心里真不是滋味，我作为一名记者，将这一切看在眼里，记在心里，写在笔下。

采访对象：王一强（德清电视台记者）

采访时间：7月5日上午10：30

在这次抗洪前线采访的过程中，有好多事一直感动着我。7月2日，我在采访时看到，村民们站在临时搭制的架子上打桩，结果一不小心有10多人从上面摔了下来，其中一人受了伤并被送往医院，而当受伤者经检查后并得知没有内伤时便趁医务人员不注意"溜"回了抗洪抢险的现场。雷甸镇曙光村的村支书双脚因长期浸水烂了，可两脚涂满了紫药水的他依然赤了双脚在抗洪前线不停地来回跑动。新市镇横墩村一位50多岁的农妇说，自己年龄大了，上不了前线，但做一些后勤工作还可以。于是她召集了村上的妇女姐妹拿出家里的柴米油盐，在自己家里组建了一个临时大食堂，烧好饭菜供参加抗洪的村民吃……

这些事实都反映了湖州百姓在洪水面前不畏困难、互相帮助、无私奉献的精神。

7月3日晚，我去莫干山劳林水库采访，凌晨1点多，天黑雨大，许多人都在冒雨巡查险情，当时我急着想把这些情景拍下来，可是镜头打开后却发现因为距离太近拍不进去，于是人一步步地往后退以便取到景，殊不知我的身后有一条大水沟，正当我一脚就要踩空时，边上一位村民迅速将我拉住，我才幸免跌入沟中，当时倒也没多想什么，事后想想却挺后怕，同时从心底感激那位村民。

采访中，看到被洪水围困的村庄、城镇和被淹的农田，心里很难过，应该说，这次洪灾无论从水情、受损情况来看在湖州历史上都是罕见的，但在洪水肆虐过程中，灾民依然有饭吃，有水喝，有房住，有医看，组织救援、安置防疫、生产自救都非常有序，这也是让我很感慨的。

采访对象：张烈纯（长兴电视台记者）
采访时间：7月6日下午3：00

新婚不久，喜庆的气氛还没有退去就遇上一场特大洪水，我也就投入了这次抗洪前线的报道，可偏偏这时新婚妻子身体欠佳，但瞧着来势汹涌的洪水，我也顾不了自己的小家了。幸好妻子十分理解，我就放心地全身心投入了这次抗洪的采访报道中，一心想把看到军民抗洪救灾的情景拍摄下来。说到辛苦，我们记者算不了什么，冲在最前线的抗洪战士才是最辛苦的。

6月29日凌晨，长兴的许多圩倒塌甚至沉没。其中林城镇的后落圩倒塌后，5个行政村的1000多人被围困，必须把群众转移到安全地带。当天晚上，湖州市武警支队的40余名官兵接到求援通知后立刻赶来，他们冒着生命危险，背的背，抱的抱，扶的扶，整整一个通宵，共救出灾民400余人。第二天早上，这批武警战士实在太累了，一个个倒在大堤上就睡着了。

在洪水面前，村干部的表现同样令我们记者刮目相看。在村干部动员村民转移时，一些老百姓用以往的经验推算，以为洪水只会到家门口，不相信洪水会漫上来，所以不肯转移。经村干部挨家挨户地上门动员，终于转移出来的群众在回首遥望被淹的家园时说："还是干部们想得周到。"

许多百姓也奋起组织自助自救，自扎竹筏，利用菱桶、大脚盆等转移群众。安置后的灾民也都挺乐观。这些都深深地感染着我，我也将这些摄入镜头，相信观众与我有着同样的感受。

采访对象：杨煜程（湖州有线电视台记者）
采访时间：7月5日下午1：00

我来到湖州好几年了，今年年初进了电视台成为一名记者，没承想这百年不遇的洪水让我遇上了，在前线采访，我看到了许多，心情也挺复杂。

抢险中，十八九岁的小战士扛沙包，扛不动就拖，摔倒了爬起来继续。其中有一名战士的家乡也遭遇了水灾，他说想家但不担心，因为他相信他的家乡同样有党组织带领群众积极抗洪。真诚的回答让我肃然起敬。

在采访中，我也看到了许多朴实善良的湖州人。在德清，有一名30多岁的妇女天天烧好开水送往抗洪前线。她告诉我，看着抗洪战士这么辛苦，就决定天天烧开水送到大堤上，也算是为抗洪出点力。我想，这也是湖州军民同呼吸共命运的真情流露。

7月4日，我在新市采访时看到新市第三纺织厂水深齐胸，而且因为染料的外流水变得五颜六色，好多职工心疼得哭了起来。在灾难面前，无论是村民还是职工，都抱成一团，齐心协力对抗洪魔。

采访对象：应红英（湖州日报记者）
采访时间：7月5日下午5：30

6月27日一早，大雨如注。我接到任务要到弁南乡去采访，想都来不及想就赶了过去。哪料到雨大水势更大，弁南的凡漾湖村已经被淹，进村道路水已经没到腰际，根本无法进出。一眼望去，已分不清哪儿是湖，哪儿是路，哪儿是田了。

除了乡里村里调用船只用于人员进出，许多村民用自家的菱桶作为交通工具。瞅准机会，我也"抢"到了一只菱桶，划着水进村去。山坡上，成熟了的桃子烂在树上，鱼塘的鱼儿全跑掉了，灾情让人看着难受。乡村干部们和村民们心里也不好受，但还是全力以赴抗击洪水，抽水的，网鱼的，筑坝的，他们面对灾情奋力抗争的表现，很让人感动。

从6月27日到7月4日的数天内，我又去了长兴的林城、吕山、虹星桥、洪桥、泗安等受洪灾严重的乡镇采访。那段时间，正是连日暴雨，水位高涨的日子，乡镇不断有倒坍的消息传来，那些基层干部没日没夜地在那里组织抗洪抢险，转移群众，哪里有险情，哪里就有他们的身影。有两样东西是他们必备的，一双高筒雨鞋，一盒润喉片。忙到连雨衣雨披都来不及穿。几天下来，穿着雨靴的脚又红又肿，虽然一直含着润喉片，嗓子还是嘶哑了。有一位镇委书记，几天几夜没合眼，双眼通红，喉咙嘶哑，妻子打电话来说家里进水了，他只说了一句"我没空"，就撂了电话，他说："看着被淹的房子、良田、鱼塘，心里真难受，哪里还顾得了自己的家，现在不尽自己的全力，真是对不住老百姓了！"

灾情是不幸的，但作为参加抗洪抢险的新闻记者来说，我觉得十分庆幸，因为在我们的眼里，在我们的笔下，看到的、记录的是抗洪军民不屈不挠的精神。

采访对象：阿农（湖州日报记者）

采访时间：7月7日中午11：00

参加抗洪抢险报道，对我不陌生，1983年、1984年、1991年的抗洪抢险报道我都参加过，但是哪一次都没有今年的洪水那么厉害，雨量大、损失重、险情多、惊心动魄。

以前的洪水，湖州都是局部地区受灾，这次却是全域受灾，连南浔、菱湖这些城镇都受淹，这真是罕见。6月29日，我跑了长兴、安吉、菱湖三地进行采访，看到的水情令人吃惊，而军民们在一线奋起抗洪的景象给人留下更深刻的印象。

让我最难忘的是部队的将士们，今年灾情严重，出动的部队人数也多。哪里有险情，哪里就有子弟兵。在长兴林填有一个大坝决口，坝区受淹，部队官兵纷纷要求上第一线，争着要到最危险、最艰苦的地方去，那种昂扬的斗志，那种热烈的场面，让人热血沸腾，感动不已。结果，进坝转移群众的战士们连续奋战了20多个小时，终于将被困群众转移到安全地带。在转移的过程中，部队指挥员的对讲机里还不断传来请战声，原来那是在后方待命的部队战士恳请上前线的呼声。

战士们实在太累了、太辛苦了，他们倒地就能睡，但只要命令一下，他们又即刻精神抖擞。有一幕场景谁看到都会动容：一队刚从抗洪前线换下来休息的战士，满身泥污，绿色的军衣已成了土色，指挥员在队前说了一声解散，战士们一个个倒头在地上就睡着了。

魏巍写的《谁是最可爱的人》曾经感动了整整一代年轻人，激励着他们为了祖国的利益、人民的利益牺牲一切。在这次抗洪抢险中，我仿佛又重新读了这篇文章，而且有了更深的体会。

刊于1999年7月9日《湖州日报》

两个列兵的故事

    炎热的七月,经历了高考并已金榜题名的学子们满心欢喜地等着梦寐以求的入学通知书。1999 年八一建军节前,记者在驻湖某部却听说,有两位战士放弃了读大学的机会,走进了军营。

    这背后会有什么样的故事? 非常巧合,两位战士是同一个连队同一个班的,战友们纷纷开玩笑,他们的到来,一下子拉高了整个班的平均学历。

    其实,在见到董泽民前,就听他的战友讲起过他,小董是 1996 年考入河南省开封大学中文系,并读了两年书,然而,1998 年他放弃了学业来到了部队。当 19 岁的董泽民站在记者面前时,不免让人惊讶于他的老成。本来,19 岁,是个活跃而灿烂的年龄,在董泽民身上，却透出比他同龄持重的成熟。了解了他的经历后，对于他身上的成熟和他当时放弃学业的举动就不感到意外了。

就在小董3岁那年，父亲从不多的生活费中挤出钱买来一块小黑板和一盒粉笔作为礼物送给他，从此，这黑板和粉笔便成了小董最要好的童年伙伴。当时他家里没有电灯，只用油灯代替，懂事的小泽民为了省油，晚上不点灯在黑板上写字，久而久之，竟练出闭上眼睛也能一字不差写满黑板的"绝招"，在村上被大家称为"小神童"。5岁时，小泽民便背着书包出现在学校里了。他年龄虽然比同学小，可成绩却比他们好，于是，小学、初中、高中，几乎每年的三好学生名额都归他。他也很顺利地如愿考上了大学，在同学、老师、村民们眼里这是顺理成章的事儿。可就在读了两年大学后，小董做出了辍学去部队当兵的决定。这个决定实在太出乎人们意料，也和常人的想法差太远。大家不理解了，书读得好好的，怎么说不读就不读了呢？尤其是大学里的同学知道后，从四面八方赶来组成劝说团，可当他们看到昔日的同学一副雄心勃勃去部队的坚决样，预先想好的劝说词变成了句句祝福语。

其实父母是了解儿子的，他们知道懂事的儿子一方面是为了减轻家里的负担，小董上有哥哥，小时候因为不慎摔断了腿，一直在家自学考经济管理专业，至今没有工作，下有一个弟弟在念中学，家里开支太大；另一方面也是为了圆他自己从小就有的那个绿色梦。

来到部队的小董虽然年龄与战友相差不多，可丰富的生活经历使他比战友多了一份成熟。新兵的三个月训练是艰苦的，强化训练使战士们很容易得骨膜炎，小董也患上了这种炎症，就在一些战友借此机会请假休息时，小董却咬牙一天不落地坚持了下来。艰苦的训练，紧张的生活节奏也使一些战友一有空便抓紧时间休息，可小董却总是抓紧时间看点书。对于每月发下来的45元津贴，小董将它分成两份，其中的25元作为每月生活用品的开销，另外20元则存起来寄给远方的弟弟买学习用品。而他的许多战友的父母还按月从家里寄来几百元的生活费。

由于各方面的表现均较出色，今年4月，小董被派往济南参加培训，这是全军范围相关专业的学习，小董非常珍惜这个机会，每天上课读书，似乎又回到了大学里。在7月份的集训总结报告会上，理论考试和实践操作均为优秀的董泽民受到训练大队的嘉奖。

大家都认为，像小董这样将来考个军校肯定不成问题，可小董却说，两三年退伍后要回家乡挣钱供弟弟读书，弟弟成绩也很好，千万不能因为没钱而使弟弟读不成大学。自己读不读军校没关系，生命中有了当兵的历史，一辈子不后悔。

如果说因为家庭经济这个客观原因和自己确实依恋部队的主观原因促使小董来到了部队，那么，同班战友彭海洋却有他自己的想法。

家里排行老幺的彭海洋一直受父母的宠爱，在外贸局工作的父母早已为小彭准备好了上大学的全部费用，而聪明过人的小彭也没有令家人失望，去年8月份，他收到了广西大学的录取通知书。可小彭却没有像别的孩子一样拿出通知书与家人共享欢乐，而是独自一人乘了四五个小时的火车来到广西大学看看学校的条件及环境，虽然广西大学条件并不差，而且小彭录取的也是当今最热门的专业之一——计算机专业，可小彭却认为这些与理想中的大学和专业还有一段距离，与其去读自己不太如意的专业还不如放弃。想到年底有报名参军的机会，站在广西大学的操场上，小彭作出了一个决定：放弃入学机会，参军再考军校。想着自己从小为了能当兵，每次的眼保健操都做得特别认真，高中时大多数同学出现了近视，自己的眼睛依然很"明亮"。这一切，不就是为了有一天能穿上那套向往已久的绿军装么？主意拿定了，回头再看了一眼广西大学，小彭便乘车回家默默地将通知书收压在了书箱底下。

就在别的同学纷纷去大学报到时，小彭的父母以为小彭上大学无望了，正张罗着让小彭参加高复，直到那天接到广西大学的电话，告知小彭如再不前去办理报到注册手续就要被取消入学资格时，小彭父母才知道原来儿子早已被广西大学录取了。然而小彭父母还来不及高兴，小彭道出了不想去读书只想去当兵的愿望。当外贸局宿舍楼里邻居们知道后纷纷来小彭家劝小彭，他们认为小彭想得太简单了，有点不懂事了，念大学才是最好的出路。可打定了主意的小彭不为所动，小彭的坚持终于得到了父母的支持。

就在戴着大红花上火车的那天，母亲抹着眼泪前来送行，望着依稀远去的家乡，第一次远离亲人的小彭清醒地意识到这是考验自己的时候了，发誓要在部队干出一番模样来。

两天两夜的火车把小彭带到了驻湖某部队。接着艰苦的训练，严明的纪律，曾一度使小彭后悔过，毕竟为了考军校付出和放弃的太多了。但倔强的小彭是不会消沉的，跑5000米，抓绳上几十米高的墙，障碍跑，这些对曾经的他来说都是极限运动，小彭却没有退缩，硬挺着坚持了下来。从此，小彭更有信心了，"既来之，则安之"，何况路是自己选的。

今年夏天同样让小彭难以忘怀，百年不遇的洪水侵袭了第二故乡湖州，小彭和战友主动请战来到抗洪第一线。小彭说，让我有机会为第二故乡尽一分绵薄之力，我为自己骄傲。

听了他们的故事，听着他们朴实的言语，让人真切地感受到了当代最可爱的人的理想与追求。

刊于 1999 年 7 月 30 日《湖州日报》

寻呼小姐如是说

"喂！您好！某某寻呼台某某号为您服务……"人们对于我们人工寻呼的问候语都很熟悉了，可真正了解寻呼小姐的工作状况、能理解寻呼小姐工作的人却不多。找机会走进寻呼台听听寻呼小姐如是说：

就拿发音来说，我们一天要接好几百个电话，一天下来口干舌燥，所以只好用假音对话，否则对声带的损伤太大，可一些用户在接完电话后大骂我们太"嗲"，有的甚至干脆骂我们"骚货"，我们选择忍耐，用户是上帝。记得今年大年初一，刚过完年的心情特别好，接进电话总是先礼貌地道一声"新年好"！没想到莫名其妙地遭到对方一阵痛骂，还没等我反应过来，对方已挂断了电话，我也只好暗自流泪。有一些人会再打电话过来道歉，而大部分却不会，想想也是，反正我们又不会知道对方是谁。若碰上因为信息没收到而被骂那是更平常了，他们总以为是我们没有发出信息，其实有时候更多的是因为机主在一些偏远地区，或是寻呼机没有电了。如果因为电话太忙而占线，有时候我们会忙不过来，特别是除夕之夜和情人节晚上，人们喜欢发送一些祝福信息，一些浪漫的情侣，还特别喜欢将歌词传送给对方，这样光一个电话就得接上二十来分钟。于是一些用户就嫌我们动作太慢，这些我们都习以为常了。我们台曾经有一位寻呼小姐因为在留言时打错了一个地名而被开除了，其实这位寻呼小姐平时工作很出色，每个月的工作量也是数一数二的，当然，我们也知道，用户收到错误信息，会误大事。

　　如果你仔细听的话就会发现，我们同一个寻呼台寻呼小姐每次接电话的用语是一致的，而且前后顺序也是一模一样的，这是单位严格规定的，若有什么差错，就会被罚款。有时候遇到不太懂得用寻呼机的用户就会比较麻烦，一次有位客户一接通电话就报上尾号，也不管我问了些什么话，当我又一次问对方"您贵姓"，对方还是报了个尾数，我估计对方可能听不懂，只好斗胆问"您姓什么"，对方这才反应过来，但放下电话后就轮到我开始着急了，因为如果被录音下来，检查到用语不规范就得罚30元钱。有些人还喜欢恶作剧，曾经有人打电话来说有急事等机主，并让他回话。其实事后才发现他所报出的号码原来是假号码，若机主信以为真地回电话了，该骂的当然轮到我们寻呼小姐，所以我们时刻紧绷着一根弦，预判出哪些信息该发哪些信息不该发。当然这是以前的事了，现在我们都有来电显示了，不会再发生类似的情况，而且也防止了口误而错发，所以现在人们也普遍反映打人工台的准确率相当高，听到这些肯定我们是相当欣慰的。至于中文留言，一些粗鲁的言语当然不能留，有许多人在气头上，就要求传出"快死回来"等信息，我们往往就把语气改得缓和一些，比如改成"请速归"，也好让机主看了心里稍微舒服点。

　　说出来你也许还不相信，我们的工作制度相当严，这也使我们练就了一些常人不一定能做到的工作负荷，我们一般进了工作室就要到下班才能出来，中间出去的时间累计不超过 12 分钟，这点时间包括了喝水、上卫生间等。每个月的考核，我们一般都有保持打字速度达到每分钟 70 个汉字，而且准确率 100%。我们很少请假，一个月的请假时间控制在 2 个小时内，所以有时身体不舒服也会坚持上班。有一次我发高烧，我就戴着耳机坐在那里，若实在没办法接电话，将开关关闭一小会儿，就这样和其他寻呼小姐一样到下班时间才回家，尽管这样上班没有挣到多少钱（一般我们都实行计件制，接一个电话 3 分钱左右）。但想到自己多少缓解了有时候因为通话高峰期让用户久等的现象而感到高兴。长此以往地工作，我们许多人都患有不同程度的耳鸣和耳朵间歇性抽搐。所以有时候接完电话后，一些用户道声"辛苦了"或者听到我们声音沙哑时关心"你是不是感冒了"，我们都会很感动，心情也就变好了。

其实，我们心里都深深明白，行有行规，对于我们寻呼业来说则要求更高，因为一旦错发信息的后果是不堪设想的。我们每位寻呼小姐都在不断努力提高自身素质，以便让我们的服务令用户更满意。况且，随着电信事业的迅速发展，寻呼市场越来越不景气是不争的事实，我们的职业也受到了很大的影响，"手机单向收费"就是我们最担心的事情，因为这样一来，我们说不定就都要下岗了，我们终归还是爱寻呼这个职业的。

刊于 2000 年 5 月 15 日《湖州日报》

幼师：我们的工作像"保姆"

众所周知，幼儿的教学工作包括保育和教育两个方面。所以，我们的工作也就有了自己的特殊性。

一般的工作上班时间都是上午八点钟，可我们在七点钟一定要到达幼儿园了，一来是因为孩子的家长往往会赶在上班之前将孩子送过来；另一方面，我们到了幼儿园要先搞卫生工作，擦地板、抹桌椅，样样都是自己来。因为幼儿园接收的学龄都是3至6周岁的孩子，不比中小学生，可以安排他们干一些卫生值日工作。同时，幼儿教师几乎都是清一色的女性，照顾小朋友就像照顾自己的孩子一样认真仔细，所以有人甚至开玩笑说我们幼儿教师更像"保姆"。

由于小朋友的午餐是在幼儿园里吃的，我们老师当然不能回家，给他们盛饭、分菜，一些挑食的小朋友还得给他们讲道理，哄着他们慢慢吃，如果有小朋友身体不舒服，就该特意给他们准备一些"病号菜"。等小朋友都吃完了，一部分老师就给他们收拾碗筷，擦干净桌子，而另一部分老师就陪他们进行一些运动量较小的活动。等到自己端起饭碗的时候，饭菜往往都凉了。接下来便要让孩子午睡了，在外面看来，孩子午睡时该是我们最轻松的时候，其实不然，因为孩子年龄小，要纠正一些孩子的睡姿呀什么的，而且最好能保证每个孩子都能睡着，但偏偏有些孩子好动不想睡，这个时候就要我们陪着孩子睡，最最关键的是自己千万不能睡着了。所以，在我们的脑海里永远没有"午睡"这个概念的。

　　等到该下班时，我们也往往比别人迟一些，一般都要等到孩子的家长下班以后才来接。有时候，孩子的父母以为孩子的爷爷奶奶会接，而孩子的爷爷奶奶又以为孩子的父母会接，陪着孩子空等的只有我们老师。有时候，孩子的父母实在走不开，我们还会帮忙将孩子送过去。还有的时候，孩子的父母出差什么的，就委托我们将孩子带回自己的家。一天忙碌下来，几乎都是围着孩子转，寸步不离。有时甚至想上趟卫生间都要左顾右盼一下，看看是否有其他老师可以帮助代看一下。所以，写教案、备课，那都是回家以后的事。也因此，我们往往每个班要配两个班主任，相互辅助。

　　一般的老师都有寒暑假，我们就不一定了。尤其是暑假里，许多家长希望孩子能继续上幼儿园，于是我们就设立照顾班，老师们轮流上班。

　　也许会有人说，你们虽然忙是忙了点，可是没有什么升学压力，这方面比起中小学的老师可要轻松多了。如果你真这么认为，那你就真误解了。其实，幼儿教学工作的考核标准一样多着呢，比如，幼儿的六门功课都得过关，每年教育系统都要考查。而且一般我们每个老师每一门功课都要教，也因此，每一门功课都得掌握。这还不算，更重要的是幼儿的体能检查，小朋友的身高、体重、血压等等都是考核范围。每个学期，市妇保院都要来为每个小朋友做检查。一般来说，刚进来的小朋友在这方面差异挺大，这就要求我们在短时间内改变小朋友的一些不良习惯，让他们健康地成长，至少要达到 95% 的合格率，要知道刚进来时的合格率只有 70% 左右。如果哪一个班的合格率达到 100%，班主任往往比拿到自己的孩子健康单还开心。记得有一次，招来的一个小朋友的血色素只有 8.2，严重贫血。但经过我们的精心调养，三个月后的检查表上血色素这一栏上升到了 12.6。看到这个结果，我们别提有多高兴了。

对于我们来说，最大的困难要数送成绩单，毕竟每次成绩单出来的时候往往是一年中最热或最冷的时候，总得顶着烈日或踏着风雪，要是班上有来自郊区甚至农村的孩子，还得乘车甚至转车。而有些小孩子家逢搬迁却没有及时告知信息，就得苦苦寻找。碰上家里没人那是很正常的事，送了三四次才成的也很多。最有趣的是，每次家长们听说我们老师找上门，总是紧张地以为自己小孩又出什么事了，当弄清原委以后，又特别感动。

或许也是我们与孩子朝夕相处，所以孩子们与我们的感情特别深，有一些小孩经常会在父母的陪同下来看看我们，一些小朋友戴上红领巾了，评上三好学生了，甚至考上大学了，都不会忘了告诉我们一声。往往这个时候我们也感到特别欣慰。再有一点，大家都认为我们幼儿教师特别有爱心，有童心。所以，整天与天真无邪的小朋友在一起，整天待在幼儿园这块净土，我们都很知足。所以也有人笑我们生活在真空里，有人说我们都显得特别年轻，即使上了年纪的老教师也总是童心未泯。从这方面讲，许多人还挺羡慕我们的。作为我们自己来讲，目前最主要的任务是努力提高自身素质，让下一代更健康，飞得更高。

刊于 2000 年 6 月 16 日《湖州日报》

女子保安不相信眼泪

见到浙北大酒店的女子保安队是在 2000 年 9 月 5 日下午，她们正穿着高跟鞋在烈日下进行体能训练，一个个都是汗流浃背的，但仍然是昂首挺胸，英姿飒爽。据说这样的体能训练是经常有的，一站就是好几个小时。休息间隙，我们聊开了。

当初我们报考女子保安专业也是一种难以释怀的绿色情结使然，是对军营生活的一种向往。身高、视力、学习成绩还有身体素质，女子保安专业对这些方面都有着相当高的要求，当我们一个个都过五关斩六将地通过了各项考核以后，还来不及庆幸自己实现了绿色的梦想就换上作训服进入了艰苦的训练。我们的教官都是军人出身，对我们的要求特别严格，半夜紧急集合、长达 12 个小时的拉练，这些都是家常便饭，一切都是军事化管理的封闭式学习模式，让我们这些过惯了衣来伸手饭来张口的女孩变得坚强。但毕业时唱起那首《军队绿花》，让我们想起三年学习生活的点点滴滴，还是忍不住流下了热泪。

离开了学校，将那几套旧的作训服叠得方方正正地压在箱底，换上了保安的工作服，我们觉得特别自豪。由于站在门口工作，回头率也特别高，我们的微笑也总是换回了人们真诚的笑脸。也有人感慨地说，自从换了女保安升国旗后，自觉停下来行注目礼的行人更多了，听到这些，我们也就满足了，当然我们笑容背后的艰辛是常人看不到的。

今年夏天特别热，也是太阳黑子的频繁活动年，而我们女子保安的工作有时候在阳光下一站就是好几个小时，幸亏是在学校里都已练习惯了。而前一阵子，接连好几个台风，我们依然会在风雨中傲立。有时因为手套被雨淋湿了，当下班脱下手套时才发现手已被雨水浸得发白发胖了。

前来酒店下榻的还会有一些国家党政军领导人，这就要求我们在加强保安工作的同时做到该说的说，不该说的千万不能说。而有时也会遇到一些前来湖州演出的明星，有一次，打开车门才发现出来的正是著名歌星毛阿敏，我们这个年龄段正是追星的时候，要是在下班时间这么近距离地面对自己喜爱的明星，肯定会尖叫起来，再就是索求签名等，然而我们清醒地意识到自己的职责，抑制住内心的激动，脸上一直保持着平静的笑容。有时候我们会遇到来自五湖四海的外宾，这就要求我们会懂一点各国的简单礼貌用语，他们都为中国湖州的女子保安会说各国的语言而感到震惊，有一些外宾因为对我们的服务感到满意而保持了联系。

有人说我们的工作只是吃"青春饭"，这一点我们也并不否认，但我们相信只要有特长，以后不干保安照样也可以干得很出色，我们在工作之余都在参加自学考试，参加外语等级考核等，这个社会还是相信能力的。

刊于 2000 年 9 月 8 日《湖州日报》

八百青年竞聘高速公路收费员

　　2000 年 11 月 6 日上午，在湖州威莱大街的劳动力市场门口排起了长长的队伍，队伍一直延伸到月河街，还有交警人员在现场维持秩序。这一现象引得路人纷纷回头，不禁想：如今这年头难道还有什么东西需要排队才能买到的？经过打听才知道，原来这是杭宁高速公路收费站面向社会招聘收费员的报名现场。

　　11 月 4 日的《湖州日报》特别好卖，缘起该报四版刊登着一个招聘广告，就是这么一则不怎么起眼的招聘广告引得无数有志青年前往报名参加。据了解，11 月 5 日深夜 11 点钟，就有人开始守在劳动力市场门口了，到 11 月 6 日凌晨 5 点钟时，报名地已聚集了 100 多人，到上午八点报名正式开始时，已有 300 多人拥挤在劳动力市场门口。

有的人因为来早了没来得及吃早饭而在那里一边啃早饭一边排队；有的人实在站得累了，就让家人搬来椅子坐着排队，队伍往前移一移，人也就拎起椅子往前挪一挪。

与热闹的报名现场相比，一些街道办事处也没有闲着，因为招工要求持有失业证，于是一些人匆忙来到街道办事处现场补办失业证，甚至一些人在现场排队，由其家人前往代办失业证，那边厢办证的人急，这边厢排队的人更急，有的虽然轮到了却等不到失业证只好又回到队伍的后面再次排队，绝不肯放弃机会。也有的人明知自己视力不过关，立马来到眼镜店配上隐形眼镜，想以此再来试试运气，于是一些附近的眼镜店生意也一下子兴隆起来了。据估计，当天连陪同者以及没有报上名的人在内共约有5000人次，以至于下午4点钟报名截止时，几个没有报上名的姑娘急得哭了起来。据最后统计，报名者多达1200多名，通过目测及体检，其中756名报名者取得了这次招聘的笔试资格。

11月10日晚上，湖州三中，老天似乎要特别考验一下报考者，当天气温骤然下降，并刮起了大风下起了大雨。这让招考人员开始担心：今晚的考场是否会出现许多缺考者？没想到离考试时间还有半个多小时，报考人员已陆续到达，他们接受了武警人员的身份核查后，各就各位地静候考试开始。据统计，近800人的考试，只有16人缺考，参考率达到了98%，而紧随其后的11月12日的驾驶员招聘考试所有报名者都参加了。许多参加监考的老师都说30个考场同时开考招工的场面已经好多年没有见过了。而省里来的招收人员也不无感慨道：湖州的青年竞争上岗的意识真强！几天后，文化考试的成绩也张榜公布了，按照从高分到低分的原则，其中273名考生获得了再次体检的资格。

11月16日早晨6点整，车子载着考生准时出发去体检，车上的人开始议论纷纷：湖州城市又不大，去医院体检还用得着开车去吗？莫非是要上省城的医院？当车子驶进驻湖某集团军军部时考生们才醒悟过来，原来为他们体检的将是一批部队军医。考生有序地排着队进入医务室，门口则有战士站着岗，无关人员一律被挡在了门外。尽管这次体检的项目内容与上次大同小异，但每个考生都深感这次体检严格多了，想要弄虚作假是完全不可能的事。

11月18日和19日，所有体检合格的考生如约前来面试，主要考核的是他们的计算能力和口齿表达能力以及整体的形象。过了此关后才算考核基本结束，他们唯一要做的就是等在家里，等待录取名单的公布。

11月21日一大早，劳动力市场门口的橱窗前挤满了人，他们的目光正在焦急地从榜单上搜寻着自己的名字，录取者犹如中了大奖，激动之情溢于言表。没看到自己名字的似乎还是不死心，还在一遍又一遍地寻找，直到证实自己没有被录取是个事实后才怏怏离去。

至此，这个人们热衷谈论了半个月的招工话题慢慢冷下来，录取的人正精神焕发地走上新的岗位，没有被录取的人开始等待下一次机会，一切似乎又恢复了平静。

刊于 2000 年 11 月 24 日《湖州日报》

贫困生大学生　请你帮帮忙

"我从来没有为自己能不能考上大学着急过，我只是担心贫困的家境会令我学业无法为继。"面对记者，以优异成绩考入湖州师范学院国际经济贸易专业的小齐不无担忧地说出这番话。

为学费担心的，在今年被湖州师范学院录取的大学生中，小齐并非个例。据湖州师范学院学生处钱处长介绍，由于 2001 年湖州师范学院首次面向全国招生，因此除本省的 2000 多名新生外还迎来了黑龙江、江西、四川 9 个省的新生，这些地区的经济相对浙江来说可能会稍差些，而且这批新生生源许多都被录取在国际经济贸易和信息计算机科学专业，这些非师范专业相对师范专业来说学费更昂贵些。再则今年湖州师范学院的招生超额完成，总人数多了，因此贫困生的绝对数也就增加了，贫困学生的问题较以往任何一年更显突出。

都说幸福的家庭总是相似的，不幸的家庭却各有各的不幸。

小齐：我捡废品筹学费

高考结束后，许多同学都沉浸在彻底放松的喜悦氛围里，然而小齐却怎么也高兴不起来，并不是她这次高考没考好，而是一直担心自己上大学的费用问题。于是高考结束后的第一天开始，她就背起一个蛇皮袋走出校门捡易拉罐、矿泉水瓶，每天晚上从废品收购店的老板手里接过皱巴巴的一把零钱后，小齐都是小心翼翼地把钱压在书本里。虽然这钱对于几千元的学费来说是微不足道的，但小齐却认为："这多少能减轻一点父亲的负担，哪怕只够筹到路费也要去那个大学看看，这可是我多年的渴望与梦想。"用这样的方法为自己筹学费对一个20岁的女孩来说实在是一件很残酷的事情，但小齐说，在面子与上大学之间她果断选择后者。

几年来，小齐一直和父亲相依为命。母亲早年因为意外早早离他们而去，然而祸不单行，在江西变压器厂工作的父亲又患上了脑震荡和肝硬化，完全失去了劳动能力，于1992年退养在家，每月就靠200元生活费艰难度日，而且其父治病每月费用均在2000元以上，为此这个家庭已举债3万多元，家里也早已将两件像样点的家电——洗衣机和电视机卖了，不要说拿出学费，即使去借也已经再也借不到了。

江西南昌《都市消费报》的记者知道此事后对小齐进行了详细的报道，省内外各界人士为小齐踊跃捐款计5000多元，但用这笔钱交了这个学期的学费后，小齐不知道下个学期的学费在哪里。

小文：我妈妈太不容易了

来自井冈山革命老区的小文戴着一副深度近视眼镜，一看就知道是个特别爱学习的女孩，但小文却无奈地说，光爱学习没用，家里的条件实在太差了，上大学让她背上了沉重的心理和经济的双重包袱。

小文是村里第一个读高中的女孩子，也是全村第一个通过高考考上大学的孩子。正因为成绩好使小文背上了心理包袱，因为村上的人对她这个"文化人"总是很鄙夷，在他们看来女孩子不用读那么多书，迟早是要嫁出去的人，村上像小文这样年龄的女孩子初中一毕业都外出打工挣钱了。尤其是两个弟弟为了她先后辍学了，小文的压力更大了，总觉得自己剥夺了弟弟读书的权利。小文说选择师范专业就是想当一名好老师，让革命老区的孩子接受好一点的教育，让孩子们在学龄时期像电影里说的那样"一个也不能少"，更要努力改变家乡那种"重男轻女"的落后观念。

家庭经济条件太弱是小文最难以启口的一个尴尬话题，以前家里住的是爷爷留下来的房子，已经有100多年的历史，年久失修，又让1998年的特大洪水给冲走了。为了能让小文上学，今年已46岁的妈妈去广东打工挣钱，像这把年纪的人也只好做做保姆之类的活儿，杯水车薪只解燃眉之急。来师院报到时，小文把爸爸十几年来缴存的养老保险金全都拿了出来，再通过七拼八凑攒了3000元钱，另外的3000多元学费还欠在那里，前来送行的妈妈临走时只留下了100元的生活费和一句话："等回家把家里的那头猪卖了再寄钱过来。"100元的生活费没几天可以撑，热心的班主任潘老师拿出100元替小文办好吃饭用的智能卡才使小文的吃饭问题得以暂时解决，但接下来呢？

小易：我是希望工程捐助大的孩子

记者见到小易时，很难想象眼前这个秀气、瘦小的女孩从高中开始的所有假期都在外面打工，洗衣服、刷盘子、帮助照顾小孩、看店等活她都做过。还在小易11岁那年，父母留下他们兄妹撒手而去，从此，小易兄妹便与70多岁的爷爷奶奶生活在一起，年事已高的爷爷奶奶没有任何生活来源，经申请，小易和哥哥成了希望工程的捐助对象。只比小易大一岁的哥哥很懂事，只读完初中就回家了，除了照顾年迈的爷爷奶奶外还在外面当学徒。因此，小易的家庭也成了当地的特困户。

小易来湖州之前身无分文，好心的村民为其凑了5000元，村委会赞助了2000元，就这样，小易拿这些钱勉强交了学费。

尽管生活很拮据，但小易没有常人想象的那样消沉，她决定能读到什么时候就坚持到什么时候，实在不行就申请助学贷款、勤工俭学，哪怕是自学也要将课程学完了。小易对这个社会充满了感恩，她说她的生活里有太多的人帮助过她，等她有了经济能力一定要帮助更多的人来回报这个社会，回报那些好心人。

小隶：十多年来我穿的都是旧衣服

与其他新生形成强烈对比的是，小隶没有爸爸妈妈的陪同，是一个人拎了一个小包独自从井冈山脚下来到湖州的，并不是小隶不喜欢家人送行，实在家里已经再也拿不出路费了；也不是小隶怕路途遥远背不动行李，而是家里已经实在没有其他生活用品可带了。来到湖州时，还很炎热的九月天小隶穿的是冬天穿的而且已褪了色的黑色裤子和仅有的一件汗衫。小易不好意思地说，自己已经穿了十多年的旧衣服了。

注册报到刚完毕，小隶身上只剩下 300 多元了，这点钱将是他在湖州半年的所有生活开支，而湖州师院学生一般的伙食标准是每月 300 元左右。所以小隶每天早饭只吃 2 两稀饭和 1 根油条，0.6 元钱；中饭 3 两饭再买一个六七毛钱的蔬菜，不超过 1.2 元；晚饭只打 3 两白饭就着中午剩下的菜吃，0.45 元。就这样，小隶一天的伙食费支出还不及一个普通学生的一顿早餐。有的同学一个月要花 300 多元伙食费，对我来说这太奢侈了，如果我一个月能有 150 元生活费我就已经很满足了。为了能省钱，小隶尽量不出去玩，更谈不上买书看、买衣服穿，他就把几乎所有的课余时间泡在图书馆看书。

为了能让自己上学，来湖州之前家里已经把所有能卖的东西全卖了，同时还背上了沉重的债务，而现在家里只靠 20 亩山地供着全家老小所有的支出。

刊于 2001 年 10 月 12 日《湖州日报》

留洋博士创业湖州

"探索生命中那些不解的奥秘，是一种能使人'衣带渐宽终不悔'的智力游戏，令人筋疲力尽却依然无法舍弃；开发优美的产品更是一种想象力的舞蹈，犹如高楼横笛，抱膝吟秋。"

这段独白出自生物学博士胡赓熙之口，优美空灵却透着豪放执着。

学问很深，镜片很厚，书生气十足。对博士人们常用这样的词来形象描绘。现代汉语词典里对博士的解释是"博古通今的人"。我们的传统认识里，一直把做学问和赚钱分得很开，两者似乎很难越位。近些年来，人们渐渐认识到：用学问赚钱是最能显示个人价值和能力的，大知识会创造大资产。胡赓熙和吴扬，这两位在湖州经济技术开发区创办高新企业的留洋博士，正用他们的智慧打造着自己的生命之帆。

胡赓熙其人

湖州数康生物科技有限公司董事长兼总经理胡赓熙，绍兴人，在中国科学院上海细胞生物学研究所获得博士学位后，赴美国麻省理工学院从事多年研究工作。1996年应德国马普学会和中国科学院联合招聘，任中国科学院－德国马普第二青年科学家小组组长。现任中国科学院生物化学和细胞生物学研究所研究员，中国863计划"生物信息"专家小组副组长，中国生物工程学会理事等。

"探索生命中那些不解的奥秘，是一种能使人'衣带渐宽终不悔'的智力游戏，令人筋疲力尽却依然无法舍弃；开发优美的产品更是一种想象力的舞蹈，犹如高楼横笛，抱膝吟秋。数康是为这些艺术和乐趣而存在的。让别人用诸如全球市场份额的技术领先程度等等不太艺术的指标来衡量数康的成长吧。"这是今年37岁的胡赓熙——一位年轻CEO寄语。

"多肿瘤标志物蛋白芯片"是何物

湖州数康生物科技有限公司成立于2000年10月，从事生物技术及医药领域的研究、产品研发，是我国最早致力于临床诊断物蛋白芯片研究与开发的高科技企业。通过短短一年时间的研发，世界首例用于肿瘤蛋白芯片检测系统问世，并于2001年12月17日获得国家医院监督管理局颁发的生物制品一类新药证书及试生产批文。专家表示，蛋白芯片的问世，预示着我国生物芯片研发和生产技术步入了世界强国之列。

恶性肿瘤是一种古老的疾病，它严重威胁着人类的健康。恶性肿瘤难以治愈主要是因为常规的检测往往是病人有了症状才能检测出来，显然太迟了。而蛋白芯片这种检测系统可以快速有效地早期发现肿瘤，只要从病人手指上采集一滴血样，就可以达到对原发性肝癌、胃癌、子宫内膜癌等10种常见肿瘤作出快速准确的检测，与其他芯片相比还是有不易污染和简便的特点，可直接应用于广泛的医学临床诊断。尤其适应用无病状人群的肿瘤，经临床验证准确率高达80%以上。

吴扬其人

吴扬原来是学采油专业的留美博士，四川人，学成归国后曾做过几年国际贸易，这为他日后的创业奠定了经济基础，现为浙江欧美环境工程有限公司法定代表人。他的目标很明确，致力于环保技术与人类有益的事业，在三五年时间里，倡导和促进我市目前 30 多家大小不等的水处理公司，成立区域行业联盟，优势互补，信息共享，发展湖州"水处理板块经济"，最终使公司发展成为中国最大乃至世界最著名的环境工程公司。如果说那几年做国际贸易对吴扬来说是为了生存、积累资本的话，那么现在，吴扬是在做他自己钟爱的事业。

公司上下员工很佩服平时挺爱看科幻杂志的吴扬，都认为他思维敏捷，对于最新技术具有敏锐的捕捉能力，知识面远远超越了他自己所学的专业。同时，吴扬性格不张扬，生活不铺张，如今他也没有为自己配备专车，出门打出租，甚至还坐过湖城的小巴士。另外，懂得领导艺术，具有亲和力的吴扬，在公司的员工们心目中很有威信。他们说，即使在别的公司会有更高的待遇，但他们不为所动。

"卷式 EDI（电除盐）组件"是何物

浙江欧美环境工程有限公司于 2000 年 10 月下旬开始正常运转，截至 2001 年 11 月 30 日已完成销售合同人民币 7610 万元，美元 56.3 万。

公司主要经营高科技纯水、废水、废料和废气处理设备的开发、生产和销售。公司计划在近几年内大力推广由该公司自行开发的新一代关于水处理的高新专利技术——卷式 EDI 技术和产品。

卷式 EDI 组件，主要应用于工业用水的纯化处理，如电厂纯水、电子行业超纯水、医药用水、石化化工纯水。同时也可以应用于食品、精细化工过程料液的除盐。这与传统的水处理重要的差别在于：纯化水的过程不对环境产生新的污染；而且可以灵活、方便地组合成任意产水规模的水处理装置，提高水质、降低成本，并且从真正意义上达到废水零排放。据了解，目前全世界仅两家公司拥有卷式 EDI 专利。

他们都选择了湖州

留洋博士归国，大多数的选择是大城市作为他们的创业园地，因为大城市拥有信息、人才与资金优势，创业条件更好，发展空间更大，这些都是众所周知的。但胡赓熙和吴扬为什么偏偏钟情于湖州这个江南小城呢？

"虽然目前湖州硬件等各方面的条件都不如上海、杭州等地，但湖州市政府出台了多种优惠政策以及作出了各项承诺，湖州经济技术开发区有关部门办事效率高，是湖州的热情、务实吸引了我们，让我们看到了湖州的发展前途。"两位留洋博士如是说。

相对于"本土派"一说，"海归派"的优势体现在他们对世界科技前沿的贴近性和敏锐把握科技和经济的结合点上。他们对科技转化为现实生产力和变成钱有更强烈的意识。有了钱，他们才能做自己想做的事业；没有钱，一切美好也只是空中楼阁而已。胡赓熙和吴扬这两位"海归派"将知识转化为产品，并让产品迅速走向市场。

随着知识经济的到来，知识与资本充分结合产生裂变效应，使人力资源成为一个企业获得竞争优势的重要工具。为人才提供成就事业的舞台，让人才的潜能得以发挥并实现自我价值，这是两家博士创办的公司吸引高素质人力资源的共同理念。

湖州数康生物科技有限公司拥有 180 多名高素质人才的知识型团队，平均年龄 26 岁，大学本科以上学历占 77%，其中博士 6 名，硕士 19 名。而浙江欧美环境工程有限公司的最高管理层的平均年龄只有 35 岁。

刊于 2002 年 1 月 18 日《湖州日报》

老摄影迷的幸福生活

"等我一下，我的菲林还没装呢！"一位老者正在喊着他的同伴。2002年2月2日，一个阳光灿烂的日子，市老年大学摄影班在莲花庄采风，学员们个个异常开心，快乐的心情一如参加春游的孩子们。

据介绍，从1998年开始，市老年大学开办了摄影班，目前有学员46名，平均年龄65岁，最大的学员已是80多岁高龄。据悉，第六期摄影班也早已吸引了50多人早早前来报名，学员人数是一期比一期多。

有趣的是，这些学员中有好多都是毕业了好几回的，比如今年75岁的叶老先生已是连续参加四期的老学员了，而68岁的谢老曾是其中一期摄影班的班长，大家还是亲切地喊他"老班长"。还有许多老学员都与他们一样"赖"着不走，这给摄影老师沈晓东带来了不小的压力。现为市摄影家协会骨干的沈晓东老师告诉记者，他必须每次都充分备课，得让每堂课都充满新意。沈老师同时也在湖州职业技术学院任教，他感慨地说，面对年轻学生和年老学生最大的区别就是，前者给人的感觉就是"要我学"，而后者却强烈地表现出"我要学"，老学员们在课堂上都听得一丝不苟，他们的求学精神实在是令人钦佩。

摄影班的活动也丰富多彩，除了学习课堂上的理论知识，学员们常组织一些采风活动，南浔、双林、乌镇都有他们的足迹。去年他们还组织去了一趟黄山，个个都背着照相机，扛着三角架，浩浩荡荡地步行上了山，一群老摄影迷成了黄山的另一道美丽风景，也换得了很高的回头率，有游客好奇地问："你们这么大年纪了，这么做不累吗？""累，非常累，但我们这是心甘情愿地自讨苦吃。"老人们欢快地回答。黄山一行，每个老人都被黄山的美丽风景卷走了五六卷胶卷，看着自己的作品，老人们还经常欢天喜地相互回味着。

许多老人坦率地告诉记者，当初走进摄影班时，觉得摄影很新鲜很好奇，主要是为了消磨时间而来的。而渐渐地，他们对摄影都入了迷，甚至成了狂热的摄影发烧友。这从他们的相机设备配置上足以证明。沈晓东老师清楚地记得许多老人最初是拿着傻瓜相机进课堂的，有的还是借来的相机，可现在，他们中有好几台都是价值近两万元的专业机尼康100，有的还配有6000多元的恒定光圈镜头。一位李阿姨还费尽周折地托人从日本带来了一台2000年产的新产品。相形之下，一位学员摆弄着自己那台1000多元的相机显得怪不好意思的。

经过培训，老摄影迷们的摄影水平也有很大的长进，他们的很多作品被报纸杂志选用，一些作品还在市里摄影比赛中多次获奖。春节期间，凤凰街道还将展出摄影班的70多幅作品。

都说"摄影穷三代"，老人们对摄影的热衷也曾引起了一些子女们的不满，在他们看来，这把岁数的人应把钱花在购买营养品滋补身子上。但很快他们发现自己错了，其实老人们参加摄影班后过得很开心，平时学员间还互相结伴采风交流，身心更健康了。真的，与这些老摄影迷在一起，记者深切地感受到他们每一位都洋溢着青春活力，用他们的话来说真是越活越年轻了。

刊于 2002 年 2 月 8 日《湖州日报》

王伟家人　你们好吗

　　站在凤凰公园，望着再现烈士风采的塑像，透过"王伟"熟悉的脸，我们看到了坚定，勇敢和临危不惧。

　　"王伟的家人过得还好吗？一定要让烈士家属过好啊！"这是每位湖州人的共同心愿。为了了解王伟家人的生活近况，2002年4月3日，记者采访了刚从北京回湖的王伟家人。

王子还在等待父亲归来

　　王伟的儿子小王子今年7岁，现在是北京建华实验学校一年级一班的一名小学生。去年4月，王伟牺牲的消息传出后，北京市第十一中学和建华实验学校联名致信海军政治部，试请英雄的儿子王子到建华实验学校就读，王伟的家人接受了这个邀请。到今年9月，小家伙就要上二年级了。在该校上完小学后，小王子会在北京市第十一中学继续上初中和高中，两个学校将为王子提供在校期间的全部学习费用和生活费用。

尽管"撞机"事件已经过去一年了，但王子至今还不知道父亲已经牺牲的消息。王子的妈妈阮国琴说，孩子还太小，大人不愿告诉他这个消息，平时大家是这样跟他讲的：爸爸跳伞了，现在还没有找到，我们一起等爸爸回来。当然，机灵的小家伙也不是完全不知道，他自己隐隐约约还是知道一些的，一次王子和同班同学吵架，孩子不懂事，冲王子嚷"你爸爸跳伞掉海里，再也找不到了……"闹得王子哭着直找老师。但他毕竟年纪还小，还不完全理解和接受父亲牺牲的意义，在这方面，学校是留了心的。学校专门为此召开全校学生大会，要大家关心和爱护小王子，不要让他感到他生活的环境和别的同学有什么不同。现在王子和同学们相处非常和谐，上个学期，他还被评为班上的文明生，他的各门功课都是优，并获得学校口算比赛一等奖，还经常当上轮值班长。小王子的理想就是长大了要当科学家，为国家造出最先进的飞机。"这孩子要强，什么都和人比，爱争第一，这点和他爸爸一个样。"王伟的父亲提起孙子特别欣慰。

从王子的课程表上可以看出小王子学习生活丰富有趣，每天他要上七节课，上午四节，下午三节，还有很多课外兴趣活动。王子还参加了钢琴和电脑的学习小组，每次回家小王子都要拉着家人讲学校里的故事，他喜欢学校，他爱同学爱老师，刚去学校时他爱学校"只有一点点"，但是现在爱得跟"地球一样大"了。

北京建华实验学校是一所封闭式寄宿制小学，学生平时住校，饮食起居都由生活老师照顾。和同班的同学相比，王子显得要瘦小一些，但十分结实机灵。一年来，不断有人到学校看望王子，海军方面更是定期到校了解王子的生活和学习，但大家都会注意着不去打扰孩子，给他一个健康平静的成长环境，不使他产生太特别的感觉。他现在还只是一个一年级的小学生，相信等他长大成人，他一定会知道他父亲的壮举，理解他父亲牺牲的意义，成为社会的有用之才。

父母妻儿生活均安好

去年 8 月 27 日，为方便照顾到北京上学的孙子，王伟的父亲王明和母亲王月琴老两口随儿媳阮国琴一起到北京居住。阮国琴被特招进海军航空兵部队装备部审计处工作，海军方面本来为她安排的是一套团职房，听说两位老人也要来北京生活，立刻就换成一套约 90 平方米的师职新房。在这个家中，一切都是新的，只有一台三菱空调和电脑是从海南搬来的王伟的旧物，现在陪伴着英雄父母妻儿共同度过在北京生活的日日夜夜。

记者转达了家乡人民对英雄的怀念和对英雄父母的问候，王明老人高兴地说：感谢家乡父老的关怀，也感谢湖州日报对我们家庭的关注关爱。他说，他们在北京的生活很好，部队首长对他们十分关心，担心他们不能适应北京干燥的气候，还专门送来了一台加湿器。在海军大院，邻居对他们也很照顾，就连上电梯，也常有人走在前面为他们开关门。

已经配上了两杠一星少校军衔的阮国琴前段时间正在武汉学习。由于孙子王子上的又是寄宿学校，因此王月琴老人经常去海军大院的老干部活动中心，她还在那里教老干部艺术团舞蹈队的队员们跳扇子舞，早上打打太极拳，空了和老姐妹们一起搞搞活动。而王明则参加了老年大学的书法班，这是王明老两口在北京生活的一部分。看来，就在北京那个清静的海军大院里，王明夫妇的生活平静而充实，他们内心始终为拥有一个英雄儿子而自豪。

难以忘却的记忆

2001 年 4 月 1 日晚 6 时 30 分，王伟在位于南海的飞行中队打电话给妻子阮国琴，略带歉意地说："部队人手紧张，我顶别人的班，晚上就不回家了。"这个短暂的电话竟成了夫妻的诀别。

王伟心系着祖国的南海岸，那片蔚蓝的天空因为美军侦察机的频繁骚扰而面临失去和平的威胁。为捍卫国家主权，王伟和他的战友一次次驾驶战机进行跟踪监视，最多时他们曾一天紧急起飞3个批次执行任务。4月1日清晨8时，战斗警报再次响起，被惊醒的王伟和赵宇像往常那样百米冲刺般奔向战机。

在空中，一架美国EP-3忽然转向，向王伟的战机压过来，将它的垂直尾翼打成碎片。将个人生死置之度外的王伟在最后一刻离开自己的战机。犹如一颗流星用最后的光芒，在海天之际划出一道绚丽的彩虹。

3分钟后，中国史上最大规模的一次海上搜救行动开始了。海军航空兵和南海舰队的领导亲自驾机、率舰，现场指挥搜救工作。交通部派遣国内最大的救捞舰投入营救，正在海外捕鱼作业的870多艘渔船也参加搜救行动，三亚数千名群众沿着200公里海岸线昼夜寻找，在互联网上热心网民为搜救王伟贡献了一个又一个方案。

截至4月14日，根据多方面情况分析判断，王伟已无生还的可能。当晚，海军党委批准王伟同志为革命烈士。在短短20天时间里，时任中共中央总书记、国家主席江泽民多次对搜寻王伟作出指示，4月24日，签署命令授予王伟"海空卫士"荣誉称号，发出向王伟烈士学习的号召。

如今，在烟雨蒙蒙的清明之际，"海空卫士"王伟"回家"了。在浙江安贤陵园，王伟烈士墓已落成。青山环绕，绿水潺潺，烈士就"安睡"在安贤陵园的最深处。

刊于2002年4月5日《湖州日报》

美丽天使　非一般坚韧

　　她们步履轻盈,将最美好的时光和精力,倾注在平凡的事业上,年复一年,送走黑夜,迎来黎明。无影灯下,一站数小时,洒下多少汗水,无法用数字衡量;病房内外留下匆匆脚步,无法用公里计算。她们责任沉重,总在病人最痛苦、最需要帮助的时候,用满腔热情熔化患者心中的冰凌,用无私奉献拯救在痛苦中煎熬的生命。没有豪言壮语,只是用行动,常常把生的希望留给病人,却把风险留给了自己……

　　安静的夜,安静的病区,安静的病房,在长廊的尽头,安静地飘来一朵"白云"。

　　白色的倩影,步也轻轻,语也轻轻,笑也轻轻,动作也轻轻……

　　作为女儿,在父母眼里,她们或许还很稚嫩,但她们以无私无畏证明自己的坚强

与干练;

作为妻子，在丈夫眼里，她们或许尚欠体贴，但她们以救死扶伤诠释自己的温柔与细心;

作为母亲，在儿女眼里，她们或许不算高大，但她们以宽容大度证实自己的脱俗与非凡。

手里的工作太忙、太重要了，以致无心打理小家庭，无暇顾及至爱亲人。她们唯一不忘的，是南丁格尔的精神，心头永记的是立过的誓言及肩负的使命。

这就是"白云"素描，这就是"天使"写照。

2003年5月12日，我们在国际护士节走进了"天使"们的心灵，去感知她们的辛劳，体验她们的纯净。

记者在湖州市中心医院采访时了解到，这家市传染性"非典"定点诊治医院的新老护士为了争上抗击"非典"第一线，涌现了很多感人事迹。全市阻击"非典"的通知一下达，护士长沈轶群与医院里其他7名医护人员写下请战书，要求到抗击"非典"一线去。站在战斗最前沿，沈轶群已连续工作了两个多星期。除了护士长沈轶群，其他的护士分别是从小儿科、妇产科、心内科、胸外科抽调来的。为了抗击"非典"，她们义无反顾地冲到了第一线。

在湖州市第一人民医院发热门诊观察室住着38位分别从北京、广东等地回湖的留察人员。医院抽调12名优秀的医护人员专门照顾这些"客人"，这支优秀的护理团队中有7名护士曾先后荣获该院南丁格尔精神邹瑞芳基金奖。这些"女战士"整天穿着厚重的隔离服坚守着她们的岗位。而陈小芳、沈莉莉、吴惠丽、施国凤更是连续奋战，自从4月23日至今吃住全都留在观察室。

就是记者穿着隔离衣裤、戴好口罩帽子在观察室采访的短短半个小时，已明显感到呼吸困难、行动不便，待走出观察室已是满身大汗。然而，"女战士"们一双双美丽的眼睛里流露出的始终是骄傲和自信……

"咔嚓，咔嚓……"记者快门迅速按下，一张张"白衣天使"温柔、细心、充满爱心的照片就定格在"国际护士节"这个特别的日子里。

刊于 2003 年 5 月 14 日《太湖星期三》

放暑假了，他们为何不回家？

　　这几天，湖州各高校的暑假陆续开始，辛苦了一学期的学生们也纷纷背起行囊，踏上了归途，等着与家人相聚。然而，2003年7月4日，记者在走进湖州师院采访时却发现，湖州师范学院并未"人去楼空"，校园里仍有一批"留校族"，他们一如既往地学习、生活在校园里。据师院有关部门介绍，与往年相比今年"留校族"的群体非常庞大，有1303人选择暑假留校，约占学校全日制学生的21%。暑假伊始，团聚在即，他们为何不如我们想象的那样"归心似箭"，而有家不回呢？

将学习进行到底　有家不愿回

采访对象：刘海伟　人文学院（汉语言文学专业）

来自湖南衡山

在大学毕业生面临就业新形势下，不少学生纷纷信奉"考为上策"，将"战略重点"放在考研上，以期为将来的就业增加几许砝码。虽然离 2004 年的研究生入学考试还有好几个月，但毕业班学长学姐们的长期辛勤奋战，让学弟学妹们深深感受到：考研绝非一日之功，要有持久作战的准备。刘海伟就是这考研队伍中的一位。

为了考研，刘海伟从大一就开始着手准备，不过那时还没有确定考研方向的他，更多的是关注西方美学，用将近两个月的时间拜读了黑格尔的 6 本"美学"著作，写下了两本厚厚的笔记。除此之外他每天都要去学校图书馆，找一些西方美学的书籍，久而久之他的床头也就"挤"满了西方美学的书。今年的暑假，他为了准备考研更是放弃了学校给他介绍的一份家教工作，专心致志地看起关于中国美学的书籍。他说："考研可是件大事，早下手为强，工作的事情以后再说了。何况放假时间这么长，一回家心就散了，白白浪费掉太可惜。在学校能让自己一直保持着学习的状态，特别是放假期间图书馆定期开放，可以去借阅资料，感觉很方便。这不我就向同学借来了 3 张借书证，利用这个暑假尽可能多地看些书。"

与其他考研的学生一样，刘海伟的考研计划在这个暑假如火如荼地进行着，现在他每天与书相处的时间多达 8 个小时，除了吃饭、休息和必要的体育锻炼外，书便成了他生活的中心轴。为了分配好学习的时间，他还特意制定了学习时间表：上午 2 个小时、下午 3 个小时、晚上 3 个小时。因为晚上的学习效率相对较高、熄灯后又比较安静，所以他还把晚上的学习时间延迟至次日凌晨 1 点。对于他这种超负荷的学习生活，不仅需要的是毅力，拼的更是体力，在别人看来是不可能完成的，但他却做到了。当记者问起他准备考什么院校，他腼腆地笑了笑，说道："现在还没有想好，如果有条件我还是比较愿意留在浙江，考浙江大学的美学专业；如若不行，那就回湖南老家，考湖南大学的美学专业。反正考到哪里是哪里，自己努力了，都是条好汉嘛！"

这个暑假刘海伟除了考研，还有个特殊的任务——搜集、整理诗歌。他们自发组织了 11 个人的科研小组，利用暑假专门研究宋代僧人的诗歌，所以科研小组的每位成员都配发了全宋诗集 7 本……

如果说，刘海伟学习是一种积极选择的话，还有一种则有点"无奈"。一位不愿意透露姓名的大一同学说，刚上大学自己没能找准感觉，经常泡网吧玩游戏，期末考试时才感觉末日要来临了，这不有两门功课挂上了"红灯笼"，没办法为了下学期开学前的补考，只好痛下决心，利用暑假时间来"挽回损失"了。

家贫路远花费大　有家不能回

采访对象：李小红　人文学院（汉语言文学专业）

来自四川自贡

人文学院的李小红家里经济条件较差，他本人在家教这个行当里干了已经差不多一年了，今年暑假的第一天他就打电话回家说，为节省开销，暑假就不准备回家了。他同学湖南的小刘暑假也没有回家，问其原因，他算起了他的"小九九"：回去一趟来回光路费就要 400 元，这对他不太富裕的家庭来说可是笔不小的负担；相反，不回家倒可在这儿找点事情做，还能搞点"创收"，用于下学期的学费和生活开销，所以这几天他正忙着家教的事情。

说起自己去年的暑期生活，李小红显得那样无奈。他说，去年的这个时候，自己还在"待业"的处境中煎熬，想找一份家教的工作贴补生活，却因为缺乏经验而被拒之门外。一时间也没找到合适的工作，只好去了一家餐厅做外卖。每天顶着火辣的太阳，骑着一辆"老爷"自行车，往返于湖城的大街小巷，通常一干就是六七个小时。有时候累得回到寝室连澡都顾不上洗，爬到床上就呼呼大睡起来……

今年暑假李小红没有为暑期打工的事情而烦恼，因为在放假之前就有一些学生家长主动找上门来邀请他。这不他现在就接了两份家教，每天都忙得不亦乐乎。上午、晚上他忙着往学生家里赶，中午就在寝室里备课，空闲的时候就干点自己喜欢的事情，一天的生活过得既充实又有意义。

"说实话这么大热的天在两地来回跑，确实比较辛苦、比较累，不过还好学生和家长都很配合我的工作，也就感觉不到那么累了，不像我去年做得这么辛苦，到头来有时还会吃力不讨好。"李小红这样告诉记者。

据师院学生处负责人介绍，对于"留校族"中的这部分同学，暑假里学校开放了许多勤工俭学的岗位，每个岗位每天都有一定的收入，确保他们基本的生活保障。除此之外，不少学生还利用"富余"时间，自己找了家教、销售等工作，在"自给自足"的同时还有不少的"盈余"。

积极参与社会实践　有家不想回

采访对象：小沈　艺术学院（音乐表演）

来自湖北武汉

"在人才辈出的年代，你不努力，他努力，难道你甘心老跟着别人后面走吗？只要有点远见的人，都会有不甘示弱的想法：别人能做到，为什么我不能做到。不过这需要我们有丰富的社会实践经验才行。"这是小沈第一次参加社会实践时写下的一段日记。

今年暑假，小沈为了响应校团委的号召，又一次放弃了与家人团聚的机会，主动报名参加学校组织的以"实践'三个代表'，弘扬民族精神"为主题的暑期社会实践。说起这件事，一向腼腆的小沈向记者罗列了一"箩筐"的理由：大学生社会实践活动是加强青年学生思想政治教育、引导青年学生健康成长的一项重要的举措，暑期社会实践活动的开展，不仅为我们接触社会提供了机会，而且有利于我们激发奋发有为的主动性、积极性和创造性；有利于帮助我们树立正确的世界观、价值观和人生观；有利于……

小沈说得是头头是道，这让坐在一旁的记者听得是津津有味。据她介绍，今年的暑期社会实践与往年相比有三个明显的特点：一是队伍之庞大，有三十余支小分队好几百人参加；二是范围之广泛，往年是以湖州市区或者周边城镇为主，而今年则是立足于杭嘉湖平原；三是内容之丰富，不仅组织了理论宣讲、义务活动，而且还编排了一台台精彩纷呈的晚会。

　　"去年的社会实践，我们就排练了一台不错的晚会，虽然说演出的场地没有会场那样华丽，但是当我们唱起了歌、跳起了舞，我们的舞台就被观众层层包围。一位大爷激动地对我们说：'好看，好看，好久没有这么开心和兴奋过啦。'"小沈是这样回忆起她第一次社会实践的演出。其实今年小沈也有参加晚会的表演，不同的是她今年编排了一套自己的舞蹈。为了这套舞蹈，小沈几乎每天都要花上几个小时，反复地练习每个动作，有时一个动作要做上十几遍，甚至几十遍，为此她还磨破了一双舞鞋，不过她从不喊辛苦……

　　其实像小沈一样因为暑期社会实践而不回家的不在少数。据了解，湖州师院每年都会组织留校学生参加各种各样的社会实践活动，旨在提高学生的实践、创新、创业等方面的能力。

刊于 2003 年 7 月 9 日《太湖星期三》

大学生用知识和勇气比拼就业

　　从 2004 年 5 月 12 日教育部举行的新闻发布会上可以获悉，今年普通高校毕业生总量达到 280 万，比 2003 年增加了 68 万人，增幅达 30%，就业形势依然严峻。面对如此严峻的就业形势，如今的学子又是如何另辟蹊径的？

　　这段日子是即将毕业的大学生们最忙活的时候，找工作了、考研了、考上公务员了、去西部了、出国了、下海了……在这个人生的十字路口，各种各样的选择让人眼花缭乱、议论纷纷。记者走访了湖城的高校，试着了解一下湖州的大学生是怎样规划着自己未来的蓝图的。

"铁饭碗"的诱惑越来越大

公务员，以工作较稳定、福利有保障、社会地位高等优势，越来越成为大学生择业的首选。有些同学甚至喊出了"非公务员不做"的口号。在湖州师院的采访时，记者欣喜地发现，还有不少的学生勇于挑战自我，走出湖州，竞考国家公务员。

"人的命运是可以瞬间改变的"

采访对象：陈超（中文专业毕业生）

被全国人大常委会办公厅录用为国家公务员

假如这次没有报考人大办公厅，那么陈超很有可能会在毕业之后回到家乡做一名中学语文教师，或者是到机关里做个文员。但也就是这样的一个尝试，使陈超的命运瞬间被改变了。

今年的人大办公厅计划招收一名国家公务员，陈超在网上看到这个信息后就报了名。当时全国有33人参加笔试，而陈超以笔试第一的好成绩进入面试。面试时的竞争对手异常强劲，包括华东政法大学、中南政法大学的高才生。作为一名湖州师院的学生，陈超并没有觉得自己处于劣势，他认为只要大家都进入面试，就是站在同样的起跑线上，所以他暗自把握这次机遇，摆正心态，全力以赴。面对成功，陈超却谦虚地解释为是实力加机遇加运气的结果。

"懂得化劣势为优势"

采访对象：费霞（思政教育专业毕业生）

被中国民用航空局录用为国家公务员

费霞告诉记者，当时在寝室上网参加国家公务员报名时，根本不承想过有一天真能被录取。直到去北京面试，也只是抱着"见见国家领导，看看北大清华"的心态，因为概率实在太渺茫了。从47名竞争对手中挤入面试，费霞的名次只能排到第四，对手都是来自中国人民大学、青年政治学院的本科生，还有北师大的研究生。说到为什么自己可以脱颖而出，费霞总结了几点，除了扎实的知识基础，较强的工作能力以外，还有一点是懂得化劣势为优势。名牌大学的学生各方面都十分出色，但是相对的稳定性不够，很多人都是在考上了公务员以后考虑跳槽、出国等事。而作为一名地方院校的大学生，费霞特地强调了自己会安心专注于工作的决心，这也是用人单位颇为欣赏的因素。

证书的含金量越来越高

在大学里，当大多数的同学还在为考一堆英语或者是计算机的等级证书而埋头苦读的时候，却有一些同学将眼光瞄上了含金量更高的证书，比如说英语的高级口译证书、计算机的高级程序员证书、海关的报关员证书等等。据招生与就业处的老师介绍，由于这样的资格认证考试在全国范围来看通过率很低，很多还不到10%，而市场对这些专业人才的需求又十分大，所以有学生一旦拿到这样的证书，走到哪里都会成为用人单位的香馍馍。

采访对象：姚斯楠（外语专业毕业生）
今年三月通过高级口译资格认证考试

远远地看着姚斯楠走过来，一身白色的职业套装，拎一个大大的黑色公文包，很像是从写字楼里走出来的白领，端庄典雅。她告诉记者，她很向往上海这个时尚而前卫的大都市，一直梦想进上海的外企工作，自从拿到高级口译证书以后，她迅速被上海的一家颇具规模的港资公司录用，并有不错的待遇。

上海高级口译资格认证考试已成为目前国内从事或准备从事口译工作规模最大的专业权威考试，有抽样调查表明，上海市的三资企业招录高层人员，已有60%把中高级口译列为外语类的必备证书之一。而这样的资格认证通过率很低，目前全国也只有几千人有这样的证书。为了拿到这张"金证书"，姚斯楠放弃了整整一年的休息时间，参加了各种价格不菲的强化培训班，而且经常主动去找外教练习口语，全身心地投入准备这次考试，"为了实现自己的梦想，一切的付出都是值得的。"斯楠这样说。

采访对象：丁小伟（计算机专业毕业生）
今年三月通过高级程序员资格认证

丁小伟是一个读书很用功的孩子。假如你要在学校里找到他，可以告诉你，他不是在图书馆，就是在教室，要不就是在从图书馆到教室的路上。同寝室的室友形容他为："幽灵！"意思是：晚上睡觉他才出现了，早上眼睛一睁开他已经不见了。丁小伟告诉记者，为了考高级程序员，他前前后后瘦了15斤，考完以后还大病了一场。然而功夫不负有心人，拿到这样一张含金量较高的证书，在国内IT界已相当于工程师的级别了。

原本有了这样一张足金的证书在手，丁小伟完全可以到上海、杭州这样的城市闯闯，但是丁小伟选择留在家乡，做一名高中老师。他说："程序设计是自己的爱好，所以会下功夫去学习，但是并不一定要从事这行。当老师是我一直以来的心愿，我觉得选择工作并不是只考虑工资高、待遇好、福利佳就可以，一份平平常常的工作，只要适合自己而又感兴趣，同样可以获得成功的。"

主动违约越来越多

这边厢，毕业生签约高峰还没过；那边厢，就听一些单位的招聘人员抱怨说，学生违约的高峰紧接着就来了。"好工作越来越难找"的抱怨还在耳边，"好人才越来越难觅"苦经又叹起。企业和学生，究竟孰是孰非，谁对谁错？

小陆是今年的应届毕业生，在一场人才招聘会上和嘉善一所中学当场签了协议，但是在签完以后，小陆又发现嘉兴某中也需要招人，和该校校长的一番沟通后，双方都有十分强烈的合作意向，考虑到个人以后的发展，而且女朋友也在嘉兴，于是小陆决定违约。小陆认为第一次签约可能太匆忙了，没有考虑清楚，如今违约是为了寻求一个更好的发展。

同样是应届毕业生的小王，签了湖州某单位，刚签的时候单位允诺每个月给600元的工资，但是等到小王与之签约后开始正式工作，公司给的实际工资却只有300元，对于公司这种不诚信的举动，小王毅然决定"违约"。

据负责学生就业的老师分析，造成学生主动违约的原因很多。就业压力下的草率签约，考研成绩出来前的退路，对现签公司的不满意等等。但是违约的结果给招聘单位造成了伤害。尽管一些违约是学生的权利，也不能将违约和不诚信画上必然的等号。但行使违约权利前，应该三思，要想清楚结果以及给自己、给用人单位乃至给学校造成的影响。违约，你可能因此错过一条非常适合自己发展的道路，单位也因此浪费了招聘、培训成本，学校因此给单位留下不良印象，使下一届的学生就业受影响。

签约、违约前要考虑到方方面面，眼光放长远一些。在讲究"双赢"的时代，千万不要因为一时冲动，贸然违约，造成"双失"后果。

刊于 2004 年 5 月 19 日《太湖星期三》

科技创业园里的"海归派"

　　优厚的待遇，永久居住权……为了报国理想，他们选择了放弃。从遥远的国度，一个个远方学子不约而同地"游回故乡"，他们把对家人的思念深藏心底，把奋斗的艰辛埋在心里。在湖州科技创业园里，这些拥有闪亮金字文凭和耀眼光环的海归创业者，演绎着一出出"别有一番滋味"的人生故事。

　　怀着对"海归"企业的好奇，我们走进了坐落在青铜路上的湖州科技创业园，这里北依仁皇山，南傍旄儿港，占地有17.56亩。入驻着27家高新技术企业，正在研发的高新技术项目有30多个，有些项目处于世界领先地位。它是专门为国内外科技人员带着自己的科研成果来湖创业，提供研发场地和各项配套服务的专业企业孵化器。科技创业园主任骆明亮介绍说，处于孕育状态的高科技企业产品投放市场前，先来这里"孵化"上三年左右，等到成熟形成一定的产业化后，就可以"毕业"了，接下来就是建厂投产，真正接受市场的考验。

在科技创业园，骆主任领我们转过一层层楼梯，走过一道道长廊，推开一扇扇大门，敞开的是一个个新奇的天地。电子信息产品、生命科学、新材料开发、高效节能、未来通信等高科技项目在这里集中。每一个项目都如同一颗还在打磨的钻石，一位正在盛装的新娘，走出去就是吸引目光的聚焦。我们要找的几家海归企业也全都在这个园里。

同时，据记者了解，27家企业的法定代表人有3位是留美博士，全国具有硕士学位以上的人员占到23.9%，"海归"的博士有5人，共有"海归"10多人，且源源不断在增加，还带出一个"海带"效应。

陆敏：最忆是湖州

见到协和华东干细胞基因工程有限公司总经理陆敏时，他脸上挂着谦和的笑容，几乎没有丝毫的锋芒展现，但那平淡从容的语气却分明让人感受到一个创业者的智慧与坚定。

"我是浙江人，出生在新安江那里。幼儿园没上过，直接上的小学。15岁那年考上了大学。""浙江医科大学最后一年，我就是在现在的湖州中心医院实习，感觉湖州分外亲切。"这就是陆敏给出海外归来到湖州发展的简单理由。

1994年陆敏在上海攻读完博士学位后，又分别去法国和美国做博士后访问学者。在国外最忆是江南，故乡的一山一水，一草一木在游子的眼中变得异常清晰，融合成一种让他不能自持的念想。2000年他回国了，这一年对陆敏来说至关重要的一年，他在法国取得了"AS203对巨核细胞白血病的治疗作用"的专利权。事业如日中天，然在中国医学科学院的一位教授鼓励下，陆敏却于当年12月毅然放弃了在美国良好的科研环境和优越的生活条件，举家回国，来到上海，落户于中国医学科学院协和医科大学血液学研究所，开始创办中国第一家以干细胞技术和产品为主要内涵的国家干细胞产业化基地的实施主体——协和干细胞基因工程有限公司，2003 年他荣获全国留学归国先进个人奖。

"并非意气用事，祖国的创业环境越来越好，经济实力在增强，科研的市场体制也在成熟。在许多人的眼里，国外确实是好，文明程度高，但你要知道想在国外真正干一点事情是很不容易的。尤其像我从小在国内长大，世界观已经形成了，在文化传统、思想观念上难以融入他乡，所以并没有归属感。"陆博士缓缓说道，"我回国有三年了，事实证明我的选择没有错。中国大环境很好，比我想象中的还要好。刚开始千头万绪，人力、物力都需要配置。现在有了一定规模后，就轻松多了。"言谈间颇为满足。

2003 年 8 月，他在湖州科技园创办了"中国医学院实验血液学国家重点实验室浙江实验基地"，主要从事细胞培养液试制、胚胎干细胞、生物诊断试制等研究和开发。他相信湖州优美的自然环境、良好的政策环境和宜人的居住环境将有助于他实现心中的理想。家人如今都在上海，也很少有时间能相聚。他现在还是天津一所高校的硕士生导师，需要带研究生，每一个月都要来回奔波，"在飞机上时间特别多"是他对目前生活状态的总体描述。

张亚南：学成归来，变得更中国了

走上科技创业园的四楼，就看到这家赫赫有名的圣美迪诺医疗科技（湖州）有限公司，它是从美国归来的张亚南博士一手创办的，其所研发的植入式血糖检测仪属世界前沿产品。与想象中相去甚远，公司里安静得出奇，只有各种各样的仪器以及在仪器间穿梭的科研人员，才让人感觉到这是一家名副其实的高科技企业。我们小心翼翼地走过一间间实验室，感到科技的力量正在积蓄，也许在某一天，它将成功地迸发出石破天惊的力量。作为公司的 CEO，此时的张亚南正安静地坐在一间办公室里，埋头起草一个方案。

张亚南是内蒙古人。从吉林大学化学系获硕士学位后，在东北师大任讲师。两年后，他远赴美国堪萨斯大学攻读药物化学博士，之后又获得博士后学位。他在美国 MRG，

INC 等公司任研究员、项目经理等职务。岁月易逝，至此，这位中国学子的学习、生活等一切都很顺利。在堪萨斯大学，张亚南不仅完成了生物传感器原理和设计等科学研究，而且还完成了日后创办企业、征战商海所需要的知识构架。异国的校园里憧憬着未来，心中涌动着创业的激情。

去年，张亚南为了产业报国的理想毅然回国了。他所就职的美国公司用 40 万美元的年薪想要留住他，但终究没有留成。创业本身就是一种生活方式的选择，意味着多方面的放弃和牺牲。习惯了国外简单人际关系的张博士觉得重新适应国情也颇为不易，"水土不服"曾经困扰着他的生存空间。在西方国家生活得久了，餐饮习惯也变了，许多饭菜都吃不惯。骆主任很体谅关心他，每每嘱咐食堂的师傅多照顾他，张亚南知道后笑笑说："我也没有那么矫情，我在内蒙古还下放过呢。"同在美国十分富足的日子比较，仿佛时光倒流，他又回到了"学生时代"。妻子和女儿都在美国，只有在过节时，张博士才得空去看望她们。

人言海归真正的价值是结合中国的实际情况，将西方技术中最闪光的精华吸收、移植过来，并将它们中国化。这样既符合中国国情，又站在科技发展的最前沿。张亚南与他的研究项目正是这样：糖尿病是困扰国人的一大顽症，说白了是胰岛素分泌障碍，要检测病人的血糖浓度高低，传统办法是扎针验血。然而因人体生理等因素，血糖浓度起伏不定，所以一次检测未必精确，如此病情不易控制。张博士研发的植入式血糖检测仪，比头发丝还细，植在人体上能随时随地进行测试和数据处理。据了解，在美国这项技术已经产业化了，可引进中国，其动辄几万元的花费，国内的普通老百姓是用不起的。张博士要做的是如何再加以改进，降低其成本，让中国的老百姓受益，不枉自己一片产业报国的拳拳之心。

"海归"引发"海带"效应

湖州科技创业园的"海归"创业成功的经验像磁铁般吸引更多的海外科技创业者。回国创业要有一个精英团队，团队中的成员有较强的互补性。这种互补性表现在团队中不仅要有不同经历背景的精英人才，还要有不同专业背景的人才。过去回来的人大多是单一专业性人才，自己拿一个小产品、小发明回来就可以创业，现在回来的人不仅自己有技术，还有一套经营公司的理念和人力资源，甚至将国外的人才资源也带回来。于是，"海归"又带来了"海带"效应。

一位姓胡的高级工程师就是张亚南博士从美国"带"来的，配合他的皮下植入式血糖检测仪检测，研发一种胰岛素注射泵，形似 BP 机，功能如一个"人工胰脏"。当张博士研发的植入式血糖检测仪检测血糖异常时，这个"人工胰脏"就自动注射。

在科技园的顶楼，管理人员特意留出一块办公区域，只见门口挂着"湖州得诺半导体有限公司"的牌子，里面还空荡荡的。这真是"虚席以待"了，他们等待的是一位出生台湾的美籍华人，名叫谢福渊，谢博士在美国硅谷从事 20 多年的半导体研究，先后取得美国半导体发明专利 85 项。他将在科技创业园内先创办集成电路设计实验室，如果实施顺利，2004 年的产值就可达 600 万美元。"被我们创业园吸引，就要过来了！"骆主任兴奋地说。

陆敏博士对"海带"效应深有体会："项目是和人连在一起的。项目弄好了，人留不住，项目也会慢慢枯萎；人留住了，项目就会扎根壮大。招商引资要从单纯引进资金项目转化到引进智力与人才。引进一个项目要比引进一个人才所花的成本大得多，牵扯到个人的花费毕竟不大。人才能带来人才，并形成一个社会圈子。同声相求，同一交流层次的人聚在一起能创出良好的软环境，人就容易留住了。"

湖州科技创业园正加强管理服务，为"海归"与"海带"创造优美、整洁的硬环境，让他们集中精力从事科技项目的研发工作。用于入驻企业员工的生活、就餐、住宿的辅楼，设有语音、数据通信设施，还有摄像监控、红外报警等防盗系统。"海归"们可享受到宾馆式服务，还可以与世界各个地方进行通话和传输数据信息，吸引更多的"海归"们前来安营扎寨。

刊于 2003 年 6 月 16 日《太湖星期三》

荻港古村落的守望者

荻港古村，静卧在古运河岸边。村民沿河而居，河边屋檐下是长长的廊街。农闲时，女人们聚在这里做个针线活，拉下家常；男人们则邀上三五棋友，摆上棋局，抑或吃个茶……

当你踏上这片古村落，走下一座桥，拐过一条小巷……纯朴的民风和悠闲的日子中，埋藏了多少人文历史文化……

今天的荻港，古朴依旧，声名远播。有越来越多的游人渴望走进荻港、了解荻港深厚的历史文化底蕴。在这背后，荻港村党支部副书记章金财和他的徒弟———一位年轻的大学生村干部见证和守护着这一方乡土。

15年接待媒体无数

"秀才书记"为古村文化奔走相告

"想知道荻港村的人文历史，找秀才书记准没错。"记者一行一进入荻港古村，就被领进了村党支部副书记章金财的办公室。

得知我们的来意，章金财张口就来："别看我们这么一个小村子，却是人杰地灵，在历史鼎盛的200年间，共出了50多名进士、状元和100多名太学生、贡生和举人……"

"积善桥、乐善桥等23座古桥，每一座都有前人留下的一段故事……"

"自古以来，就有一批批书画名人隐于此创作，谭建丞的老师吴藻雪就爱在荻港创作。现在中国文联、书协及知名院校的学者教授们，也都深爱古村的创作氛围……"

"当代著名作家舒乙来此，留下一篇美文《最好的江南小镇——荻港村》，女作家顾艳在荻港生活了10多天，便创作出一部以古村章金氏家族一位百岁老人的生活为题材的35万字小说《荻港村》……"

祖辈世代居住于古村，呼吸着古村文化气息长大。这些年来，章金财全身心地挖掘整理大量古村历史文化资料，为古村奔走呼告，他从骨子里爱着荻港。只要有人来村里参观，章金财总是抑制不住内心的激动和自豪，无论多忙，他都会跑来带着客人走街串巷，引导人们看最精华的东西。

采访中，记者在他的办公室桌面玻璃台板下，看到了一张张整齐的全国各大媒体记者的名片，CCTV、解放日报、经济时报、中国新闻社……章金财说，这些都是他近几年接待过的媒体，当然还有更多的国家及省内外的领导、文化界名流。

章金财清楚地记得，自己第一次面对记者，就是在15年前，中国朱氏联合会来荻港寻根。此后，章金财就开始有意识地搜集古村的历史文化资料。15年来，章金财对古村落的历史文化烂熟于胸，在他一遍又一遍不厌其烦的故事讲述中，小桥流水、青石板路、堂屋人家、烟雨小巷、河边水廊、芦花飞舞、渔耕生活……这些原本默默无闻的荻港古村元素，渐渐被放大在世人眼前，吸引了越来越多人的关注。

有一次，一位日本专家来到获港，想了解古村农民的蚕桑文化，又是章金财亲自陪同去农家蚕房看如何养蚕。日本专家边看边问询起"蚕事"的各种具体数据时，连经验丰富的老蚕农也答不上来，而一旁陪同的章金财却脱口而出。于是"秀才书记"的雅号由此传开。

令章金财至今骄傲万分的是，今年五月，他作为新闻发言人的身份受邀前往参加京、浙两地新闻发言人会议，推广家乡获港，"我记得很清楚，被邀请的农村代表全省只有两个，一个是宁波奉化的藤头村，一个就是我们获港村。"

这次中国美院的一批高材生来古村进行实践活动，章金财对此寄予了很高的期望："他们能协助我们发掘出更多的旅游资源，我们求之不得，更是拭目以待。"

古村文化后继有人
大学生村干部让古村声音飘得更远

"明天村里要接待一位重要的客人，到时讲解的重任就交给你了，好好准备准备。"接到通知，章金财第一时间向一位长相清秀的姑娘作了一番工作交代。

"好，我知道了，师父。"姑娘一口标准的普通话，愉快地应承了下来。

姑娘名为蒋卫芬，获港古村的一位大学生村干部。最近一段时间她特别忙，从端午节到现在都没有休息过。只要一接到讲解任务，她就顶着个大太阳出门带着游客满村子跑。这几天都忙得嘴角上了火。

三年前，蒋卫芬还是个刚跨出校门的大学生，她甚至没听过获港这个小古村，而计算机专业毕业的她与家谱、古村落文化之类事物相距甚远。作为受聘的获港古村"讲解员"来到获港，时年 20 岁的她就开始跟着章金财学习起古村的历史文化知识。

三年后的今天，蒋卫芬拿到了国导证，多次被评为优秀干部官。特别是讲起获港，讲起古村，也能如师父章金财般滔滔不绝，如数家珍。

"在这里，我学到的东西远远超过了我在大学里学到的知识。可以说是在小古村里见到了大世界。"蒋卫芬之所以这么说，是因为这几年来，她见证了获港的巨变。

修缮了古桥、古路、古石帮岸，修缮古名宅、礼耕堂、三瑞堂等，新建了获港历史名人纪念馆，获港渔庄二期的开发等，古村的旅游资源和新农村建设得到了前所未有的发展。

由此慕名而来的全国各地知名人士越来越多，古村为全国乃至世界所闻名。蒋卫芬还欣喜地看到，村民们的文明意识也在普遍提高，曾经随手往河里一扔的垃圾，现在绝对看不到了，大家达成了共识：保护好古村秀美的风景。

"旅游几十年，去了无数地方，今天一行，发现获港风景很美，文化韵味很足，尤其你，是我遇到过的最优秀的导游。"当听到游客对自己有如此高的评价，蒋卫芬表示，这也是对获港古村这些年来旅游宣传效果的肯定。

年轻的新生力量，接过老一辈的接力棒，让获港古村声音飘得更远……

刊于 2009 年 7 月 17 日《湖州星期三》

中国美院学生用画笔描绘美丽荻港

知了声声，荷香阵阵。

2009年7月13日，"传承耕读文化，构建社会主义新农村"中国美术学院赴荻港村暑期社会实践团成果汇报展在荻港古村的"历史名人纪念馆"隆重开展。

"这几天就看到这些大学生在村里画画、拍照，天不亮就来茶馆找我们聊天，今天就想看看他们葫芦里到底卖的是什么药。"为此，村民们都早早地赶到成果展现场。还有村民敲起锣打起鼓，用自己的方式表达着对美院学生这段时间辛勤劳动的衷心感谢。

这支由22名优秀本科生、研究生组成的大学生暑期社会实践团到荻港，带着任务而来。他们深入荻港古村的角角落落，用专业的眼光为这颗江南水乡明珠出谋划策。虽然只有短短的九天时间，创作完成表现荻港风土人情、人文景观和自然风光等各类绘画、摄影采风作品50余件；完成了对"名人馆"和"南苕胜境"的景观改造设计、部分室内设计及对荻港渔村的视觉文化分析、改造方案和整体规划；完成了对荻港古村旅游开发有限公司企业视觉形象设计标志6套及VI手册；完成了旅游形象广告海报20余件，包装设计效果图绘制，此外还撰写了关于荻港民谣、耕读文化和运河等人文资源调研报告5篇，完成旅游推广主题翻译1份。

湖州市委常委、宣传部部长胡菁菁亲自到场参观。参观后，她还表示要把美院大学生的这些成果带回去，给分管三产旅游的相关负责人好好参考。

中国美术学院，一座艺术的高等学府；荻港，四水环抱、河港交叉，一个人文底蕴深厚的古村落群，美院与荻港的结缘，背后还有一则鲜为人知的故事。

缘起上个世纪60年代，时任中国美术学院院长肖锋，就曾背着画板专程来到荻港写生，他深深喜欢上了这个古朴美丽的村庄。这之后，陆续有美院的学者、教授慕名而来，缘份，就此延续。

今年夏天，新的契机再次出现。荻港借助中国美术学院强大的专业力量，帮助其挖掘古村文化内涵，彰显荻港新中国成立60年来在精神文化、经济建设方面的新貌。双方一拍即合，也就有了上述的暑期社会实践团成果汇报展一幕。

参加暑期社会实践活动的中国美院学生表示，此次古村行，他们最大的希望便是能为荻港来一次"精包装"，让更多的人认识荻港，爱上荻港。

采访中，这群个性鲜明，热爱艺术，成长于都市的80后年轻人，对于四水相抱、翠绿成荫、栽桑养鱼的古村落，会有怎样的感触，会有怎样的故事？且听他们娓娓道来。

最幸福的事

就是用双手绘出自己心目中古村的模样

采访对象：吴仲韦（中国美院国画系大三学生）

看着眼前的吴仲韦，还真不像是国画系的学生，倒像个篮球健将。记者说出心中的疑问后，阳光帅气的小吴笑着回答，我的篮球打得也不错呀，不过，我确实是国画系学生。这个被队友笑称为听着摇滚画着中国画的80后男生，初来荻港，就被满池的荷花所吸引，只这，他一下子喜欢上了荻港。

在他的眼中，荻港是一个缺少商业气息的地方，原本以为离开了繁华自己很难适应，但在荻港人的淳朴和浓郁的乡土风情，让他乐在其中。每天早上8点出门写生，下午6点收工，几天下来，走遍了荻港的角角落落，创作出了大大小小十几幅作品，完全得益于美景。他说，通过自己的双手描绘出自己心目中的荻港，展示给外人看，是一件很幸福的事。

荻港是个藏龙卧虎的地方，有时一群人对着芦苇作画，有当地的村民经过，会停下脚步，问一下他们来自何方，也会对作品提出自己的一些想法，这些淳朴的村民，对国学颇有研究。在与当地文化者进行的交流活动中，吴仲韦还结交了一位老师傅，70多岁的当地农民，致力于寺院山水画，用色浓墨重彩，没有专门学过，只凭个人的兴趣而创作。或许老人的画作少了一份专业，却多了一份执着。他说，他很难忘记荻港，这个白墙绿瓦的小古村，这个有淳朴乡民的地方，这个有厚重文化底蕴的地方。

芦苇、莲花、菱桶、渔网

古村落典型元素将演变为自然景观

采访对象：齐琦（中国美院景观专业研一学生）

齐琦，身着"中国美院"T恤的一位圆脸女孩，此次实践活动的团长兼景观规划设计组组长，在整个团队中显得举足轻重。除了负责活动的整体协调外，她与两位组员还得在短短的时间内对荻港古村的具体景观提出改造方案。

据齐琦回忆，当时他们一到荻港，就被这里的古村落文化及纯朴的民风所吸引。"芦苇，是古村的一大景观，但这里大片大片的芦苇却不多，能不能把这种作物充分利用起来，营造一种'看芦花风情，必到古村荻港'的旅游特色？还有，在这里亲眼看到村民坐着菱桶，灵活地穿梭于莲花、水菱中劳作，这么美妙的场景能否被利用起来……"齐琦兴奋地讲述着在古村落里，他们不停涌现的设计灵感。

另外，更让他们惊喜的是，古村的村干部们的观念很潮，也很具前瞻性，这让大家对着手的各个改造项目有了大胆的创新。在进行了综合考虑和讨论后，齐琦和组员定下了此次改造原则：在保持古村落完整格局的前提下，突破传统。

齐琦也曾参与过多项新农村建设改造项目，在深入荻港古村生活后，她发现，荻港更适合在尽可能保留村落生活之外，融入一些适合城里人的活动元素。因为村民们的生活习惯都是早睡早起，一到晚上，古村就寂静一片，如果大量游客涌入古村，就会感觉到晚上无处可去，在古村建筑里增设一些茶楼酒吧，或者开设青年旅社等等很可行。

"与我合作的两位组员非常优秀，像林迪航，负责'南苕胜境'的手绘效果图和示意效果图，许立离，负责'名人馆'的三维建模。他们不光拿出的作品很有质量，而且效率也相当高。"齐琦言语中充满了对组员劳动成果的肯定。她对自己完成的古村落建筑立面改造方案也是信心满满："芦苇、渔网等古村落的典型元素都将被演变为一道道独特的自然景观。"

凌晨两三点在茶馆搜集民谣
深切感受古村浓厚人文氛围

采访对象：王非非（中国美院艺术人文学院大三学生）

王非非本次实践活动的主要任务集中于荻港的耕读文化、运河文化资料的搜集。

第一天，简单地在导游的带领下熟悉了荻港后，小组成员们兴致勃勃地往村里钻。

按照古村的作息习惯，每天凌晨两三点，他们就赶到村中的一个老茶馆，这是古村老人最聚集的地方。明白了这群孩子的来意后，一群和善的老人一边喝着茶，一边回忆总结他们生活了一辈子的地方的各种好。

荻港在近代史上出过 50 多个状元、进士，村中有章氏、吴氏、朱氏三大家族，留下了丰富的历史文化遗迹，今天的荻港，还为这些前贤专门建造了名人馆。老人们很可爱，打开了话匣子，气氛渐渐活跃起来。小组成员很想了解当地民谣，于是，一连串的熟悉的、不熟悉的民谣开始冒出来，现在王非非还清晰地记得其中一首民谣："摇啊摇，摇啊摇，摇到外婆桥。外婆喊我好宝宝，我喊外婆蚕宝宝。"明显带有浓郁的蚕桑文化。

不过，在采访中他们还遇到了不小的麻烦，因为当地人讲的大多是方言，一群人都听不太懂，只有拿个录音笔先录下来，拿回去慢慢推敲，这不，连续几晚上熬夜，终于完成了任务。

最让王非非这个山东姑娘感受到荻港人的文化氛围的，是每天晚上荻港人自己组织的广场演出活动。今天的主题是跳舞，明天的主题是越剧，小小广场，聚集了大部分的村民。是的，荻港，就是这样一个地方。这里有可爱的老人主动邀请他们，带着他们去划船，有人热情地买饮料给他们喝，还有人登台表演，让一群离开都市的孩子，享受着一份难得的清静与安详，"这样的经历，永生难忘！"王非非真诚地说。

刊于 2009 年 7 月 17 日《湖州星期三》

同济湖州学子梦筑世博

2010 年 5 月 1 日,上海世博园如期璀璨开园。

这场全球盛会的背后,上海同济大学为其做出的努力不得不被提到。在世博园区 5.28 平方公里的土地上,犹如珍珠落玉盘,处处印刻着同济大学的痕迹。

同济大学建筑与城市规划学院院长、上海世博会园区总规划师吴志强被称为世博的"头号志愿者"。那些共同参与其中的同济大学学子们,也均被列入世博志愿者行列。于是,我们找到了两位曾经跟随吴志强参与世博规划设计方案的湖州学子。听他们讲述如何与大师一起共同梦筑世博,怎么可以更科学地参观世博园。

很在乎世博的参与意义

得意门生眼中的总规划师很拼命

2002年，陈浩考入上海同济大学建筑设计专业。那一年，上海申博成功。

报考这个专业，陈浩根本没想到自己也能和这场全球盛会有如此亲密的接触。2004年，同济大学参与竞标上海世博会总体方案获得成功，由此，有关世博的氛围就在同济大学渐渐地漫延开来。

陈浩清楚地记得，接下来的几年，他身边的同学都纷纷把论文的研究方向定在与世博相关的课题上。"刚开始时，我们都是偏基础性的研究，2007年开始，论文转到了世博的实际运作，世博结束后，相信我们的研究方向可以转往世博以后的再利用。"

在研究生学习阶段，陈浩遇到了吴志强，并幸运地成为吴志强的得意门生，也就有了更多接触与世博相关工作的机会。

"世博场馆的生态建设指标、场地用水、用电效率，绿化、防护措施，建筑本身用到的材料，建筑的损耗等等，这些具体的数据资料我都是在吴院长的指导下完成的。"陈浩说，他很在乎自己在上海世博会上的参与意义，能接触到很多建筑方面的专家，志同道合者，学习阶段能有这样难得的经历对专业水平提升很快，特别是在吴院长的超高要求下。

好几次，陈浩将这些作业交到吴志强手中，他总会一点一点地看，一点一点地讲，一点一点地完善，一抬头，时针就指向了凌晨三点。也因此，陈浩说，吴志强有了一个"吴三点"的外号。每天为世博忙碌到凌晨三点，对吴志强来说太平常了。

"吴院长在工作上的拼命是出了名的，曾经学院里举行过一次老师工作量的评比，结果令人震惊，吴院长一个人的工作量已经相当于四个老师的工作量了。"陈浩很心疼，其实吴院长的身体一直不太好，经常因为工作劳累而去医院。

目前，吴志强还在为世博的工作忙碌着，据说，陈浩想见导师得提前预约。陈浩目前已结束了所有与世博有关的工作，他的计划接下来找一个合适的时机，将父母从湖州接到上海，来看看儿子所参与的世博会。

建议先在网上学习超牛攻略

总规划师的学生为我们导游世博

与陈浩一样，陈晨也是在上海申博成功那年考入上海同济大学建筑设计专业，大四那年，原本从不带本科生的吴志强，从众多学生中挑出了几个优秀学生，陈晨便是其中一员，也因此，陈晨顺理成章地成了同济世博团队里的一员。

吴志强的那台工作电脑里的几款专用于世博规划设计的最新软件，都是陈晨帮助安装的。

从世博园区规划设计的专业角度，陈晨为我们如何合理地参观世博指点迷津。他说最重要的是事先做好功课，现在网上有一篇三天游世博的超牛攻略，不妨先学习一下，然后再根据自己实际情况量身定制一套游世博方案，否则就纯粹去凑个热闹实在没多大意思。

"看世博，还是应该多去看看那些以后不太会有机会访问的国家展馆，比如北中美地区的哥斯达黎加、牙买加，还有一些非洲国家的展馆。因为关于各个大国的信息，在全球范围内传播很广，而且年轻人以后有很多机会去实地感受该国的风土人情。其他一些国家，可能大家了解得不多，去的可能性也很小，走进世博会的一些'小国馆'，参观者会得到很多惊喜。"

另外，陈晨建议年轻人可以多考虑购买夜场门票。不但可以实现参观时间上的分流，而且夜晚世博园区的灯光和烟火，也别有一番风情。

刊于 2010 年 5 月 7 日《湖州星期三》

美丽九亩村有支义务搜救队

春天来了。

很多蛰伏了一个冬天的驴友开始心动行动起来，一个个出行计划被提上了日程。

在各大驴行论坛，"穿越井空里大峡谷"的发起帖随处可见。之所以能引起我们的注意，是因为得知该大峡谷所属村落——安吉县山川乡九亩村，有一支50多人的搜救队，由村民们自发组成。

救人不过是换个方式爬山

管祥德是安吉县山川乡九亩村的村支书，一个偶然的搜救行动，让他萌发了一个念头：发动村民，组建一支队伍，需要时义务上山救人。于是，2008年8月，我市第一支民间搜救队就这样成立了。

没有正式的成立仪式，没有明确的责任分工，只要一收到有人在井空里大峡谷被困的消息，他们便会立即行动起来，不论白天黑夜，不论酷暑严寒，不计时间，不计成本，直接搜寻并直到救出他们为止。

他们的搜救工具很简单，绳索、砍刀、电筒、雨伞、套鞋，凭借着对井空里大峡谷地形的熟悉，快速准确地施行救援。三年来，他们也摸索出了一套行之有效的救援经验，可以迅速锁定被困人员所在的方位。

据统计，从2008年到现在，九亩村的这支义务搜救队已经成功救出60多人。在这些被救人员中，大多为前来这个被誉为"浙北最佳"的户外探险基地探险的驴友，或者迷了路，或者被突然来袭的洪水所困。

进入阳春三月，九亩村渐渐热闹了起来，最近的一个双休日，就迎来了30位驴友。"接下来将是我们村一年里最热闹的时候了，最多时一天要接待好几百游客。"管祥德告诉记者，他们大多来自于江苏、上海、杭州等地，来村里就必探井空里大峡谷。

听村民介绍，井空里大峡谷是没有经过开发的原始山林景区。山高水长，植被茂盛，峡谷绵绵十余里，起始海拔约300米，最高海拔有1000米，被人们称为"浙北最美的山"。一传十，十传百，越来越多的驴友慕名而来。但在欣赏奇秀景观的同时，危险也暗藏其间，"山上地形很复杂，手机也没有信号，第一次来玩的游客很容易迷路。另外，我们这里天气变化无常，早上上山时可能还是太阳当空照，傍晚时就可能突然下大雨，甚至山洪暴发。"村民们说。

这些，足以说明，九亩村这支义务搜救队存在的必要性和重要性。

2011年的3月，记者一行走进美丽的九亩村，听义务搜救队的村民们讲述一个个救援事件，同时，也狠狠地欣赏了一番九亩村如诗如画的景色，感受了一番纯朴憨厚的民风民情。

每 7 个村民就有 1 名搜救员

印象中，一些最高最远的地方总摆脱不了"贫瘠"二字，可九亩村却是个例外，每家每户都盖着漂亮的二层楼房，村民们吃的穿的也跟城里人没啥两样。大山给了九亩村丰厚的资源，同时也暗藏着重重危机。

"我们这里有浙北最佳的户外探险基地——井空里大峡谷，每年吸引很多探险者和游客，可总有不少人在深山会迷路。其实别说是外头的人，就算是我们本地人，一不小心也会迷路，而且在深山里手机没有信号，白天迷路还好，要是到了晚上还走不出来，那就糟糕了。"义务搜救队队长管祥德说道。

井空里大峡谷绵延十余里，峡谷内山高水长，溯溪而上，奇石险峰。常年住在山里，管祥德时不时会听到有人迷路的消息。2008 年 8 月 15 日，忙碌了一天的管祥德早早地上床睡觉了，深夜 11 点光景，突然，他的手机响了起来，电话里传来一个着急的声音：9 位杭州游客在井空里大峡谷迷路了，上午 10 点以后失联。

事关重大！管祥德立刻从床上跳了起来，短短 20 分钟就组织起了一支 50 多人的搜救队。为了能尽快找到迷路者，管祥德把村民分成 6 组，半夜 12 点，村民们拿着手电筒、砍刀和警察们一起摸着黑上了山。当时刚下过雷阵雨，天气闷热潮湿，山路很难走。1 个小时过去了……3 个小时过去了……依然没有发现失踪游客的身影。就在这时，管祥德在地上发现了一个塑料袋，上面印着"杭州某某超市"的字样，"可能是那些人留下的"，直觉告诉他，失踪的游客就在附近。随后，村民们又发现了一张餐巾纸，纸张很新，显然是刚用过被丢弃掉的。此时，搜救已经持续了整整 8 个小时。突然，管祥德朝着一块石头跑了过去，石头上放着一张扑克牌，上面写着"我们迷路了"。

"一定是他们留下的！他们就在附近！"果然，在不到 200 米的地方，管祥德和村民们终于找到了迷路且失联的 9 名杭州游客，其中包括 3 个孩子。总算松了一口气的管祥德这时才感觉到自己的小腿又疼又痒，一撸起裤管，3 条蚂蟥正肆无忌惮地吸着鲜血。

回家后，管祥德想休息一下，却根本睡不着，爬山对于九亩村的村民来说，就跟吃饭睡觉一样平常，不如，发动村民成立一支义务搜救队，遇到紧急情况可以马上上山进行搜救。

一个星期后，搜救队成立了，固定队员有近60人，年龄最大的60多岁，最年轻的刚满20岁。而九亩村的总人口数是406人，也就是说，平均7个村民里就有1名搜救员。

3年营救60多人

2010年10月18日17时，搜救队队员管金龙早早吃好晚饭到村子里散步，忽然，听到对面山顶上传过来一阵阵呼救声。根据经验，管金龙判断这名发出呼救信号的女子一定是迷了路。

情况万分紧急，搜救队队员们顾不得吃晚饭，即刻向呼救点直奔，等搜救队员们进入深山时，天色已暗，路也看不清了，加上山林中杂草丛生，荆棘遍地，大家更是寸步难行。18时30分，搜救队员们终于到达山顶。

"迷路者可能智力有些问题，我们看到她躺在地上，嘴唇发干，全身上下都是泥巴，身上散发出一股臭味。"搜救队中唯一的女队员吕爱琴形容道。吕爱琴试图把迷路女子扶起来，拉着她走，可没走几步，她就坐下了。没办法，只好抬她下山。队员们想了一个办法：大家解下皮带，系在她的手脚和腰间，小心翼翼一步一步往下抬。看到迷路女子不停喊"口渴"，吕爱琴通知山下的队员送水上来。晚上8点，搜救队员终于将迷路女子抬到了山下公路边，随后把她送到了山川乡卫生院。

后来，大伙才知道，被救的女子是在去娘家的途中迷路的，在山上待了整整8天。"每次救人回来，总会带点伤，不过呼救声就是命令，只要有人需要，我们就会立即行动。"

还有一次，那是在2009年的夏天，20多位杭州游客被突如其来的洪水挡住了去路，下不了山只好往山上跑。接到求救电话后，队员们赶紧上山，用绳索把游客们一个个牵了下来。

3 年多时间，搜救队义务出动过上百次搜救，从山上营救了 60 多人。

救人救得多了，队员们也有了自己的"装备"：绳索、砍刀、电筒、雨伞、套鞋……学会了简单的止血和包扎，"现在要是能邀请一一些具有野外搜救经验的专业人士给队员们充充电，提高队员的搜救技能就更好了。旅游旺季就要到了，不过我还是希望搜救的'生意'清淡点。"管祥德笑着说道。

刊于 2011 年 4 月 8 日《湖州星期三》

90 后递交的党员先进性报告

　　积极向党组织靠拢，学生时代，他们就脱颖而出，成为鹤立鸡群的学生党员。带着对党的无限敬意，他们走上了工作岗位，成为工作岗位上最年轻的 90 后党员，用出色工作的实际行动向党组织递上了第一份党员的先进性报告。

　　耳濡目染着老党员的工作做出的优异成绩，原本对党还比较模糊的认识越来越清晰，党员的形象在他们心中也越来越丰满。2011 年，建党 90 周年之际，我们走近 90 后党员，他们在社会的大熔炉中茁壮成长，他们将成为党组织不可或缺的充满朝气和活力的年轻梯队，使我们的党组织永葆青春。

大暴雨中彰显90后党员的先进性

采访对象：王圣婕（1990年生）

18岁预备，19岁转正，21岁的王圣婕是个典型的90后党员。

很多人都对他这么小的年龄加入党组织表示过怀疑，王圣婕为我们作了解释，因为他上学早，学校的同班同学都比他大一两岁，初中赶上了第一批入团，高中三年级又是第一批成为入党积极分子，这无形中加快了他与党组织靠拢的速度。

当王圣婕两年制专科毕业时，已经成为一名光荣的学生党员，如今在安吉县城西北开发总公司工作。

在与王圣婕约定采访的当天早上，他就发短信来询问记者抵达安吉的大致时间，怕我们找不到目的地，特意让我们到时打他电话，他出来给我们带路。井井有条的安排，让我们对小小年纪的王圣婕刮目相看。

帅气、阳光，笑起来有点像明星余文乐。王圣婕将记者带到了他的工作地，他说目前从事的是公司的办公室工作。原本我们以为办公室工作应该是比较轻松的，但当他一介绍起平日里要做的事儿，着实吓了我们一跳，正所谓的"一人多岗"：驾驶员、采购、督查、巡查、拆迁劝导、文件收发、档案管理、文书、宣传、数据采集、后勤服务。哪里需要，王圣婕就出现在哪里。

6月17、18、19日三天，整个湖州地区遭遇大暴雨，这对于专门负责基础设施建设的公司来说，无疑面临严峻的考验，24小时待命，随时准备处置因暴雨引起的突发事件。

"原本我们也对90后党员不放心，怕他们吃不起苦，没想到王圣婕在这几天里跟着我们老党员一起，吃住在办公室，不仅要冲在一线做好巡查工作，还要做好值班员的后勤卫生保障工作，不仅要做好对上对下的联络工作，也要做好公司下辖乡村的防汛工作。这几天看到的这些优良表现，我为90后党员的成长感到骄傲。"采访当日，公司办公室主任祈乐乐对王圣婕赞赏有加。

"我觉得自己挺幸运的，基层是锻炼年轻党员的好地方。"王圣婕表示，公司有很多优秀的一线老党员，这两年来跟在他们后面看到很多，也学到很多，不管是平日里默默地工作，还是去年的抗灾、今年的防汛，老党员们都为他树立了榜样，也让他对党组织的先进性有了更坚定的认识。

公司有一条不成文的工作守则：白加黑，5+2。工作强度之大让人咋舌，当然，王圣婕作为其中一员，默默地实践着。

在这样的一个群体里，王圣婕也受到了潜移默化的影响，用他自己的话来说是"蜕变得很快，有时甚至偶尔有种脱离年轻人的感觉"。朋友们都说王圣婕小小年纪装了一个颗老沉的心。

"大学时候也曾经玩过，玩得太多反而会觉得虚度光阴，现在，工作做多了也就习惯了。"王圣婕说，难得一天休息，在家里也待不住，有时候宁可到办公室去坐坐。去健身房是他唯一的业余活动，所以，王圣婕总结说，他的生活是三点一线：公司、家、健身房。

在网络上，王圣婕也经常看到大家对90后有一些片面的评价，什么"垮掉的一代"，刚开始他也会据理力争，发表自己的观点，现在，他想用实际行动去改变大家对90后的看法。

"年轻人极具可塑性，是党组织的稀缺资源，党组织需要年轻的梯队紧紧跟上。在这样的大前提下，优秀的年轻党员就能脱颖而出，将慢慢成长为中坚力量，肩负起符合时代发展的历史责任。"作为一名老党员，祈乐乐向记者描述了像王圣婕这一代年轻党员在党组织中所扮演的角色，也提到了培养党组织新生力量的方法："我们老党员以身作则，冲在最前线，话不用多，做给年轻党员看，他们中积极要求上进者自然就跟了上来。"

随身携带转正申请接受组织考验

采访对象：胡勇珠（1991年生）

胡勇珠，1991年生，2010年6月成为一名中共预备党员，一年预备期即满，她早早地写好了转正申请书随身携带，时刻接受党组织的考验。

眼前的胡勇珠，黑框近视眼镜，简单的T恤，一看便是个朴素的女孩。难怪她的一位好朋友评价她是"穿着打扮跟不上时尚前沿，思想跟不上趟儿"。对此，胡勇珠一笑而过。

面对党组织的召唤，她却比同龄人更多了一份成熟和热情，思想也比同龄人先进。面对中考的失利，胡勇珠没有气馁，她选择了海宁卫校的护理专业，第一个向党组织递交了入党申请书，并以优异的表现成为当时班里唯一一名学生党员。"向党组织积极靠拢的那段时间压力很大，是自己给自己的压力，要求自己各方面都要比别的同学做得好。一旦做不好，内心就会有愧疚感。"胡勇珠自述。

去年毕业后，回到家乡安吉，也面临找工作难，四处打听各种招考信息。得知安吉中医院招考护士，当时还没拿到毕业证书的她抱着试试看的心态，与那些大学生一起竞聘为数不多的几个护理岗位。

凭借扎实的护理知识，她如愿以偿地成了一名白衣天使。经常会有同事笑着对她说："看不出来，你是党员啊！"认为自己资历比较浅，胡勇珠工作特别努力。

急诊室护士，胡勇珠经常面对血淋淋的场面，去年年底的一个晚上，胡勇珠值夜班，一阵急促的救护车警报声响起，一位面目全非的车祸伤者被送到医院，此时伤者的心电图已呈一条直线，但瘦小的胡勇珠还是冲上前去，为伤者做起了心肺复苏，两分钟后，精疲力尽的胡勇珠换上了另一位同事继续按压，几名急诊室护士整整抢救了一个小时，只要有一丝希望，她们都不会放弃，雪白的护士服上、手套上沾满了血污。

输液也是胡勇珠的工作常态。"病人带着病情进医院，我们尽量减轻一点他们的痛苦。"这是她经常挂在嘴边的一句话。

在自己的工作得到病人认可时很欣慰，有时也难免会被人误解，很无奈。某一天，尽管胡勇珠已经一刻不停地在给排成长队的病人打点滴，一位母亲突然上前一把抓住胡勇珠正要给病人扎下针的手，怒气冲冲道："明明我排在他前面，为什么你不给我孩子先挂？！"

"我们里面有配药的护士，你的药比较难化，需要一定的等待时间，他的药已经配好，我为了节省大家的时间，就给配好药的先挂上。"胡勇珠一边向这位母亲耐心地解释，一边淡定地埋头扎着针。

刊于 2011 年 7 月 1 日《湖州星期三》

湖州民族班：铺一条知识的"天路"

对援疆援藏的湖州干部来说，西部是他们的第二故乡，而对于很多西部的学子来说，湖州同样也是他们的第二故乡。自 2002 年，菱湖中学开始招收西藏班学生之后，近年来，现代农业技术学校、湖州师范学院、长兴职教中心等三所学校也相继开设了西藏班、新疆班，为西域的孩子们开辟了一条通往知识殿堂的"天路"。

格桑花和雪莲花，一个产自藏区，寓意"幸福"；一个产自新疆，寓意"圣洁"。这两种花仿佛也是西藏和新疆学子们的化身，美丽而不娇艳，柔弱但不失挺拔。在离家几千公里的太湖南岸，为了圆心中一个梦而努力。

2002 年，菱湖中学迎来了第一批西藏学生，人数不多，只有 6 人，他们要在这片陌生的土地上学习生活三年。2012年，十年过去了，在菱湖中学就读的西藏学生人数已经达到了197名，他们平均插分在10多个普通班里，与汉族学生一起学习与生活。

2010年9月，现代农业技术学校首次开始承担招收中职藏族学生这一光荣任务。目前学校共有两个班级60名藏族学生，他们都是来自西藏7个不同地区的农牧子弟。

2011年9月，在上海火车站，湖州师范学院的老师们接到了第一批100名新疆籍大学生。短短半年时间，这100名新疆大学生就已经融入了湖州师院的大家庭，和乐融融。

同是2011年9月，长兴职教中心也迎来了第一批新疆学生。老师成了他们的代理家长，陪着他们去购物，游玩；他们也积极参与学校甚至校外的各种有意义的活动，尽情发挥和施展新疆学生的运动和歌舞天赋。

民族班，如初升的太阳，在太湖冉冉升起。

西域的雏鹰们，起飞在太湖南岸。

菱湖中学西藏班：扎西德勒，10年的太湖情节

2012年的2月21日，是藏历的除夕。下午两点，在菱湖中学的食堂里，一项新奇的庆祝比赛正紧锣密鼓地开展着。

学生们以班级为单位，围坐在一张长桌旁，桌上放着面粉疙瘩、肉馅、橘子、纸条等物。发号令响，学生们有的忙着揉面，有的忙着拌馅，有的忙着写纸条……不时传来几声夹杂着藏语的普通话。这是学校专门举办的藏历除夕包"古突"比赛。

藏历除夕这天，藏民要给窗户换上新布帘，在房顶插上簇新的经幡，门前、房梁和厨房也要用白色涂料画上"十"字符号等吉祥图案，构成一派喜庆的气氛。入夜，全家老小围坐在一起吃一顿例行的"古突"，类似汉族的团圆饭。

"古突"是用面疙瘩、羊肉等煮成的稀饭。家庭主妇在煮饭前悄悄在一些面疙瘩里分别包进石头、羊毛、辣椒、木炭、硬币等物品。谁吃到这些东西必须当众吐出来，预兆此人的命运和心地。

次珍和江拥旺姆是菱湖中学高三（3）班的学生，来自西藏拉萨的她们在湖州学习、生活已经快3年了，但是在异乡包"古突"还是第一次。"把面粉加水揉成面团，再掐成指甲盖大小的面疙瘩，最后再将羊毛、辣椒、盐巴等有趣的东西包进面疙瘩里，下锅一起煮，谁吃到这些东西，就分别预示着他来年的运气和性格。辣椒代表刀子嘴，羊毛代表心太软，木炭代表黑心肠，盐巴代表懒惰，硬币代表财运亨通等等。"次珍和江拥旺姆边做边介绍道："在西藏，一边吃着'古突'，一边讲着吉祥语，谁吃到加料的'古突'就要吐出来，不喜欢的加料就一起扔掉，预示着把不好的运程统统都扔掉。"

除了普通的"古突"，菱湖中学的老师们还把祝语比赛和"古突"比赛融合起来，变成"汉藏融合"的一项比赛。具体内容是由学生们把祝福的人名和祝福内容写在纸条上，包在"古突"里，也代表着来年的美好愿望。

格桑森格是高一（14）班的学生，珊瑚绒的灰色连帽衫外搭迷彩棉背心，牛仔裤，还有反戴着的红色鸭舌帽，记者采访他时，他正用藏语在纸条上认真地书写着。

"你写的藏语是什么意思，能给我介绍一下吗？"

"是天天向上的意思。"格桑森格抬起头冲记者笑道："希望我的同学们在新的一年里能好好学习、天天向上。"

这个来自西藏那曲的少年一脸明媚，青春写在脸上，在异地求学经历必定坎坷非常，但是这个藏族小伙子用一个微笑就涵盖了一切。最后，他还用藏语写下"洛萨尔桑"给记者，意即"新年快乐"。

菱湖中学从2002年9月开始，招收西藏学生内地高中插班生。近10年来，自2005年至今已有7届95名西藏毕业生参加高考，全部上了本科线，其中90%都被985、211大学录取，2009年傅豪同学还勇夺内高班高考全国状元。

菱湖中学的西藏班教学已经走入第十个年头，在这里收获了一份份成功的喜悦，也带来了一个个心愿。

"我想去北京外国语大学学英语，大学毕业回西藏建设家乡！"江拥旺姆这个19

岁的高三姑娘憧憬道："我本身比较喜欢学语言，小语种在我们家乡又不太用得上，所以想去学英语。"

江拥旺姆 12 岁时离开家乡拉萨，来到上海行政管理学校读初中。四年的初中学习之后，又来到湖州这个太湖南岸的城市就读高中。12 岁就离开家乡，离开父母，其中的艰辛可想而知。

"初中读的是西藏班，虽然当时年纪小，但是因为班里都是西藏学生，学校老师也很照顾我们的生活和学习，所以很快就适应了。高中到菱湖中学读书，来之前就知道要插班，还有些担心，怕文化和习惯上的差异会让我们格格不入，但是来了之后就完全放心了。汉族学生都很友好，也给予了我许多帮助，现在我最好的朋友就是汉族学生呢！"江拥旺姆侃侃而谈道："湖州的菱湖中学就是我第二个家。"

2012 年 2 月 20 日，菱湖中学举行升国旗仪式，西藏部老师作了《民族团结，共建和谐校园》的国旗下讲话，向全校师生宣传了被列入第三批国家级非物质文化遗产藏历年的有关知识。

藏汉融合，菱湖中学是这样说的，也是这样做的。

从每届学生 6 名、10 名、20 名到 190 多名，面对生源质量与规模的变化，菱湖中学没有成功的范例可循，他们只能知难而进。"'民族团结，藏汉融合'是我们的主题，作为校方，我们尽最大的努力帮助他们，希望每位西藏学子都能圆心中的大学梦。"菱湖中学蒋为民校长说道。

在校女篮队勇夺湖州市属高中第一名、市女篮联赛第二名的佳绩后，一位西藏班队员在日记本上写下：其实，汉族和藏族没有什么分别，默契就好；是不是亲姐妹又何妨，信任就好；是不是拿了第一不是最重要，奋斗过就好。也许我们该感谢篮球，让我们更坚强，更团结。我们感谢比赛，因为比赛不仅仅是休闲和娱乐，更成了我们的责任和承诺，比赛已止，情谊仍在，风雨兼程，同舟共济。

湖州师院新疆班：我们在这里有个家

2011年9月，湖州师范学院迎来了100名新疆籍学生，其中男生46名，女生54名，在这里主修农村经济服务，学制两年，第一年以理论学习为主，第二年以社会实践为主，届时安排他们在吴兴区相关街道进行实习。学业完成后他们都将回到新疆进入相关事业单位工作。一个学期的课程已经结束，新学期也已伸开双臂等待着他们的再次到来。记者在新疆班开学报到之前特地采访了湖师院与他们接触最多的杨鑫盛老师，想看看在前一个学期中这群新疆班学生的生活和学习究竟是什么样的，而在校的老师和学生又是如何帮助和评价他们的。

湖州师院的新疆班全称是阿克苏地区学员培训班。他们与其他在校生的区别就在于这个班的学生都是新疆籍的，因此为了迎接这100名新疆生，学校可是下了大功夫。

"去年，在他们报到之前，我们就已经把'基本设备'落实了。"杨鑫盛老师介绍道。

这些基本设备说起来也简单，就是关乎吃和住，可真要落到实处却没这么简单。去年7月学校开辟了一个特别的食堂——清真餐厅，这里是新疆班的专用食堂，一日三餐提供标准的清真味，而这味标准不标准可是和厨师大有关系，"新疆学生有很多独特的饮食习惯，因此非新疆本地厨师不可了。这新疆厨师可不好找，我们都快急疯了，好不容易才'挖'来一个维吾尔族师傅，后来我们还专程去浙江农林大学请了专业的维吾尔族厨师来校亲自培训，直到学生们都满意这口味才算放下心来。"

满足了吃之后，还有住。新疆生的住宿条件也算得上精心安排："学校为新疆班学生专门安排了宿舍，每间宿舍都是宽敞的四人间，里面甚至还有空调、热水器和饮水机，日常的生活设施很齐全。"杨老师说，"为的就是希望他们能在我们学校有个更舒适愉悦的生活环境。"

对于新疆班，学校除了在生活的硬件设施上处处关心外，教学上更是绞尽脑汁。学校在教授中进行选拔，专门为新疆班授课，而授课的内容也根据学生普通话水平较弱的特点开设了普通话基础、法律、演讲与口才等课程。

为了帮助学员的普通话水平，学校挑选了100名汉语言和对外汉语专业的在校生充当起了志愿者工作，和新疆班学生结对，每周帮助他们进行三小时一对一普通话口语训练。

　　在短短的一个学期后，新疆班学生普通话水平上升很快，而他们的热情与开朗也获得了师生的一致好评，"给他们上过课的老师都非常喜欢他们，虽然他们普通话说得不够好，但是性格都很开朗，胆子也大，上课发言非常积极，课堂气氛很活跃，老师们也越上越开心。而他们和结对的学生志愿者也很快成了朋友，开学一个月后他们就已经开始和在校学生一起结伴参加晚会了，融入得非常好。"

　　在电视里经常看到能歌善舞的新疆姑娘和小伙的表演场景，是否真的如此？杨老师笑着说："当然啦，新疆班的学生个个都能歌善舞，多才多艺这个词简直就是形容他们的。"

　　从迎新晚会上，他们能足足跳够两个半小时；在运动会开幕式上，他们穿戴着民族服饰跳着民族舞蹈出场，引得全校师生都站起来为他们喝彩欢呼；他们都非常有表演天赋，随时随地都能唱歌起舞，一点都不怯场……他们明媚的笑容和开朗的性格迅速赢得了在校师生的喜爱。

　　除了文艺天赋外，体育方面的天赋更是让在校师生们佩服不已。在运动会上，学员热合曼一举获得男子铁饼金牌，玉素甫和区克拜也将标枪和跳远的银牌、铜牌收入囊中。更让杨老师记忆深刻的是："他们的排球打得非常好，和我们学校体育系的教工打过两场排球赛，居然都赢了！要知道体育系的排球队在全校无人能敌呢！"

现代农业技术学校西藏生：老师对我们的好，我们都记在心里

　　来到位于埭溪的现代农业技术学校，时逢藏历小年夜，西藏班孩子的脸上都展露着灿烂的笑容。这一周，学校每天都为他们安排了丰富多彩的活动。吃"古突""贡旦"，学生自己动手做疙瘩面，包饺子，来寝室歌舞比赛，再与老师来场足球对抗赛。

　　2010年9月，现代农业技术学校首次开始承担起招收中职西藏学生这一光荣的任务。其中的艰巨性也是可想而知的，据副校长沈悦峰介绍，目前学校共有两个班级60名藏族学生，他们都来自于西藏7个不同地区的农牧子弟，学生年龄跨度有点大，其中年龄最大的是24岁，最小的16岁。文化程度差异也很大，有高中毕业生，也有初中毕业，还有小学文化程度的，这给教学工作带来了一定的难度。

语言交流障碍是初至学校的西藏生的难点。很多学生以前只是简单学习过汉语，从未真真正正把汉语作为交流工具，所以让他们用汉语听课这时也成了一件难事。课堂上，任课老师必须把语速放得一慢再慢，尽可能用一些非常浅显的语言来讲解。当时班主任要求学生写一个150字的心得体会，写了很久，有的同学就只写出了50多个字，其中竟还有30多个错别字。

多朗是现代农业技术专业二年级学生，学习颇为刻苦，上学期期末考试还拿到了第三名的好成绩。要知道，他第一学期的考试成绩可是倒数的。"我的汉语太差了，小学三年级才学了拼音，之后也没有专门学习过汉语，老师上课时，听得并不是很懂，所以学习有点跟不上。"多朗说，后来经过学校老师的帮助和自己的努力，已经拿到了普通话测试二级乙等证书。这不，现在的他，与记者面对面交谈非常顺畅。

"西藏班有些学生非常用功，像多朗，每天比规定的作息时间起得更早，就连周末也不例外，校园里经常能看到他捧卷读书的情景。"沈悦峰说，这些孩子的进步非常快，在二年级班中，大部分学生都通过了普通话测试，其中有一位同学的普通话水平还达到了二级甲等。

纯净无邪的笑容和好看的高原红，西藏姑娘特有的美丽在嘎玛拉宗身上展露无遗。在老师和同学的眼中，她是个活泼、开朗又能歌善舞的好学生，去年元旦，她与班中的另外同学一起，在老师的指导下排练了名为《唐古拉风锅庄》的节目参加了市里的文艺汇演，并获得了二等奖。

为学校赢得了荣誉，嘎玛拉宗很兴奋，她说，自己从小就爱唱歌和跳舞，是这里的老师给了她展现才华的舞台，她非常珍惜来这里学习的机会，希望用歌声和舞蹈来把自己内心的快乐传递给身边的人。

学校为这些孩子们做的每一件事，让这些远离家人的孩子们倍感温暖。

据老师们回忆，来学校报到的第一天，其中有几个孩子因家里经济条件限制，就随身带了一个小包，各种洗漱生活用品，甚至是换洗的衣服都是学校为他们一样一样添置的。

四人间的寝室，配备了空调、热水器，尽可能地为他们提供优越的学习环境；节假日，经常由老师带队游玩杭州、湖州各大人文景点以及与专业相关的现代化农业园区；西藏生爱吃辣，食堂大厨就专门为孩子们熬制了一大罐辣椒酱，他们可以随时往菜里添加；冬天到了，学校又为孩子们添置保暖内衣和羽绒服；刚刚过去的春节，老师们轮流值班，与孩子们吃住在一起……

远离父母独自在外求学，身体不舒服时最需要人照顾。一位学生得了胃炎，班主任每天在家熬了粥带到学校给她吃。

益西卓玛也向记者表达了她对老师的感激之情：去年，她因扁桃体发炎被送入湖州市中心医院，在住院的一个星期里，两位班主任老师每天轮流照顾她，给她补课，让她感动不已。"虽然我当时的身体很难受，连说话都困难，但老师们对我的好，我看在眼里，记在心里。"

对老师来说，西藏生的点滴进步，都是对他们工作的一种肯定。沈悦峰兴奋地告诉记者，到目前为止，已经有5位同学向学校递交了入党申请书，还有好些二年级的同学，正在备战高考，为一个更高目标——到更高一级的学府深造而努力。

长兴职教中心新疆生：这里的学习生活很幸福

2011年9月，长兴职教中心也迎来了第一批新疆班学生。

"大西北对我们而言真的很遥远，那里的人民有什么样的民风民俗？我们应该怎么与他们交流？他们的学习基础如何？这一切都是未知数。"民族班刚开学时，学校老师可谓"摸着石头过河"，心里没底。经过半年的教学相处，老师们也与这些西域雏鹰混熟了。"这些孩子特别能歌善舞，也很活泼，要教好他们，责任心，爱心，业务能力，一样都不能少。"长兴职教中心的老师介绍道。

走进长兴职教中心，优美的校园环境令人欣喜，完备的现代化教学设备催人奋进。来自南疆农村的70多位农牧民孩子正在这里开始他们为期三年的学习生活。

采访新疆班的孩子前，脑中就有一个疑问：这些孩子汉语基础普遍较差，能在课堂上听懂老师的讲课内容吗？能跟得上正常的学习进度吗？

"教新疆班学生，首要任务就是要先呵护学生的心灵，温暖学生的心。使他们首先能在这里舒心地生活，接下来他们自然就能安心学习。"长兴职教中心校长沈玉良如是说。

但是要让他们舒心生活，真不是件容易的事，学校为此做了很多努力，专门为这些新疆孩子开辟了一个清真食堂，还特意聘请了4位新疆厨师，为他们每天做地道的家乡菜。馕、烩面、拉面、抓饭、羊肉包子、大盘鸡……每周，清真食堂都会换着花样列出一周的食谱清单，既要尊重民族习俗，又要保证孩子们的营养均衡搭配。

刚到校几天，适逢国庆长假，老师就让孩子们跟家长打电话报平安，写一封家书介绍自己在学校里的生活，老师还随信附上了告家长书，学校的联系方式，以及拍成视频制作成光碟的学校概况一起寄给家长，为的就是让远在家乡的亲人放心。

新疆班的班主任操的心远比其他班的班主任多，必须无微不至地做好代理家长的角色。很多生活上的事情都要手把手地教，像规定每周的洗澡时间，还要跟他们一起洗，教他们如何洗得干净等。衣服破了口，老师立即帮着拿去修补……

以寝室为单位，学校的中层干部都与新疆孩子结了对，节假日他们都会带孩子出去吃个拉面，买点生活用品之类。原本是阖家团圆的春节，学校领导和老师却一起轮流值班陪孩子一起吃饭，一起打球，一起逛街，一起游西湖。还创造条件让他们与家人通过网络视频聊天，以慰思乡之情。

孩子生病，最累的也是老师。刚来学校的那一个月，孩子们还不太适应，得皮肤病，患感冒送医院的孩子很多，这时老师就得在医院里挂号配药跑前跑后，有时遇到孩子住院还得通宵陪夜。

沈校长向记者讲述了这样一件事：有个孩子，来读书前手上就长了一个疙瘩，他自己一直没在意，可是后来越长越大，老师带他去医院检查，医生一看说，必须得动手术，否则手指都会溃烂。在医生的治疗和老师的精心养护下，这个孩子很快恢复了健康。这段经历，让这个原本腼腆的不太会说普通话的孩子深切感受到了异乡的真情，现在一见到老师就礼貌地打招呼。有一次家里给他寄来了牛肉干等家乡特产，他一定要拿来分给老师们尝一尝。

新疆班的任课老师，备课通常要花更多的时间。因为孩子们还处于学习汉语的初级阶段，就得制作一系列的图配汉字和拼音的卡片辅助教学。

课堂上，老师尽量少讲理论多操作，调动他们的学习兴趣，像电子专业的学生，自己动手做出一样样技能产品。完成后他们都很有成就感，兴奋地把劳动成果珍藏起来，告诉老师要在放假时带回家给父母看。

新疆孩子能歌善舞，又有优秀的运动天赋，像篮球、足球等都是他们的强项，老师们就鼓励他们多多参加校内外的各种有意义的文体活动。去年长兴电视台举办"我要上春晚"的选秀节目，新疆班的13名学生也带着自己的节目勇敢地上电视参加选拔，最后还被作为特别邀请团队在长兴电视台的春节联欢晚会上露了脸。

大家可高兴了，第一次上电视，孩子们很自豪地打电话告诉家人。当然，他们心里明白，这背后与学校的大力支持是分不开的，每次他们去电视台排练，学校都会派一辆依维柯，专程负责接送。

今年元旦，汽修专业的一位女生家长来学校探望孩子，正逢老师带大家前往安吉百草原游玩，于是家长也跟着孩子一起去了。一路上，听着女儿讲述自己在学校的生活，亲眼看到老师对孩子们的照顾，这位家长感慨万千，回去的时候，握着老师的手说："谢谢你们，谢谢你们这么照顾我们的孩子，让孩子在这里学习，我们很放心。"

短短半年时间，孩子们已经适应了长兴职教中心充实又快乐的学习生活。新疆班汽修专业班主任顾海林老师说："我看到了孩子们的进步，普通话讲得越来越好，以前的一些坏习惯慢慢改掉了，见到老师大老远就会问好，对操作课的兴趣也越来越大了……"

今年，长兴职教中学还将投入 1000 万元，为新疆孩子独立建一个清真食堂，一幢学生公寓和一幢教学楼，以满足接下来几年不断前来求学的新疆孩子的需求。

学生们直言，在这里的学习生活很幸福。有两个因病休学回家的孩子现在也一直向老师表示要重回长兴职教中心继续学业。

"五十六个民族，五十六朵花，五十六个兄弟姐妹是一家。五十六种语言汇成一句话，爱我中华，爱我中华，爱我中华！"采访归来，熟悉的旋律又在耳边响起。一幅和谐绚烂、生动缤纷的多民族团结画卷仿佛在眼前一一展开。

刊于 2012 年 2 月 24 日《湖州星期三》

湖州书画家的绘瓷艺术探索之旅

任何艺术创作都需要灵感闪念。

湖州几位知名书画家在一个笔会上萌生了这么个想法：在瓷瓶上书写作画会是一种什么样的感受？很快他们开启了这场陶瓷书画艺术探索之旅。由原湖州市文化旅游局副局长、文博专家柴培良带队，王似锋、范斌、胡迪权、钟文刚等书画家一行赶往千年瓷都——景德镇，他们把书画艺术创作从宣纸移到了瓷坯上。

从龙虎山匆匆转移到景德镇
只为早点与陶瓷书画艺术来相会

车经五个小时的奔波来到江西鹰潭市，鹰潭市博物馆的相关负责人得知湖州书画家此行艺术探索之旅大为好奇和赞赏，"天下文博是一家"，热情好客的他们推荐了著名的龙虎山风景区，期望这样的采风活动能让湖州艺术家们多点艺术创作的灵感。

上龙虎山已是下午三点多，两个小时当然只游了龙虎山的一个局部。导游建议大家第二天起个早，将剩下的旅游景点进行补充游历。大家一个个礼貌性点头应和着。不可否认，龙虎山景区一如宣传中美妙，无论是传说中天师炼丹的正一观，还是南国无双的天师府，在此时，因为接下来那场陶瓷书画艺术的相约，显得不再有那么大的吸引力，连本来想在龙虎山好好写生的画家也收起了早早备好的画板，大家心灵相通地一致改变了行程：第二天一早，直接赶往景德镇。

又两个小时的车程，车子缓缓驶入筑有青花瓷廊柱的景德镇收费站，接下来，青花瓷路灯、青花瓷岗亭、陶瓷学院、陶瓷研究所……无时无刻提醒着你正身处千年瓷都景德镇。遥想着当年宋景德元年（1004），一纸敕令从帝都开封传递到江西省东北部的昌南镇，这个偏居一隅的小镇因出产的瓷器光致茂美，深得宋真宗赏识，被赐名为"景德镇"，恍若梦境。

在当地人的带领下，车拐进一个个小弄里，停在一个根本不起眼的灰色三层小楼前，这里居然就是大名鼎鼎的江君窑。打开了门，仿佛打开了一个世界，书画家们纷纷拿起一个个形态各异的精美陶瓷坯，爱不释手，跃跃欲试。

从小心翼翼到游刃有余
一幅幅缀有红印的作品跃然瓷上

当宣纸换成了瓷瓶，平面改成了立体，水墨变成了釉料，对书画家而言，这些都是挑战。

据介绍，瓷画分釉下彩、釉上彩和釉中彩，画釉下彩时，画在瓷坯上一个样，上釉再烧制出来后，有时与自己想要的色彩会不同，瓷器烧制后一般会缩小，有时瓷器还会发生窑变甚至炸裂，所以，创作一件上品瓷画十分不易。但水墨画和青花瓷相结合，更能体现中国传统艺术的独特魅力，加上这种不可预知性，更是勾起了书画家们的创作激情。

工作人员帮忙捧着瓷坯轻轻置于可转动的盘上，钟文刚第一个拿起了画笔。

显然，宣纸和瓷器的料性很不同，绘画时的感觉完全不一样，只见画笔在粗糙的瓷坯上跳动，没有宣纸那么顺畅，曾多次看到过钟老师现场作画时的信手拈来和游刃有余，此时的他也似乎变得小心翼翼起来。不过，到底是画工纯熟的画家，很快，钟老师就掌握了用笔的速度和着色的深浅度，半个小时后，一幅栩栩如生的龙图"盘"在了瓷瓶上。在一旁屏息作观的所有人忍不住鼓起掌来，还一个个纷纷拿起笔在空白处写上了字体不一的"龙"字，一数正好九个，那就暂且名为《九龙图》，真是"趣味天成"。

有了一次成功尝试，钟文刚的第二幅龙就成了"腾龙"。接着，王似锋的荷、柳、梅、兰、竹，一幅幅精美画作均跃然瓷上。

最后，范斌拿起毛笔蘸上红釉，画上印章，完美。

印象中，中国历代存世瓷器，尤其是产自官窑的贡瓷，只有年号底款，从来没有艺术家签名，而作为"旧时王谢堂前燕"的景德镇瓷器，以这种艺术的方式"飞入寻常百姓家"。

从优美篆隶到洒脱狂草
书风和瓷艺相得益彰互为映衬

相对而言，历来陶瓷藏品多以绘画形式出现，极少以书法表现，即使偶有书法作品，也都是工匠们的手迹。在陶瓷上表现书法一直是陶瓷艺术上的一个薄弱环节，未形成规模和门类。数百年来，相对陶瓷绘画艺术的日臻完美，陶瓷书法作品却寥寥无几。

瓷上书法，同样由于采用的用料不用，蘸多了就会使字混成一块，看不出来；蘸少了，由于瓷器表面很粘笔，写不流畅，字体也没办法在瓷器上很好呈现，往往写上指甲盖大小的一个字就要蘸上四五次料。也因此，书法家范斌选用的是篆隶，在创作内容上，他遴选精辟短句，甚至以单个字词入题，观之并无读"古董"之嫌，相反，目击道存，境界全出，使人沉潜到文化的深层去对话，去问答，去释疑。让书法在杯、盘、碗、瓶、罐上呈现出来，让人观之有味，思之有余。范斌还将古玺吉祥印写到瓷上，辅以隶书释文，既古雅又精致，既保持了其书风的原汁原味，又很好地彰显了瓷器的艺术特色，可谓相得益彰，互为映衬。

此外，瓷器上原料凝固的速度远比在纸上要慢得多，写久了稍不留神手一抖，把写好的字弄花了，也就前功尽弃了。在创作过程中，柴培良在瓷坯上左笔完成了一首诗，落好款，把江君窑主人看得啧啧称奇。工作人员一时急于搬走，却不小心将未干字迹抹糊了，引得观者阵阵叹息，急得工作人员手足无措，倒是柴培良大度地宽慰着他：没事没事，权当练笔，再来一个！

尤擅狂草的王似锋坐不住了，釉下彩的方法显然无法进行草书创作，提出试试釉中彩。果然，上过一层釉的瓷瓶相对光滑油亮，几分钟后，一幅草书已经鲜亮地呈于瓷瓶上。

胡迪权一到瓷场，结合釉中彩的尝试，如同毛笔濡墨，如若无碍之境，如意挥洒，众人皆为之惊叹。如此写瓷还不过瘾，忍不住也跟着画起瓷来，于是，他的第一幅鱼图居然就先于宣纸在瓷瓶上诞生了。

一件件陶瓷白坯在书画家的妙手下"脱胎换骨"了，瓷艺作品令人目眩神迷，大有气魄，小有韵味，不一而足，绝无雷同。尽管湖州书画家们谦虚地感叹这一次创作只是探索和试验，然而，分明能感受到他们内心满溢的欢喜和期待。

刊于 2012 年 5 月 4 日《湖州星期三》

传承五四星火　放飞创业梦想

5月4日，是中国青年的节日，一个属于青春的日子。每年的这个日子，初夏的空气中腾起焦灼而骄傲的气息。

1919年，五四运动的爆发，像一把利剑，斩断了中华大地千年的封建文化；像一道闪电，撕裂了沉睡华夏的黑暗；像一颗启明星，引燃了革命的烈火。"爱国、进步、民主、科学"，五四精神在今天仍旧照耀着神州大地，激励着一代又一代的青年。

"青年之字典，无'困难'之字，青年之口头，无'障碍'之语；惟知跃进，惟知雄飞，惟知本其自由之精神，奇僻之思想，敏锐之直觉，活泼之生命，以创造环境，征服历史。"李大钊寥寥数语却充分涵盖了青年的精神。

不同的时代要求青年有不同的目标，作为民族的脊梁，同时也承担起了民族的希望。

如今，青春是最好的创业本钱，有梦想，有行动，更有坚持！他们正在用行动创造属于湖城的财富故事。

从一名普通的打工者到拥有自己的产业，致富一方人，李小斌用了16年的时间。创立自己的品牌，发展生态农业，以科技带动农业从粗放型向集约型转变。打败重重困难，找专家、跑典型，他用行动阐释了一个"敢"字。

13年如一日兢兢业业，在小小的手套上做出了大大的文章。各个环节亲力亲为，面对每一双手套仔仔细细，连一个线头都不放过，沈战方用品质走出了一条"Made in China"的创业之路，他用行动阐释了一个"勤"字。

离开工作了12年的公务员岗位，全心全意投入到家族产业。接手一年来，销售创新高，行业稳固发展。许剑锋使传统的湖笔制造销售业转型为文化产业，让"王一品"走出湖州，走向全国乃至全世界，他用行动阐释了一个"拼"字。

28岁的郎元峰，从购买旧设备，租用土地厂房、四人合伙小打小闹起步，到2011年10月在自己购买的用地上造起了崭新的厂房，并投资5000万元新购一条先进的生产设备，他的创业之路，无不让旁人佩服。数据显示，仅上月销售额就达1600多万元。他用行动阐释了一个"勇"字。

传承五四星火，放飞创业梦想，他们的故事未然待续。

李小斌：当一个快乐的现代农民

采访李小斌是在2012年4月28日上午八点半，在这之前，记者数次致电，李小斌一直辗转在江浙各个城市为自己的事业奔波。"园区刚上轨道，还有许多事情要跟进，比如借鉴别的地方的成功模式，或者去农业专家那里取经等等，所以有时候待在车上的时间要比待在家里还多。"

今年37岁的李小斌，祖籍四川营山县，17岁那年只身离家到湖州，这一待就是20年。在这20年中，他从学徒做起，兢兢业业，终于在湖州扎下了根。同时，作为湖州人的女婿，他在自己致富的同时也不忘带动当地经济，在吴兴区八里店镇尹家村投资建设的西荡漾生态农业园区就是最好的例证。

园区创办于 2008 年，目前核心养殖、种植面积达到 650 多亩，采取生态循环混养的模式，从创办之初就与浙江大学以及浙江省淡水水产研究所等高校、科研单位合作，做足混合养殖的"野生"文章。

比如混合养殖怎么养，循环发展怎么个循环法？李小斌在不断的实践中逐渐清晰起来。

园区的混合、循环养殖"路线图"是：甲鱼、河虾苗首先养在水稻田里，稻鳖虾混养，等它们稍长大一些后放进外塘；外塘里青鱼、白鱼、鳜鱼以及甲鱼混养；外塘里的水抽进稻田里灌溉，稻田里的水放进面积 40 亩的外沟净化后再用来养鱼。

这样就没有一滴水流到外面。混合养殖也结出了多样硕果。

据李小斌介绍，园区计划到 2015 年完成规划面积 1500 亩，成为集生态养殖、休闲垂钓、观光旅游为一体的生态农业休闲模式。

在采访中，李小斌操着一口流利的湖州话回答着记者的问题，声音不大，却透露着对这片土地的浓厚感情。"我本身也是农民出身，知道老一辈农民'面朝黄土背朝天'的辛苦，再加上自己对土地的感情，所以就想着转型发展农业。以前的农民，种田的就是种田，养鱼的就是养鱼，自己辛苦不说，产量还不高，所以利用科技成果发展生态农业势在必行。"

李小斌说，刚开始发展生态农业，家里人并不是很理解，因为农业发展模式大多投入大收益慢，还不如老老实实承包水塘发展养殖业。后来经过多次沟通，把国内其他地方成功的案例给他们看，才让他们稍微理解了些。这几年来，家里人看到了园区的发展，他们的干劲也越来越足。

今年以来，好消息频传，不仅园区经营越来越红火，而且李小斌本人也被评为"2012年度浙江省农村青年致富带头人"。如今，李小斌的西荡漾生态农业开发有限公司已经初具规模，不仅完成了自己事业的转型，同时也带动了地方就业，这位湖州女婿用创新精神实现了农民转型成为生态农业的"农场主"。

许剑锋：辞去公务员接过老字号

文房四宝，笔墨纸砚，以湖笔为首；湖州手工制笔，传承千年，又以老字号王一品斋笔庄为首。

要说起湖笔，不少湖州人首先想到的必定是王一品。自清乾隆六年（1741）始创以来，王一品除了抗战等不可抗力的因素外，没有一天歇过业。这是王一品人的坚守，也是对湖州人的承诺。2011年，王一品斋笔庄全国销量超千万，在毛笔行业排全国第一，这离不开湖笔世家传人，今年35岁的掌门人许剑锋的努力。

面对如此骄人的业绩，很难相信，这位新掌门人接手笔庄不过一年有余。之前的12年，许剑锋是一名朝九晚五的公务员，"刚开始的时候，没想过要接班，所以大学一毕业就先选择当公务员，如愿到了市统计局工作。近几年来，父亲年纪大了，同时也看到了家族产业维系的艰难，经过再三考虑，去年3月正式辞职，帮父亲打理笔庄。"听许剑锋说起来轻松，但其中的思想斗争过程可想而知。

"以前在机关单位工作，节奏不快，每天的工作也有规律，所以有大把的自由时间。但是现在接手了'王一品'之后，每天的工作和生活都要围绕着毛笔转。时间上的落差、心理上的落差，还有处事方面的不同模式都让我觉得很难融入，过了差不多半年才适应过来。"许剑锋很坦诚。

许剑锋说，之所以毅然辞职回归笔庄，归根究底是两份责任感：一是对于家族产业传承、老字号品牌维护的责任；二是对于文化产业传承、文化创新的责任。

"以前的人每天用毛笔书写，但现在随着科技的发展，人们习惯了使用电脑，连写字都很少写，更何况是用毛笔呢。所以，说毛笔行业是夕阳产业也不为过。再加上现在的年轻人不愿学习湖笔制作技艺，老手艺人又相继面临退休，所以造成了后继乏人的局面。"言语间，许剑锋对这个行业不无担忧。

要说起以后的发展，许剑锋总结为"希望很大"。"毛笔作为文化产业的一部分，在大力发展文化产业的号召下有许多文章可做。年轻人嘛，不同于父辈的传统，接受新事物的能力较快，再加上教育背景的不同、时代的不同、信息传递方式的不同，所以在传统产业进行创新是当务之急。""书法存在一天，湖笔就能存在一天。"许剑锋对于王一品的未来信心百倍。

正是这份责任让他回归祖业，也正是因为这份责任让湖笔的未来更光明。

沈战方：开创一个手套王国

去往位于八里店镇计家湾的湖州瑞邦手套有限公司，路不好找，

曲径通幽，但一转身便豁然开朗，仿佛来到了一个手套的王国。车间里工人有序地生产着，沈战方的办公室里，右手边一排陈列架，整齐地挂着上百双各式各样的手套。

不同于国内使用广泛的白色棉线劳保手套，这里生产的是多为黑色的皮质或防水手套，指关节和手掌处按照位置不同还有不同颜色的防滑面料，这样的手套看上去就让人觉得眼前一亮，很是新鲜。

"我们生产的手套主要是出口欧美国家的工作用手套，不同的工种用的手套也不一样。你看，这些手掌处防滑面积大、手套厚的多为防机械伤害手套。关节和手掌处有橡胶隔层的是带电作业绝缘手套。我们每年都会生产上百个款式多种用途的手套。"一身 POLO 衫配牛仔裤，一只 KAPPA 的背包挂在办公室的椅子上，电脑旁放着最新版的小米手机，脚上是运动皮鞋。但是这位"潮人"介绍起手套的知识来一点也不含糊。

小小的手套，学问还真不少。

今年 36 岁的沈战方虽说年纪不大，但与手套结缘已经整整 13 个年头。大学学管理专业的他，在毕业之后阴差阳错投身手套行业，慢慢与手套培养出了感情，大学毕业 5 年后正式开创自己的手套王国。"手套行业在湖州比较少，前景也不错，再加上自己对这个行业比较熟悉，也有了感情，所以就萌发了自己创业的念头。"

"要做一双手套，最先要采购面料，手套不同于别的配件，对面料的要求比较高；之后便是下料裁剪，经过染印、刺绣等相关工艺加工后，再经缝制；再然后就是贴标和检验，最后就是包装了。一双手套最快的话能在一个小时内成型。"

作为加工业，加班加点可以说是常事，那么怎么平衡工作与生活？"工作的时候全心全意，不得一点分心，凡事也要踏踏实实。到了休息的时候就全心陪伴家人，当然还要培养自己的爱好。一有时间，也要丰富自己的专业知识，这样才能让企业越走越远。"

一双小小手套，正是靠着这份勤勉的精神和踏实的品质才能走出国门周游世界。

郎元峰：从四个合伙人到一人深耕

创业已非新谈，我们的周遭，有创业资格，创业理想的年轻人不在少数，但有创业胆识，能真正跳出第一步的人，却不多。郎元峰算一个。

2012 年 5 月初，驱车赶往安吉县天荒坪镇山河工业区，我们见到了郎元峰和他新投产的根据地——浙江盛洲纸业有限公司。公司的规模和气派远远超出了我们的想象，而这个当家人的年轻更是我们采访前始料未及的。

1984 年生，5 年前就开始创业。28 岁的郎元峰，从购买旧设备、租用土地厂房、四人合伙小打小闹起步，到去年 10 月在自己购买的用地上造起了崭新的厂房，并投资 5000 万元新购一条先进的生产线设备。新厂房、新设备让他的事业创了历史新高。据上个月统计，他的盛洲纸箱包装产品占据了安吉本土同类市场的 65% ~ 70%，还不乏发往周边长兴、德清、富阳、安徽等地，当月的销售额达到 1600 多万元。

郎元锋的创业之路引得父辈啧啧称赞："到底是年轻小伙子，胆子大，有冲劲。"

当然郎元峰的胆大并不虚妄。尽管年轻，说起他的企业经营管理理念却头头是道，与 60 后、70 后也不落下风。与其坐在办公室松软的沙发上交谈，能明显感受到他的睿智，随和中间也有犀利，慵懒中不乏敏锐。

"像我们这种生产型企业，如果要提高竞争力，第一要务就是更新设备，这样各方面的能耗才能降到最低，与此同时，产能达到最高。"郎元峰说，为此，他大胆地运用外来资金，"如果我计划用自己的长年累月的赢利去购买这套新设备，说不定到现在还没能用上呢，这样就无从谈突破式发展。"

听他讲述这些年一路走来，语气平淡而轻松，鲜有人知在其光鲜的外表下创业的艰辛和不易，原本乌黑的头发不觉间冒出的一根根白发便是最好的证明。2008年，创业第一年，无情的金融危机便给了他沉重一击，原材料大跌价，让他原本700多万元的库存瞬时缩水一半，一年的辛苦不赚反亏，而郎元峰不光选择了坚持，还接手了另外三个合伙人的份额。

第二年，行情依旧不好，订单量也骤降。这迫使他在做好本地市场的前提下，努力向周边城市拓展业务量。只要一得空，郎元峰就自己驾车跑市场，安徽、富阳等多个城市都有过这个安吉年轻人的身影。接下来的两年，终于迎来了平衡发展年和突破年。

在他的办公室放置的一张"浙江省中小企业高级管理课程培训"的合影中，显然，他是这群同学中最年轻的一张面孔。郎元峰坦承，绝大多数时候，年轻的外表在他的创业之路上是一种优势，但有时，也无形中让人对其产生一种不信任感，比如去银行办贷款、向政府部门申请项目、与原材料供货商谈合作时。但最终，他都用诚信扭转了对方对他的怀疑。2010年夏，供电紧张，响应"节能降耗让电于民"，郎元峰的工厂也主动拉下了电闸。为了能如期完成订单，郎元峰决定：出巨资购买发电机，尽管成本增加了，利润也没有了，但交货时间却一刻也没有拖延。此举令客户们一个个向这位年轻人竖起了大拇指。

对于今年企业的发展，郎元峰表示，在安吉本地的扩展已经达到了极致，接下来想走的一步是：异地开工厂。

"这并不是一件很容易的事，只有在摸索出一套最适合自己企业的管理模式，能套用于其他时，才能着手于建异地工厂。"我们不禁追问，这个摸索过程需要几年？他的回答充满自信："两年！"

　　创业是一条什么样的路？也许开始只是代表了选择，但最后，会发现那需要一种勇气、胆量和智慧。

刊于 2012 年 5 月 4 日《湖州星期三》

共和国将军来湖书写"翰墨责任"

　　2012 年 8 月 25 日，湖城迎来了 4 位将军书法家——裴周玉、孙善德、孙昌军、蔡宜乔。他们前半生驰骋沙场，后半生寄情翰墨，他们的到来为中国书法城——湖州平添了一道豪迈之气。

一撇一捺　尽显将军本色

　　"翰墨责任"笔会活动首站放在了中国湖笔博物馆，将军一行，兴致盎然地参观了湖州历史文化，对日日握于手中的这管湖笔有了更深的认识和体会。

　　当日主场活动安排在了温泉高尔夫俱乐部。下午四时，四位将军悉数到场，与湖城的 30 位湖州书法少年共同挥毫泼墨，笔会气氛推向最高潮。

孙善德将军的"爱我疆山，爱我王国"，孙昌军将军的"锦绣湖州美如画"，蔡宜乔将军的"赢在责任"等等，不仅功底深厚，而且艺术表现力极强。在众人的一片掌声叫好声中，将军们作品一幅接着一幅，手中的湖笔一会儿都没停歇。

30位书法少年则齐刷刷写下"责任"二字。当他们各自捧着自己的作品展示时将军书法家们认真地作了点评，并给了孩子们大大的褒奖和鼓励，相信这些会让孩子们在未来的书艺之路上更为努力。

101岁的开国将军裴周玉，拿出了在湖州创作的"继承革命传统创造光辉未来"书法作品，孙昌军将军则用左笔即兴创作作品一幅送给了中国湖笔博物馆作留念……

在湖州整整一天，无论走到哪里，将军书法家们都不忘使上几笔。我们看到了将军们创作书法的别样韵味，军人刚劲的气质，豪放不失雅致，一撇一捺尽显将军本色。

半生驰骋沙场　半生寄情翰墨

将军，无论是战争年代，还是在军队现代化建设中，都涌现了许多文学家、艺术家，书法家更是不乏其人。

毛泽东既是伟大的无产阶级革命家、政治家、军事家，也是当代杰出的诗人和书法家。五六十年代书写的《沁园春·雪》《清平乐·六盘山》《七律·长征》和《满江红·和郭沫若》等震古烁今之作，大气磅礴，锐力雄浑，豪放潇洒，后人称之"毛体"。

周恩来、朱德既是伟大的军事家，也是有名的书法家，他们的传世书法佳作被广为传颂和珍藏。

本次来湖参加笔会的共和国将军，也多为将军书法家。

裴周玉，百岁开国将军，1928年参加过秋收起义，和平年代，练习书法成为开国大将军最大的爱好。

孙昌军，现任中国将军书画研究院副秘书长。离休后学习书法，书画作品多次获得中国老年书画展一等奖及金奖，多数作品被国内朋友及海内外友人和有关单位收藏。

孙善德，现任中国部长将军书画协会会长。他的书法苍劲、豪迈，作品多次在报纸、杂志上刊登，多次获奖并在各地的大型书画展中展出。

蔡宜乔，中国将军书画院副院长。尤其善于用粗细不同的笔法表现不同的对象，或圆转流畅，或顿挫劲利，神采飞动，许多作品被国家或省市博物馆、纪念馆收藏。

湖州市书法家协会副主席王似锋对将军书法作品作出如此评价："将军自有将军气，铁划银钩，力透纸背，潇洒自然，一气呵成，拜读之际，敬佩之至！"

作书如同作战　将军缘结中国书法城

自古，将军书法家不胜枚举。宋朝的岳飞既是指挥千军万马的元帅，杰出的军事家，又是我国历史上著名的大书法家。他书写的《诸葛亮前后出师表》，气势磅礴，奔放洒脱，是行书之瑰宝，历来受世人赞叹。

甚至还有"战争是书法艺术之父"一说，书法艺术从诞生的那一天起，就和将军结下了不解之缘，还有中国书法城湖州的缘。

相传，秦大将军蒙恬"用枯木为管，鹿毛为柱，羊毛为披（外衣）"发明了毛笔。后蒙恬曾居湖州善琏改良湖笔，采兔羊之毫并用石灰水进行脱脂，"纳颖于管"，并将改制成功的湖笔技艺传授给善琏老百姓，使之当地几乎家家出笔工，户户会制笔。其实，我们现在的湖笔制作依然沿用了这些技术。

起兵于湖州的西楚霸王，据《史记》项羽本记载，有少时"学书"一项，这么说，其也称得上是舞文弄墨的军事家。

中国书法史上最为耀眼的星辰，"书圣"王羲之，曾任吴兴太守多年，官至"右将军"，留下这样的文字："夫纸者阵也，笔者刀稍也，墨者鍪甲也，水砚者城池也，心意者将军也……"提示了作书如作战的道理和奥秘。

刊于 2012 年 8 月 31 日《湖州星期三》

他　她

军嫂童林燕牵动众人心

看过"我们万众一心"——98抗洪赈灾义演大型文艺晚会的观众，不会忘记军嫂小娟抱着孩子含泪唱着《真的好想你》的感人场面。在江西九江抗洪前线的驻湖某坦克团和金华永康市人民医院妇产科同样传颂着一位好军嫂——童林燕的故事。

1998年8月21日下午，驻湖某坦克团在江西九江抗洪抢险的临时住所九江发电厂收到了一封电报：母子平安，请放心！祝尽快战胜洪魔，早日凯旋！电报很快被送到了驻湖某坦克团副连长黄进的手里，黄进握着这封妻子童林燕发来的电报，心情十分激动。

这封电报在全团官兵中也立时引起了强烈的反响，极大地鼓舞了官兵们抗洪救灾的士气。

这封电报同样也感动了部队住所——九江发电厂幼儿园几位老师。同为女性，她们最能理解女人在生孩子这个时刻的感受。8月22日一早，幼儿园园长杨德培等4位老师兴冲冲地来到邮电局，将自己连夜精心缝制的几套婴儿衣服和能够采购到的一些生活用品，寄给远在永康市人民医院妇产科的童林燕。

杨德培在给童林燕的慰问信中这样写道："林燕，您好！女人临产，最大的安慰莫过于丈夫在身边，但黄进副连长却在九江抗洪抢险，我们灾区人民为你们的高尚行为所感动，有您这样的好军嫂作解放军的后盾，再大的洪水我们军民定能战胜，再大的困难也能克服。"

童林燕的丈夫黄进是驻湖某坦克团副连长。8月10日晚上，部队接到了赴江西九江抗洪抢险的命令时，黄进的请假单已经获得批准，因为19日是黄进的爱人童林燕的预产期。然而，灾情就是命令，黄进果断将请假单往口袋里一塞，二话不说毅然跟着部队来到九江。

到了江西九江后，黄进才给妻子童林燕打了个电话，说明了不能回家的原因，深明大义的童林燕当即表示："国家养兵千日，用兵一时，抗洪救灾是大事，你就放心在前线抗洪吧。"

有了亲人的理解、支持和鼓励，黄进干劲倍增。在江西九江大堤4至5号闸口堵口和固堤的战斗中，他担任该连党员突击队队长，别人扛沙包一次一包，他每次扛起两包冲在最前面。为了迎战长江第六次洪峰，他6天6夜不下大堤，查险情排隐患，出色地完成了护堤任务。

8月21日晚，到九江慰问的永康市慰问团了解到了驻湖战士永康籍军人黄进的事迹，当即赶赴5号闸大堤看望黄进。还用手机拨通了永康市人民医院妇产科的电话，让刚刚当上爸爸的黄进听听儿子的啼哭声。

黄进激动地向妻子和家乡人民表示："尽管第六次洪峰刚过，但长江汛情不容乐观，我决不辜负家乡亲人和第二故乡湖州人民的期望，要与湖州来的子弟兵一起奋斗，夺取长江抗洪抢险的最后胜利。"

8月26日中午，记者对童林燕进行了电话采访。

童林燕在电话里朴实地说："作为军人的妻子，就应该全力支持丈夫的工作，我是一名普通的军嫂，我所做的是每位军嫂都能做到的。"她还告诉记者，她于24日收到了九江人民寄来的慰问品和慰问信，现在他们母子状态很好，在此对关心他们母子的所有人表示深深的谢意。

刊于 1998 年 8 月 28 日《湖州日报》

湖州姑娘给春晚捎去了 1999 份祝福

　　1999 年 3 月 27 日晚，中央电视台现场直播"我最喜爱的春节联欢晚会节目"评选颁奖晚会。这天，湖州的许多观众和全国观众一样坐在电视机前观看着这档节目。

　　节目临近结束，主持人姜丰捧着装有 1999 颗幸运星的花篮向大家介绍道：这是浙江省湖州市骆驼桥新村的一名热心观众寄来的表达美好祝愿的礼物，节目组向这位热心观众表示感谢。电视机前的许多湖州观众都睁大了眼睛，嘴里一边喊着"湖州的，湖州的！"，一边又相互询问：骆驼桥新村在哪里？

　　1999 颗幸运星，在 1999 年这个特殊年份里，寓意着对澳门回归、新中国成立 50 周年大庆的美好祝愿。为此，记者决定寻访这位颇具耐心和爱心的湖州热心观众。

3月29日，记者开始寻找骆驼桥新村。可是，问了几个"老湖州"，竟也不知道湖州有个骆驼桥新村。取名为骆驼桥新村，想必应在骆驼桥周边。在马军巷一个不是很显眼的大门里，记者终于看到了"骆驼桥新村"字样。问及新村的居民，都已从电视上知道有这么一回事，但是具体是哪家的孩子寄的幸运星都说不上来。他们和记者一样，只知道这位热心观众姓潘。在没有其他线索的情况下，记者只好叩开新村内一家家潘姓人家的大门探寻，但均告失败。

第二天，记者打电话给邮政营业组，请求他们帮助查询包裹单的存根，可因为又报不出包裹的确切寄件人姓名，寻访又一次搁浅。

几番周折后，记者想到了中央电视台。抱着试试看的心情，拨通了中央电视台春节联欢晚会剧务组的电话，接电话的正是剧务组主任田裕硕。当记者说明想要寻找"1999颗幸运星"的主人时，虽然春节前后，晚会剧务组收到来自全国各地的信件多达一万多封，然而田裕硕显然对"湖州幸运星"印象深刻，当问清我们的意图后，马上告知了这位热心观众的姓名、地址和联系电话。至此，几天的寻访总算有了结果。

事不宜迟，记者马上和幸运星制作者的母亲取得联系，当天中午，记者见到了这位热心观众——19岁的高中生潘圣媛。

事情还得从1998年10月说起，当时湖州很流行用彩色塑料软管叠成五颜六色的幸运星。

正在读外贸专业的高三学生潘圣媛是一名性格活泼开朗的女孩子，平时很喜欢编织一些小玩意儿，此时的她，也迷上了叠幸运星，心灵手巧的她手艺特别好，叠出的幸运星非常精致漂亮。于是有一位同学向潘圣媛提议，何不叠上1999颗寄给中央电视台99春节联欢晚会节目组？说干就干，潘圣媛便开始去市场购买材料。

1999根塑料软管，在一些小店里根本买不齐，有店主看她要买这么多，还误以为她是做批发生意的。最后，聪明的她去了"蓝宝石"小商品市场，在那儿，她尽情挑选了各种颜色的塑料软管。那天，正心满意足地往回走时，在楼梯口碰到了一位从农村来此进货的个体户，发现该个体户手里的塑料软管颜色很多，便停下来与个体户商量。当那位个体户知道了潘圣媛的心愿后，竟大方地将塑料软管以进价转手给了她，乐得潘圣媛一蹦三尺高。

买齐了材料，接下来便是动手做了。从10月份开始，除了复习功课外，潘圣媛将一切业余时间都投入在五彩缤纷的幸运星世界里，她往往一边听英语磁带，一边叠着幸运星，即使是双休日，同学邀她出去玩她都拒绝了，把自己关在小房间里埋头折叠她的心愿。

然而，再新奇的事情，如果单调地重复地进行总有厌烦的时候，况且周围一些人也表示不理解，甚至有的冷嘲热讽。叠得手指头发麻，眼睛发酸的潘圣媛也反复问自己：这么做到底图个啥？一个晚上只能叠上十几到几十颗，按照这个进度，要完成1999颗，得持续几个月的时间。

潘圣媛想到自己平时办事没有恒心和毅力，往往半途而废，她将这个事情作为对自己的一次考验，主意定了，消除了想法，排除了压力，振作精神继续叠。平时，有同学来玩，看她叠得这么辛苦，表示要帮她叠，可潘圣媛婉拒了，她想独立完成。功夫不负有心人，她不仅将那几盘英语磁带听得滚瓜烂熟，她的幸运星折叠技术也到了炉火纯青的地步。

整整叠了三个月的时间，潘圣媛终于完成了1999颗幸运星，望着这一大堆五颜六色的幸运星，她甚至有点不敢相信这个事实，叫上弟弟数了一遍又一遍。

如何将幸运星包装得更漂亮？潘圣媛费尽了心思，用透明的瓶子装，那得装上好几瓶，而且也不方便邮寄。在经过一家鲜花店时，潘圣媛突发灵感，买下了一只"爱心"花篮。望着自己的劳动成果，潘圣媛心中充满了希望。

为了保险起见，细心的潘圣媛于1月底给中央电视台春节联欢晚会节目组写了一封信，表示了要将自己做的1999颗幸运星送出的心愿。

事后，潘圣媛的爸爸接到了中央电视台剧务组的电话，对方对潘圣媛的心愿表示感谢，劝孩子要以学业为重，千万别为了做幸运星而影响了学习。听到这个消息的潘圣媛既高兴又有点遗憾，高兴的是中央电视台会对她这么一封平常的信如此认真地对待，遗憾的是未能如愿地表达自己的心愿。

于是在春节期间，她将一部分幸运星作为礼物送给了朋友，把剩下的全部锁进了橱子。

3月9日那天，潘圣媛再次打开橱子，看着这些漂亮的幸运星，叠幸运星的往事历历在目，于是她再一次萌发将幸运星寄往春节联欢晚会剧务组的心愿。但数了一遍后发现缺了50多颗，她马上买来材料软管，回家动手补做，凑齐了1999颗幸运星后，于当天晚上冒雨赶邮政局寄了个特快专递。包裹寄出后，潘圣媛终于松了口气，为自己认真执着地完成了一件自己决定要做的而且也具有一定意义的事而高兴。

本以为事情已告一个段落，没承想就在颁奖晚会播出的前两天，潘圣媛接到了中央电视台春节联欢晚会剧务组的电话，告诉她礼物已收到，并已决定让这些幸运星在3月27日的晚会上与全国广大观众见面。潘圣媛及家人沉浸在喜悦和期待中……

就在记者在采访潘圣媛时，中央电视台春节联欢晚会剧务组主任田裕硕打来电话询问潘圣媛有没有看到节目。说起这件事，潘圣媛一直为中央电视台工作人员认真负责的工作态度及关切之情深深地感动着。

刊于 1999 年 4 月 2 日《湖州日报》

李致新将五星红旗插上世界七大峰

李致新，这位来自海滨城市大连的汉子，在 11 年时间里，将五星红旗插上了世界七大峰的峰顶，标志着我华夏儿女的脚步第一次踏遍了七大洲之巅。

1999 年 8 月 18 日，记者在太湖山庄见到了前来参加首届全国极限运动大赛的李致新。

曲折的登山路

说到登山，李致新滔滔不绝。还是李致新在大连读小学四年级的时候，当时中国登山队第二次登上了世界最高峰珠穆朗玛峰，那时候的小致新便对登山勇士崇拜得不得了，觉得他们太勇敢了，他认为自己也非常勇敢，从那时起，当一名登山运动员成了小致新的理想。

然而命运总喜欢捉弄人，当李致新考进武汉地质学院时录取的却是水文系工程专业，这和山并没有多大联系。

1983年，中日登山界决定在1984年联合攀登纳木那尼峰，有关人员来到武汉地质学院选苗子，可人家指明了"不要水文系的"。机灵的李致新找到负责此事的老师，向他"夸耀"了一通自己的特长——"第一，我喜欢登山；第二，我是东北人，杠冻；第三，我会日语（其实只会几个日语单词），能和日本队友交流。"由此，李致新终于"挤"进了登山队。

李致新最初的登山之路并不顺利。那年与日本队员一起到青海阿尼玛卿峰进行登山训练，登至海拔5850米时，突然发生了雪崩，3名队员被埋进了雪里。当时的李致新与队友已顾不上面临再次发生雪崩的危险，只知道在雪里挖呀、喊呀，并利用顺着绳子找人的办法把3名队员全部解救了出来。1987年参加中日纳木那尼峰登山，登至7500米时为了抢救队员又一次放弃登顶，而此时仅距峰顶100余米。李致新后来被评价为——虽然没有登上自然界高峰，却登上了中日友谊的高峰。这些经历使李致新对登山有了更深刻的理解——登山并不是个人英雄行为，而是人类能力智慧的展示。

登上世界七大峰这一宏愿是李致新在1988年登上南极洲最高峰文森峰时萌生的。在这之前，李致新已登上了亚洲也是世界最高峰、海拔高达8848米的珠穆朗玛峰。接下来的几年里，他一一征服了麦金利峰（北美洲，海拔6194米）、阿空夹瓜峰（南美洲，海拔6964米）、厄尔布鲁士峰（欧洲，海拔5642米）、乞力马扎罗峰（非洲，海拔5895米），今年6月23日，他又将五星红旗插上了最后一座高峰——查亚峰（大洋洲，海拔5030米）的峰顶，这标志着李致新的目标已全部实现。

排满的日程表

回想起攀登七大峰的经历，李致新至今依然很感慨，他总结了每座峰的特点：遥远的文森峰、艰难的珠穆朗玛峰、恐怖的麦金利峰、浪漫的乞力马扎罗峰、幸运的阿空夹瓜峰、神秘的查亚峰、狼狈的厄尔布鲁士峰。

最后征服的查亚峰，李致新说它并不很高，攀登难度也不是很大，但很神秘。山下住着一些土著民族，他们还生活在石器时代，最令人担心的是这些人身上挂一个葫芦的男人和围着草裙的女人是食人族。但李致新不愿因为少登最后一座高峰而留下遗憾。通过长达一年半时间的申请终于批下来了，但上山时都有荷枪实弹的军队跟着。

当然最艰难的还是珠穆朗玛峰，在攀登的过程中遇到了好几次暴风雪。目前，在中国登上世界七大峰的只有两位勇士，而另一位中国勇士王勇峰在一次攀登珠穆朗玛峰时冻掉了 3 个脚趾头，失踪了 24 小时，真的是从死亡线上爬回来的。

李新致坦言，攀登世界七大峰的目标都实现了，接下来应该培养更多的年轻人，要让人们更多地认识登山这项运动。在李致新的日程安排表上，记者看到，在 8 月 22 日此次全国极限运动大赛结束后，8 月 26 日至 28 日在北京举行一个全国性的攀岩赛事；9 月 3 日至 5 日，亚洲第八届攀岩锦标赛在我国华山举行；接下来的中日登山活动在四川举办……这些赛事活动，李致新都要前往参与。

在攀登了一座座高峰后，已从小伙子步入中年的李致新身体也开始发福，这给登山增加了困难。但李致新依然雄心勃勃，打算明年和台湾运动员一起攀登被国际登山界公认的攀登难度最大的乔格里峰。对于日前尚无一例攀登成功的梅里雪山，李致新也很感兴趣，在他看来，这世界上没有一座攀登不了的山。

奇妙的湖州缘

李致新与湖州结下不解之缘也是因为登山。1998 年，在湖州莫干山举办了登山节。第一次来湖州的李致新被美丽的莫干山迷住了。李致新认为湖州完全有条件搞一些全国性的登山运动。

第二次来湖州是 1998 年 12 月份，李致新随同考察人员来湖州考察举办全国极限运动大赛赛址，当时申办极限运动大赛的还有北京、上海、常州等 3 个城市，湖州是考察的第一站。当李致新等考察人员来到太湖山庄时，被美丽的太湖折服了，面对湖州人民的真诚，他们一致决定就将大赛定在湖州举办。

然而时间紧迫，要在短短的几个月时间里，搞好比赛场地、设施，其他的服务也得跟上，实属不易。而且因为是首届，也可以说没有任何经验可搬，尤其是今年我市遭遇了百年不遇的特大洪灾，给极限运动大赛的举办带来了很多困难和考验。期间，李致新两次赶来湖州，对赛场的设计作指导，提供一些别国极限运动大赛的经验。

当李致新第五次也就是此次来湖时，漂亮的比赛场地、畅通无阻的交通、气势恢宏的文艺演出，让李致新深切地感受到了湖州人的精神面貌。

李致新说，印象中的湖州是个比较富裕的地方，而湖州人也活得挺安逸，但在大赛面前发扬了"人人是东道主"的精神，这真是难能可贵。

用李致新的话来说，本次极限运动大赛不仅是一次运动大赛，同时也是对思想观念的自我挑战，湖州人做到了，所以从某种意义上来说，这次大赛的意义已经远远超出了举办运动大赛的本身。

刊于 1999 年 8 月 20 日《湖州日报》

莫教授的湖州情结

2001 年 4 月 13 日，湖州师范学院教师会议室里，一位精神矍铄、神采飞扬的老教授从湖州师范学院姚成荣院长手里接过"兼职教授聘任书"，严肃又不失幽默地说，"今天我是来'还债'的！"

这位老教授是安徽师范大学硕士研究生导师莫嘉琪教授。莫教授是湖州德清人，1960 年毕业于复旦大学数学系，同年分配到安徽师范大学任教。现任上海交通大学、上海大学兼职教授；安徽重点学科（基础教学）学术带头人；中国奇异摄动理论研究会副秘书长，安徽省教委高校数学教学指导委员会副主任，安徽省数学学会常务理事；美国《数学评论》和德国《数学文摘》评论员；享受国务院特殊贡献专家津贴。

莫嘉琪教授长期从事数学教学，在安徽、上海等地为大学本科、硕士、博士研究生开设基础课、公共课、必修课、专业课等20余门不同的课程；擅长基础数学、应用数学，微分方程方向的学术研究，共在国内外学术刊物上公开发表学术论文100余篇。多次主持和参与研究并完成国家自然科学基金和安徽省的立项课题，8篇学术论文受邀参加国际会议。莫教授主持的9个科研成果分别达到了国际先进水平和国内领先水平，并分别获得了教育部和安徽省的自然科学奖、科技进步奖等政府奖。一篇发表在《中国科学》上的论文获得了安徽省优秀学术论文一等奖，并获金质奖章一枚。1993年起莫教授分别被录入美国Marquis《世界名人》、《世界科学家、工程师名人》、英国剑桥《世界名人》、印度《亚洲名人》等。

谈起莫教授的湖州情怀，他感慨地说："我生在湖州，长在杭州，学在上海，工作在安徽，一直没有机会为家乡湖州做点事，现在我即将退休，接下来的时间，我要实实在在为湖州的教育事业作点贡献。受聘湖州师院的兼职教授，我非常荣幸，决心做一名优秀的兼职教授！"

去年上半年，莫嘉琪教授从亲友处偶然得知，家乡湖州有所师范学院，深藏心底对家乡的向往之情一下子迸发出来，回家乡任教，这个念头一天比一天强烈。此时，和他曾在复旦大学一起读书的老同学中有许多已在全国各大名牌大学担任负责人，不少人来电来函力邀他去做兼职教授，但他婉拒了老同学们的热忱邀请，连夜写下了自荐书，连同自己的教学与学术研究的详细资料一起寄到了湖州师院……不久，湖州师院将莫嘉琪教授请到湖州，双方进行了交谈，愉快地达成了意向。莫教授等不及聘书，上个学期就抽出几天时间赶到师院，为数学系学生开设了应用数学课程，并在省数学年会（此年会在湖州师院举办）上作了一个关于应用数学研究的专题报告，受到浙江省数学界的好评和大力推崇。

莫嘉琪教授如今家住安徽芜湖，现在每个月来湖州师院两次，尽管院方主动提出安排车子接送他，但他坚辞不受，说"我身体挺好，不用麻烦"。莫教授每次从芜湖来湖州都是自己买票坐火车，再转公共汽车，而且从不向湖州师院在报酬、生活条件上提要求，莫教授说："我是来还'债'的，一切服从师院的安排。"他用实际行动向广大师生展示了一个老知识分子严于律己、专心治学的良好素养、行为。

莫教授主动为师院数学系高年级学生开设《数学物理方程》课程，解决了该系的数学薄弱环节。同时，他还无偿提供了由他亲自研究做成的一个奇异摄动研究的数据库。据悉从下个学期开始，莫教授将住在湖州，今后将以湖州师院兼职教授的身份在国内外刊物上发表论文，参加该院数学系承担的浙江省重点扶持学科的建设工作，并与师院数学系胡璋剑教授一起联合申报 2001 年国家自然科学基金项目，力争使师院数学系成为该院首批硕士学位授予点。莫教授有一个心愿：尽自己最大努力，使师院数学系在应用数学领域早出成果。

据湖州师院人事处有关负责人介绍，莫嘉琪是湖州师院历史上首位兼职教授。因此，师院积极主动为他安排好生活，为他的工作尽可能创造好条件。作为我市高等教育"航空母舰"的湖州师院，聘请兼职教授是一个全新的大胆尝试，也是一项很有意义的工作，特别是随着高校人事制度改革的推进，智力引进、实现人才资源共享已成为一种必然趋势。这一举措对于加强师院的学科建设，提高科研水平，培养中青年教师，有着十分重要的现实意义和深远的历史意义。而莫嘉琪教授毅然放弃多所国内知名大学的邀请，主动投身家乡的高教事业的做法，表达了他热爱家乡、报效家乡的浓浓的湖州情结。

刊于 2001 年 5 月 11 日《湖州日报》

我市首例试管婴儿诞生记

2001 年 10 月 21 日中午，市妇保院住院部里，洋溢着节日般的喜气，一对年轻夫妇经过漫长而紧张的等待，终于盼来了自己的亲骨肉——一个重 3160 克的健康女婴。与众不同的是，她是一个试管婴儿，也是我市首例试管婴儿。

记者来到医院采访时，见到了新生儿的父母，当父母的一脸掩饰不住的激动。医生护士对这个"小天使"更是呵护有加，大家正议论着孩子到底像父亲还是母亲。"小天使"粉嘟嘟的小脸十分惹人怜爱，与别的新生儿没有任何不同。

据介绍，孩子的父母婚后一年多不孕，其父患阻塞性无精症，是通过非损伤性睾丸精子抽吸术成功地孕育了第二代试管婴儿，这在我省尚属首例，在全国也是继上海之后国内第二家动用该技术的辅助生育中心。

试管婴儿并非在试管里长大

看着可爱的"小天使"，记者提出想看一眼那根很神奇的"试管"。

诊疗中心的严主任带记者来到实验室，拿出一个口杯底座大小的玻璃器皿，这完全不是原先人们想象中的所谓的"试管"模样。严主任告诉记者，"试管婴儿"只是大家的一个俗称，实际上是指通过先进技术将获取到的精子和卵子在体外特定的环境条件下受精，然后再移植回母体子宫内继续发育，形成胎儿直至分娩。在这个过程中，这个"体外特定的环境"就是人们所理解的那个"试管"。

所以说试管婴儿只是在试管中受精结合成胚胎而已，并非在试管里成长。

一样的亲生骨肉　一样的分娩过程

试管婴儿技术容易使人们产生试管婴儿不是夫妇的亲生子女的误区。其实除了为解决无精或无卵的夫妇想生育孩子的愿望，根据提供双方意愿经律师事务所或公证处公证，采取借精、借卵和借胚胎做试管婴儿者外，精子和卵子取自父体和母体的试管婴儿都是父母所亲生。

这个试管婴儿究竟是如何从"试管"中出生的呢？严主任说，一个试管婴儿的诞生一般有以下几个步骤。

首先是做妇检、B超等，并在适宜的时间注射有关激素以控制卵子成熟的时间，在其后的34～36小时，医生通过阴道超声的引导，用穿刺的方法收集卵子，收集卵子时间的早晚将直接影响卵子的质量。再将采集到的精子和卵子一起放在一个专用的培育器皿中，完成体外受精，并结合成胚胎。两天后，将胚胎移植到女方子宫内妊娠。为了保证成活率，一般要移植3～4个胚胎，这也是为什么会有双胞胎甚至多胞胎试管婴儿的原因。最后还需一段时间的监测，并服用一段时间的激素，以防流产。所以，试管婴儿与自然怀孕的最大区别就在于受精途径不同，前者是在体外受精，而后者是在体内受精。其妊娠、分娩的过程与自然怀孕是一样的，时间都约为38周。

畸型率低　成功率高

自从 2000 年 12 月 18 日市妇保院成立湖州上海集爱遗传与不育诊疗中心以来，到今年 9 月底已经接待不孕不育夫妇 900 多对。许多周边地区如安徽省、江苏省等地的不孕夫妇都慕名而来。已使几十对经多方求医但长期不孕的夫妇自然受孕。人工授精成功率达 23%。试管婴儿的成功率达 40%，接下来还将不断会有试管婴儿降生。就这个数字，严主任特地说明："许多人头脑里有这样一个误区，觉得试管婴儿成功率低，其实，自然怀孕的概率是 8% ~ 10%，人工授精比它提高了一倍，约为 15% ~ 20%，而试管婴儿的成功率是 30% ~ 40%，是三种怀孕形式中成功率最高的。"

目前，胚胎着床前遗传病诊断开始发展，可以将相关疾病特别是遗传性疾病的基因进行修补和重组，以此来确保让健康的胚胎种植到子宫里去，从而生下健康的下一代，届时的试管婴儿还能起到优生的作用。

当然，孕育试管婴儿的费用也是人们所关心的话题，据介绍，目前孕育一例试管婴儿，一般需要 2 万元左右，如属第二代试管婴儿则需视具体情况而定。

据介绍，目前我国的育龄夫妇中有 10% 的夫妇受到不孕症的困扰，他们除靠试管婴儿来达到生育孩子的目的外无其他任何途径，试管婴儿可以圆他们做爸爸妈妈的梦。

刊于 2001 年 10 月 26 日《湖州日报》

轻轻松松上清华

从海南载誉而归的湖州中学高三女生吕琪前几天刚寄出清华大学免试生认定表，又匆匆赶赴杭州领取了 2001 年"浙江省青少年英才奖"。

2001 年 10 月 20 日，吕琪作为全国中学生物理奥林匹克浙江赛区的一等奖获得者和其他四名选手代表我省在海南大学，参加了第 18 届全国中学生物理奥林匹克竞赛决赛。两天后成绩揭晓，吕琪荣获银奖。这在我市实现了"零"的突破。

早早等候在海南大学的北京大学、清华大学、复旦大学等 6 所全国顶尖级的名牌大学一得知比赛结果都闻风而动。一般来说，获得金奖的选手可以随自己的意愿挑选学校和专业，而获得银奖的同学在专业上就有一定的限制。然而，吕琪以一手漂亮的软笔书法征服了清华大学的招生老师，他们当场将一张清华大学的免试生认定表交到吕琪手上。就这样，吕琪如愿以偿地成了该校建筑系一名 2002 级 6 年制（4+2 的研究生班）的新生。

11 月 3 日，从杭州传来佳音，吕琪因各方面成绩都比较突出而被评为"浙江省青少年英才奖"，有关方面通知她在 11 月 9 日前往领奖。

一时间，吕琪成了学校的"明星"，尤其成了正在为明年 7 月份的高考辛苦备战的高三年级同学们的羡慕对象。但吕琪也有自己的打算，虽然自己不用参加明年的高考了，但她还是和往常一样每天到校上课，和同学们一起认真复习，她觉得只有认真考完每门功课的会考才算真正完成了高中的学业。至于会考结束后至高考的这段时间，吕琪也早就安排上了，她打算自己先在家里自习大学的各门课程。

都说男生在理科方面相对来说要强于女生，这话貌似也有些道理。据了解，本次参加全国物理奥林匹克竞赛决赛的 145 名选手中女选手只有 12 名，还不到总数的 10%。同样，在吕琪所在的这个高三（13）班也只有 10 名女同学选理科。但为什么偏偏吕琪却能把理科学得那么棒呢？对于这个问题，吕琪是这么认为的，只有努力学习和有攻难题的兴趣，其实女生也可以将理科学得很轻松，当初她在海南比赛时认识的另一名来自山东的女选手还获得了金奖呢，令所有的男选手对她刮目相看。

从言谈举止中就可以看出，吕琪这个秀气的姑娘是属于那种乖乖女类型的，也就是我们常常说的"别人家的孩子"。从小到大，吕琪的成绩都很优秀，对于她的学习父母从来不用操心，一切顺其自然。只是在初一上半学期的期末开始，吕琪的考试成绩一次比一次下滑，吕琪的父母这才和吕琪坐下来谈心，共同分析找到学习成绩下滑的原因。就是通过这半个小时的沟通，懂事的吕琪自觉减少了看动画片的时间，很快地，成绩就追上去了。

最令老师骄傲，也最让同学们佩服的一点就是吕琪从不偏科。数学、物理、化学、英语、语文样样精通，去年还获得了全国英语竞赛湖州赛区的奖项，其他一些校级奖项更是不计其数。

　　自称性格外向、活泼开朗的吕琪兴趣爱好十分广泛。书法是从幼儿园就开始练习了，说起来，此次能顺利通过清华大学面试还与她那一手老练的柳体字分不开，毕竟学建筑专业对于美术功底的要求比较高。长相秀气的吕琪居然还特别喜欢打篮球，只要有机会就约上全班另外 9 名女生在篮球场上见。从 1994 年开始，吕琪开始爱上集邮，那几本邮册是她的宝贝。值得一提的是，在海南，紧张的竞赛结束后，主办方海南大学组织广大选手在三亚游玩。许多在湖州看不到的热带植物令吕琪大开眼界，在认真听取老师的介绍后，回湖州时她还捎上了一大包植物叶子，打算将这些叶子做成标本。

　　能取得今天的成绩，吕琪在高兴之余对老师和同学充满了感恩。吕琪说，从小到大，老师的悉心指导，同学们的相互帮助都一直陪伴着她，在一个良好的环境中学习才会是快乐的。

刊于 2001 年 11 月 16 日《湖州日报》

高锋：湖州是孕育电视剧的"粮仓"

    一部电视剧能上中央电视台不容易，尤其是想在中央一台的黄金档时间开播就更难了，在近乎残酷的激烈竞争中，我市作家高锋的《天下粮仓》作为 2002 年开年大戏上了中央一台。据最新的权威机构调查统计显示，有 1.6 亿观众每天准时守在电视机旁等着收看《天下粮仓》，收视率创历年所有开年大戏的新高。

    《天下粮仓》热了，高锋却关了手机躲起来了，拎着电脑悄悄跑到长兴找个偏僻的农家继续他的创作。日前，记者颇费周折找到高锋，高锋也终于打破沉默，接受了专访。

《天下粮仓》与湖州

    几年前的一个休息日，高锋在府庙文化市场的地摊上意外收购到一件宋代青瓷"谷仓"。这件小小的古瓷器上面刻有粮仓的仓门，仓顶覆以草苫形的圆盖，十分精致。高锋如获至宝，花了大量时间和精力对"谷仓"的历史嬗变作了系统研究，并多次请教博物馆的专家和学者，写下了厚厚的两大本笔记。他在研究中发现，在中国人的心目中，粮仓就是生命的图腾，几乎在历朝历代的墓葬中，都有这种图腾陪葬品。高锋继而想到，我们国家如今虽然初步解决了粮食问题，但并不是说已无后顾之忧。于是，高锋选择了乾隆王朝时期发生在运河上的一段惊心动魄的清运故事，巧妙地找到了历史与现实沟通的"管道"，充分体现了他的忧患意识。

这是一个发生在杭嘉湖平原的粮食故事。《天下粮仓》中的许多镜头都在湖州境内拍摄完成，剧中所用的清运船队也是由市有关部门在太湖边征调的大船改造而成的。

谈起湖州，高锋颇为激动，他拨着手指历数历代在湖州生活过的名家王羲之、颜真卿、苏轼等，他们的作品中都有湖州的"身影"，让人们感受湖州的灵性，作为当代湖州人，高锋熟悉这里的一草一木，他认为"湖州是个好地方，粮仓之乡，人杰地灵，深厚的文化积淀注定这是个出大作品的地方"。

作为一名电视剧作家，高锋认真挖掘湖州地域文化，将湖州的灵性一点一点地提炼出来，他说，这是一种生命的延续，一种生命的图腾。

在创作《天下粮仓》时，高锋曾多次到长兴、南浔等地采风，收集到的许多资料都成了剧中的素材。在创作姊妹篇《天下苍生》时，高锋又开始"走村串户"。在一次采风中，高锋听到这样一则故事：当年得到土地的农民在丈量土地时，都纷纷拿出家中封存了三代的脐带（当地当时的风俗就是将子女们出生时剪下的脐带用石灰风干，并埋在地底下保存好）结起来当丈绳用，在他们看来用绳子丈量根本无法诠释土地对生命的重要意义。高锋透露《天下苍生》将用这则故事演绎精彩镜头。而接下来就要开拍的《玲珑女》讲的就是发生在类似南浔、双林等江南小镇的爱情故事。难怪高锋说，湖州就是孕育电视剧的"粮仓"。

五个流泪的男人

枕山襟水的湖州给高锋的创作带来了许多灵感，这些灵感让高锋在汲取文化内涵的同时赋予它们"灵与肉"。

"如果，您在看《天下粮仓》时像我一样流泪，那么您的泪水已经化成了谷穗。"

随着电视剧的热播和相关书籍的热卖，高锋经常用这句话来感谢广大观众。高锋说此话并非在"作"，确实是有感而发。高锋告诉记者，在整个创作过程中，写到动情处多次泪洒键盘而无法继续写下去。跟高锋一样，看过剧本的人也都一一流泪了，导演吴子牛、编剧俞胜利、策划者之一李森祥、主演王亚楠、老演员绳中这五位汉子都哭了。尤其让高锋记忆深刻的是《天下粮仓》的编导同时也是《大宅门》的编导俞胜利有一次捧着剧本泣不成声，当时他在拿到剧本时把自己关在湖州长城宾馆三天，一口气看完了 60 万字的剧本又激动地找来高锋，讲到动情处，一下子跳到床上，一边流着眼泪一边朗诵着剧中的台词。

许多观众看到剧中的一些情节也纷纷掉眼泪，大家都对刘统勋在回京途中路过粥厂，发现那粥稀薄如汤，就按大清律处斩了沈石等 21 名粥厂官兵等惊心动魄的场面唏嘘不已。

高锋说，虽然许多人可能觉得这样的场面太过血腥了，但只要有"受难"意识的人看了都觉得不会过分。因为《天下粮仓》与许多宫廷剧不一样的地方就是它以老百姓关心的粮食问题为主题，这个关乎国计民生的题材让许多人感觉到了沉甸甸的责任感。同时，文学性语言的刻画使得电视人物走出影视画廊步入中国文学画廊，从而使电视人物更加血肉丰满，因此也更容易感动观众。

在街头与书摊老板发生争执

和许多文化圈内人士一样，高锋对于盗版恨之入骨。

《天下粮仓》小说版和电视版分别已由作家出版社和浙江文艺出版社出版。书一出版就很畅销，现已加印了好几次，印刷数量多达 10 多万册。后又有台湾的尖峰出版社也加入出版发行。而发行的 30 万套 VCD 更是销售一空。良好的市场前景让许多盗版商闻风而动。

就在前几天，高锋在杭州一书摊上找到了一本盗版书，当他拿着书明确地告诉老板这是盗版书时，书摊老板却以为碰到了无理取闹者极力否认了高锋的说法。高锋只好翻开书指着上面的照片再与之对话，书摊老板抬头看看高锋再低头看看照片顿时惊呆了，赶紧将书收了起来，并承认那些书确实是以远低于正版书的价格进来的。

走进一些电子市场让高锋更吃惊，就在中央电视台播放《天下粮仓》的前两天，市场上已经出现了盗版 VCD，而根本没有正式渠道发行过的由七片组成的一套光盘也堂而皇之地走上了市场，几乎每个摊位上都摆有这套售价仅为 20 元的盗版光盘。

其实，《天下粮仓》由央视以 60 万元一集也是该台前所未有的高价买断首播权后，对于盗版问题也是做了一些技术防范的。方法是将该剧的第 10 集和第 16 集两集的带子锁进了保险箱，直到播放时才拿出来。因此许多盗版的 VCD 中就少了这两集，为此，许多人看后不解还打电话到中央电视台询问原因。就在该剧刚播完第 16 集时，整套 30 集齐全的盗版又马上跟进了。

多部作品将开播开拍

经常看电视的湖州观众都记得，前一阵子几个电视台同时热播了高锋的作品《天下粮仓》、《上海沧桑》和《王勃之死》。其实，好戏还在后头。

据悉，现在两部高锋的电视连续剧已杀青即将与广大观众见面，一部是 25 集电视连续剧《王中王》，由著名演员罗嘉良、蒋勤勤、尤勇等人共同演绎一段发生在民国的故事。另一部是 20 集电视连续剧《情越千年》，反映的是时值世纪之交，众多台商来大陆投资的人物情感。

就在前一阵子，著名导演周晓文为苦苦找不到心中的"玲珑女"而在网上广招女演员一事在演艺界闹得沸沸扬扬，其实《玲珑女》一剧也是高锋的作品，讲的是民国初年发生在江南小镇上的一个故事。现在已将"玲珑女"锁定为金鹰奖最佳女配角得主袁立，男主角则由著名演员郑晓宁担纲。而 30 集《日落长河》的主要内容是讲隋炀帝历经千辛万苦开出的 5000 里运河的故事。25 集《钟点女秘》则反映的是加入 WTO 以后现代都市的一种文化现象，这三部即将开拍的电视连续剧也都是高锋的作品。

如今高锋正在创作的是《天下粮仓》的姊妹篇《天下苍生》。据高锋介绍，虽然两者在人物和故事情节上没有多大的关联，但《天下苍生》反映的是土地无价问题，是《天下粮仓》反映的粮食问题的主题延伸。同样是 30 集的《天下苍生》将再度与吴子牛导演合作。高锋还打算将来再写一部《江山一统》，使得这三个剧本组成一个三部曲。另外，《汗血宝马》一剧也开始动笔，将讲述一个人们如何将中国最后一匹旷世奇马送归天山大草原的故事。

有趣的是，在看到了《玲珑女》的剧本后，宁波"小百花"慕名找到高锋，让他将此剧改编成越剧，为此宁波"小百花"还专门为高锋这位唯一的观众演出了 11 部折子戏，一来向他展示"小百花"的演艺实力，二来也想让高锋挑出一名"玲珑女"的合适演员。看来，在马年的春节里，高锋就得马不停蹄地埋头苦想《玲珑女》越剧版唱词了。

几年辛苦的创作也给高锋带来了丰厚的回报，他的作品多次获得大奖。其中，《王勃之死》获得电视电影百合一等奖和金鹰奖；《上海沧桑》获得了电视剧的最高奖项飞天奖；《灯塔世家》则是电影华表奖的得主。

高锋出名了，可高锋还是那个高锋，他不喜欢将时间花在应付采访以及接待约稿和前来索要签名的粉丝，他还是喜欢静静地坐在他的电脑前，或安心地进行他的创作，或冷静地总结自己的作品。要不就是出去体验生活，深入采访，为他的创作寻找丰富的灵感与素材。

刊于 2002 年 2 月 8 日《湖州日报》

吴军：15年来，我体味了民主的进程

　　一位从1988年开始连续担任了市政协二届、三届、四届委员，并被推为三届、四届政协常委的老委员吴军日前接受了记者的专访，谈起自己参政议政的经历，他说，15年来，我真切体味了民主的进程。

　　吴军是我市为数不多、连续担任了三届市政协委员的老委员，今年62岁的吴军用15年时间体味着中国民主的变迁，并以他的耿直、认真和正气赢得了人们的尊敬。

　　在2002年"两会"前夕，忙碌的吴军委员忙里偷闲、热情地接待了记者，虽然脸上的皱纹刻画出了岁月的痕迹，但一口整齐的牙齿和一副挺得笔直的腰板，使他看上去比实际年龄显得年轻许多。

农民兄弟的"代言人"

吴军的工作动力来源于他对土地、农民、农村和农业的热爱。作为一名在农业战线上奋斗了30多个春秋的老农艺师，他的70多个提案大部分都是关于农村农民问题的。

就在全国"两会"召开期间，吴军就天天特别关注新闻，看到增加农民收入是今年全国"两会"提案的三大热点之一，他显得特别兴奋。今年他的一个重点提案就是关于这方面的。在吴军委员看来，中国加入WTO会对农业带来很大的冲击。去年全国农民人均收入比上一年增长了4.2%，我们湖州的农民人均收入是4695元，同比增长8.3%，虽然明显高于全国平均水平，但与我市的城镇居民收入相比还有很大的差距，而且农民之间的收入差距也在不断拉大。如何启动农村市场，增加农民收入，缩小农民之间的收入差距已迫在眉睫。同时，吴军还提出了相关措施，他建议发展效益农业和规模农业，改变目前一家一户式的生产结构，扩大农业规模，使之产生规模效应。同时发展外向型农业，随着WTO的加入，许多国外农产品会涌入，我们的农业也应该提高科技含量，生产出品质好、价格低的无公害环保农产品，攫取国际市场份额，通过赚"洋钱"来增加农民收入。

参政议政也有诀窍

吴军的许多高质量提案都被评为优秀提案，提案的落实率也较高，对此，吴军笑言参政议政也要有诀窍，那就是要有真心、诚心和决心。

吴军坦言，自己在1988年第一次参加"两会"时都不知道自己从何下手来履行委员职责，渐渐地就进入了"角色"。通过十多年提案的撰写实践，吴军认识到提案的生命力是它的质量，提案必须同时具备严肃性、科学性和可行性。提案内容应选择社会上广大群众普遍关注的热点、难点问题，同时，提出的问题一定要具备可操作性，否则难以落实的话，提案的目的就难以达到。另外，所写提案最好是选择自己所从事的职业范围内的问题，毕竟"隔行如隔山"。撰写提案最重要的一点就是要作深入调查研究，从老百姓的角度出发，并提出解决办法，这样的提案容易得到落实和解决。

为此，吴军经常到区、乡镇、村、农户家中进行调研，搜集了大量丰富的一线素材，利用休息日和业余时间撰写了许多调研报告，反映农村社会的热点、难点问题，供领导决策参考。如前几年他提交的一份关于切实采取措施，稳定我市粮食生产的提案，被有关部门采纳实施后，我市的粮食生产滑坡得到了有效控制，并连续几年获得丰收。他的另一件关于加强农科队伍建设的提案，也引起了有关部门的高度重视，并被评为优秀提案。

真是越来越民主了

作为一名老委员，吴军对于"两会"的进步最有发言权。他骄傲地说："我感到'两会'的程序越来越规范，人民当家作主的权利越来越得到充分体现。"

人们的参政意识越来越强，参政热情越来越高。这一点吴军有着深切的感受。而委员们的提案也越来越注重质量了，不但发现了问题，提出了问题，还给出了解决问题的办法。每年的"两会"召开前是吴军最忙碌的时候，他得不断地热情接待向他反映情况的老百姓。有一次，一位病重住院的群众还不忘在病榻前向吴军委员反映情况。另外，吴军还要花时间认真阅读百姓寄来的材料，作深入调查研究后撰写成提案。虽然忙碌，但吴军觉得他过得很充实，也算对得起那些有参政议政热情的老百姓了。同时，相关单位和部门对于提案也越来越重视了，他们往往在得到信息后通过现场调查办理，上门征求意见，召开座谈会等多种形式，甚至还认真听取反馈意见，使一些问题得到了很圆满的解决。

虽然由于年龄关系，吴军可能将不再担任下一届政协委员，但他表示，在还有近一年的任期中不忘使命在，今后即使不再是政协委员了也还会通过各种渠道参政议政，反映社情民意。

结束采访时，吴军委员感慨地说："政协委员不只是一个荣誉，还是一个非常重要的机会，每一个委员应该好好珍惜这个机会，珍惜人民赋予的权力，正确认识自己的位置，到广大群众中去听取意见，发现问题，为自己所代表的界别反映心声，为湖州的建设作贡献。回头看过去，15年前和现在的情况大不一样了，现在我市的改革和发展正处于一个很好的时期，相信下一届委员肯定会更出色。"

吴军，1968年从浙江农业大学农学系毕业后，一直从事农业科技工作，研究出"杂交水稻高产""晚稻防止败苗夺高产"等试验推广项目，获得市级科技进步奖。吴军还先后被农业部评为农业综合统计先进个人，浙江省农业厅评为农业信息先进工作者。

称吴军为"提案专业户"一点也不为过，近15年来，吴军共提交提案70多件，最多的一次一口气提了十多个提案。为此，吴军连续四次被评为提案积极分子。吴军的提案不但数量多，质量也高。其中《农村社会化服务体系建设亟待加强》和《建议切实解决农业经费不足，促进农技推广队伍稳定》等提案均被评为优秀提案。

刊于 2002 年 3 月 22 日《湖州日报》

叶培建：爱上卫星的航天专家

　　2002 年 4 月 1 日 16 时 51 分，"神舟"三号在内蒙古中部预定区域准确降落，标志着我国载人航天工程第三次飞行试验获得圆满成功。正当全国上下为此骄傲沸腾时，更令湖州人欣喜、振奋的是，我国著名的卫星专家叶培建曾是湖州中学 62 届学生，他常年主持卫星的研制，并参与了飞船有关工作。

难忘在湖州学习的日子

　　40 年以前，湖州中学有个名叫叶培建的男生，如今，这名男生已经成为一名出色的卫星专家。

　　当年教叶培建外语的江沪生老师如今已 90 岁高龄，现一直住在市中医院疗养。据她的护理医生介绍，老人家毕竟年事已高，记忆力很差。但当记者拿出叶培建的照片时，教了一辈子书、桃李满天下的江老师还是想起了叶培建。她兴奋地告诉记者，她依稀记得叶培建当年是因为成绩好而被保送进的湖州中学，进入高中以后，各门功课都很优秀，尤其是外语"Very good"！

叶培建当年的同学姚兴荣证实了江老师的话，姚兴荣虽然当年与叶培建并不是同班同学，但叶培建的好学、乐于助人使得他名声在外。

而用叶培建自己的话说，他孩提时代，跑不快，跳不高。和小朋友在一起玩"官兵抓强盗"的游戏时，总是排不上"大王"和"二王"，甚至连"三王"都排不上，只配当小兵。上中学时就大不一样了，学习成绩跑在最前面，仅用两年时间就读完了初中的全部课程，而高中是在全国都算得上一流的湖州中学完成的。上中学时他当过最大的官就是学习委员。年轻人本来就都有一颗不安分的心，那是风起云涌的日子，正是孕育年轻人美好理想的年代，叶培建的理想就是当一名外交家。

高中毕业时叶培建的各门功课都很优秀，在填写大学志愿时，接受了军人父亲的教诲，父亲说：国家正处于建设时期，很需要理工科人才。而他想搞飞机专业，因此他填报了北航、南航等大学，然而却意外地被浙江大学录取了，直到后来才知道，这是因为当年浙江省把省内很多优秀的学生留下来了。

没想到的是当叶培建毕业的时候，还是分配去搞航天，他说："这是缘分！"真是注定的航天专家。

心贴祖国的知本富翁

1978年，改革开放拉开了序幕，也撩拨起叶培建出国继续深造的欲望，1980年他通过了出国资格外语考试，赴瑞士纳沙太尔大学微技术研究所读博士研究生。

瑞士的景致很美，瑞士的山高雪白，但这些都不能分散叶培建的读书兴致，他是一个要做学问的人。多年以后，学校还向访问纳沙太尔大学的中国官员专门介绍了叶培建努力学习的事情。

在攻读博士学位时，研究所每半天有 15 分钟的休息时间，因为大家都在这个时间喜欢来杯咖啡而被称为"咖啡时间"，这个时间也成了叶培建对各国同事宣传中国的时机。一次，一位在瑞士留学的外国学生边吃冰淇淋边问："叶，你们中国有冰淇淋吃吗？"他觉得这话很刺耳，就回敬了一句："我们的祖先在两千年前就知道用冰保存食物的时候，你们的祖先可能还没有穿衣服呢！"话也刺耳，却充满对祖国母亲的爱。

在叶培建出国后就开始有人猜测：小叶出身干部家庭，夫人也已出国，他不会回来了。但五年后的 1985 年 8 月，他刚刚完成学业，就踏上了祖国的热土。他说他要把所学的知识尽快用在中国的建设事业上。

超凡的记忆和流利的口才使叶培建具有一副学者风范。"文革"时期，人人都学《毛主席语录》，有一天开会，叶培建在下面翻一本书，被发现，点名站起，令其背出语录中指定一页的指定一段，周围的人都为他捏了一把汗。只见叶培建从容站起，一个结巴不打，顺口背出，惊得四座瞠目结舌。2000 年国际工程大会上，有一个报告由叶培建用英文演讲。他先客气地告知各位代表：我是一个中国人，留学的地方讲法语，所以我讲的是带法语味儿的英语。他的幽默和风趣拉近了台上台下的距离，赢得了代表们热烈的掌声。

敢吃螃蟹的卫星总师

1995 年，叶培建作为技术负责人参加了深圳股票 VSAT 网的设计，这是卫星应用技术的一个开拓性项目，因此他成了我国卫星应用领域里"第一个吃螃蟹的人"。利用卫星做股票交易，这个项目取得了显著的经济效益和社会效益。深圳证券卫星通信双向网 1997 年获部级科技进步一等奖。深交所曾以年薪 40 万元的高价聘请他，却被他婉言谢绝了。他总是说："我们家三个兄妹中，我虽然收入最低，但学历最高。当时，面对月收入 2000 多元和年薪 40 万元的数字之差，真的是平静如水。"

早在 1993 年，叶培建就任中国资源二号有效载荷副总师，开始了他领导卫星研制工程的生涯。1996 年，他担任了中国资源二号卫星的总师兼总指挥。中国资源二号卫星属传输型对地观测卫星，在我国国民经济各行业的发展中有广泛的作用。这颗卫星的技术起点高、研制难度大。用行内话来说，在我国已有的卫星中，这颗星是"最大最重的星，具有最高的分辨率，最快的传输速率，最强的姿态精度，最大的存储量"。叶培建凭着扎实深厚的理论功底和不耻下问的精神，在很短的时间内就进入了状态，从此以后，他与同事共同开创了好几个第一。

这颗星第一个实现了星地一体化设计，同时也是第一个进驻北京唐家岭航天城。在卫星型号研制管理过程中，叶培建是第一个实践把电测与总体分开的总师，又是第一个提出在卫星进入发射场前要进行整星可靠性增长试验，把问题彻底解决在地面。

2000年9月，中国资源二号卫星发射圆满成功，同年，这颗卫星被授予国防科工委科技进步一等奖，叶培建成功了！

叶培建是我国航天器研制的学科带头人之一，也是中国空间技术研究院CAE技术的奠基人之一。

"思得壮士翻白日，光照万里销我忧。"中国入世后，叶培建作为中青年航天技术专家，深感肩上担子的分量，他已经把身心融入祖国的命脉之中，他要把自己的忠诚为泱泱中华的神采着色！

叶培建的父亲是一位抗日老战士，母亲也是一位老军人，因此他说话办事有一股兵家之气。

刊于 2002 年 4 月 19 日《湖州日报》

舒乙：父亲并不期望我成为文学家

　　舒乙讲话京韵十足，严肃又不失幽默，采访舒乙就如同一位睿智的长辈在交心，深感对方过人的文学修养。

舒乙眼中的父亲

　　在文学界，老舍被授予"人民艺术家"称号，是一位深受广大读者爱戴的著名作家，他的作品更是让人百读不厌。然而舒乙却淡淡地用了几个词组描绘了眼中的父亲：19世纪末、出生在北京的一个满族贫穷家族、拥有十年国外学习和讲学生活，这几种因素促使中国出了个老舍。当然，在舒乙的心中对父亲最深的印象就是他老人家对文学的执着。记忆中的父亲再三叮嘱家人在清晨起床时千万别理他，因为那时候的他往往在集中精力地构思当天要完成的写作内容，而一旦进入写作状态他也从不理任何人，事后解释这么做的原因是唯恐分散精力。而每天坚持完成 2000 ～ 3000 字的创作更是雷打不动的。

舒乙告诉记者，与鲁迅等许多著名作家一样，父亲老舍并不期望自己的孩子能成为文学家，因为在老舍看来，要成为文学家首先要有极其丰富的生活经历，扎实的古文学、西方文学基础，除此之外还得有一定的文学天分，三个条件缺一不可。在老舍眼中，自己的四个孩子生活过于单调，文学基础薄弱，皆不成材，一不小心会成为一名空头文学家。或许就是这个原因，舒乙并不是学文学出生，但是从小受父亲对文学的执着、热爱的熏陶和耳濡目染，舒乙最终还是走上了文学之路，成了一名作家，现任中国现代文学馆馆长。

舒乙眼中的现代文学馆

对现代文学馆的建设倾注了全部心血的舒乙将现代文学馆喻作"作家之家"，这座承载着百年文学风云的壮观而典雅的国家级文学馆目前收有中国 6000 多名作家的资料，已建立文库包括巴金文库、冰心文库等 55 座，馆内还置有包括鲁迅、老舍等 13 尊真人大小的作家雕像。

谈到现代文学馆对公众的意义，舒乙说，现代文学馆新馆的建立，成为现代文学的里程碑。它不再是单纯的文学资料馆、档案馆，还成了文学的综合性大博物馆，对公众开放，把珍贵的文学及文物展示给公众，把 20 世纪文学的辉煌成就展现给世人看，可以凝聚、团结、振奋人心，在提高人们的文化素质和加强精神文明建设方面起着重要作用。

舒乙认为现代文学馆的发展前景很美妙，收藏面很广的现代文学馆为研究 20 世纪我国文学的所有现象提供了完整的文学资料，必将成为世界上最大的现代文学宝库之一。

舒乙眼中的湖州文学

2002 年 5 月 13 日晚，天下着雨，湖州师院学生将该校的报告厅挤了个满满当当，享受着舒乙为大家带来的一堂名为《老舍与北京民俗》的学术报告，生动活泼、轻松幽默的讲演赢得了阵阵掌声和笑声。讲演完毕，舒乙还认真解答了学生们的踊跃提问，并应学生的要求热心地为大家推荐了《猫城记》等 11 部最值得一读的老舍名作。许多学生纷纷表示，听了舒乙的报告，是今后更好地解读老舍及其作品的最好捷径。有老师深有感触地说，这个报告厅从来没有传出过这么多的掌声和笑声，并表示在今后的教学工作中该多借鉴舒乙的讲演形式，让课堂充满生气。

短短两天半时间的湖州之行，舒乙将行程安排得满满的，参观了嘉业藏书楼、小莲庄、王一品斋笔庄、中国湖笔博物馆、赵孟頫艺术馆等等。尽管这样舒乙还是觉得没有看够，舒乙说："湖州是个人杰地灵的地方，出了太多太多的名人，而且湖州能将这些文化保留传承得很好，因此湖州的文化艺术氛围也显得特别浓郁，尤其是深切地感受到了湖州师院学生对文学的热情，所以真的很想再来湖州。"

刊于 2002 年 5 月 17 日《湖州日报》

刘诗昆的悲喜琴缘

　　他是 20 世纪的中国钢琴天才，上个世纪 50 年代，他锋芒毕露，脱颖而出，出色的钢琴技艺，英俊潇洒的形象，超凡脱俗的举止，令他炙手可热。如今，坐在钢琴旁边的刘诗昆已经不仅仅是个艺术家，还是音乐教育家、成功的儒商。

　　刘诗昆将 2004 年新年钢琴独奏音乐会选在湖州举办，就在忙碌筹备音乐会间隙，接受了记者的专访。

3 岁学琴

　　刘诗昆的童年不是人们想象的那种乖巧琴童，而是一个不愿练琴的顽童，是父亲的棍棒逼他走了钢琴之路。

刘诗昆从小就受到良好的家教。他 3 岁半时，父亲就给他请了一个毕业于燕京大学音乐系的老师叫刘金定。刘诗昆每星期两次到老师家学习钢琴，平常就由父亲看着他练。

刘诗昆在音乐上的天赋很高，也一直被视为"音乐神童"，但他童年时对钢琴的兴趣很淡薄，父亲和老师经常要哄着他，甚至靠打骂，强迫他练琴。父亲还经常将唱片中的名曲编成各种不同的故事，来诱导他欣赏。

刘诗昆 9 岁时参加上海一个全国性少年钢琴大赛，得了头奖。1951 年，他以优异的成绩考入中央音乐学院附属中学，1955 年受教于苏联音乐家塔图良。塔图良和刘诗昆很有师生缘，他偶然听到刘诗昆的演奏，便要求亲自教他，还预言他将属于全世界的。塔图良喜欢一边弹琴一边给他分析每首乐曲及演奏技法，他使刘诗昆懂得钢琴音色的美和怎样去追求这种美。

散漫贪玩的刘诗昆从此一反常态，经常像钉子一样钉在了钢琴上，他对钢琴的热爱之情，像久蓄的洪水，一下子打开了闸门全部奔泄出来了。1956 年 9 月，刘诗昆在匈牙利赢得李斯特国际钢琴比赛季军之后，塔图良便提出让他参加柴可夫斯基国际钢琴大赛。

柴可夫斯基国际钢琴比赛在当时是被公认为水准最高，难度最大的钢琴大赛，他和顾圣婴一起获选前往莫斯科参加大赛。要获奖就要付出代价。刘诗昆买了十多斤面包、几袋香肠，用生柠檬加糖泡水，把自己关在琴房里，在键盘上每天拼命地练习十六七个小时。在莫斯科交响乐团的合作下，刘诗昆演奏了柴可夫斯基的第一钢琴协奏曲，赢得了钢琴大师和同行的热烈掌声，一举夺得第二名。比赛结束后，诗昆名声大振。赫鲁晓夫亲自给中国领导人拍了贺电并给刘诗昆授了奖。

2 次婚姻

参加完比赛回国后，刘诗昆一下成了名人，年仅 20 岁成了国内音乐的领军人物，刘诗昆意气风发，就在此时，爱情悄悄地来了。

1959 年初，刘诗昆在中央音乐学院礼堂演奏，刚下到后台，发现面前竟然站着满面微笑的叶剑英元帅。

那天，在回答叶帅问话的时候，刘诗昆的眼神不禁被叶帅身边的那个姑娘吸引了，她就是叶帅的女儿叶向真。不过，刘诗昆还是提醒自己，人家是元帅的女儿，怎么可能喜欢自己这样的一个普通老百姓呢？可就在不久后，刘诗昆收到了一封信，里面是一首专门为他创作的诗，落款是"叶向真"。

当诗与音乐的交流最终融为和谐一体时，他们也订下了终身之约。婚礼之后，刘诗昆作为叶帅家的一员正式入住元帅家。

本以为日子会一直这样平淡但安稳地过下去，刘诗昆做梦也没有想到，在紧接而来的"文革"中，正因为他是叶剑英的女婿，各种各样的打击接踵而至……

5 年 9 个月的监狱生活

1966 年，"文革"开始，在短短的时间内，叶帅六个孩子中的四个以及两个女婿和在刘诗昆家照顾毛毛的保姆全部被抓进了监狱。而这些人中第一个被抓、最后一个被释放的就是刘诗昆……

1967 年 4 月 5 日晚上，不想牵连叶向真，在办理了离婚手续后，刘诗昆留下了自己身上所有的钱、粮票和布票，最后看了一眼自己和前妻一起生活了 5 年的元帅家，凄凉地走出了大门，开始了 5 年 9 个月的监狱生活。

在监狱中的刘诗昆受尽折磨，红卫兵还用军皮带抽打他视为生命的双手，致使他手指严重受伤。1972 年，被关押的叶帅子女全部被释放了，唯独刘诗昆没有，以他已不是叶帅的女婿为由，继续关押着他。

1973 年 5 月，刘诗昆出狱。可再次面对叶向真时，两人之间居然有了一种莫名其妙的尴尬。想想自己和叶向真的婚姻几乎给自己带来了灭顶之灾，刘诗昆对婚姻有了一种恐惧。而叶向真想想这段婚姻给刘诗昆带来的折磨和痛苦，更是觉得有一种愧歉，这种愧歉让她无法将复婚两个字说出口。两人就这样平淡地相处着，随着时光的流逝，复婚这个念头也慢慢地消退了下去。

1982 年，刘诗昆去齐齐哈尔演出，报幕员是来自齐齐哈尔工人文化宫的女主持人盖燕。在为刘诗昆做司仪的时候，她眼中流露的景仰再一次打动了他寂静的心，两人随后保持书信联系。

与盖燕的恋爱充满了艰辛。尽管刘诗昆是著名的钢琴家，大众印象更深的却是"叶剑英的女婿"。于是，1982 年，香港某报刊登了多篇关于刘诗昆的谣传——贩毒、倒卖军火、打着叶帅的名义向香港富商索要巨额礼品……

面对莫须有的罪名，刘诗昆给盖燕写了一封信："我们结束吧，像我这样罪大恶极的人不配再有爱情……"盖燕的回信很快就来了；"我相信自己的眼光，我相信自己喜欢的人不会做出那些坏事，我愿意和你一起面对所有的谣言。"捧着信的刘诗昆百感交集：外界再猛烈的打击，都敌不过爱人的只言片语啊。

1989 年，两人正式将婚娶之事提上了日程。结婚后，刘诗昆觉得日子再不能这样消沉下去，必须打起精神，功成名就，让妻子跟着自己过上好的日子。他决定去香港打拼自己的事业。

300 港币香港创业

1990 年 1 月，刘诗昆带着 300 港币走过了深圳罗湖桥，成为香港永久居民。为了能早日摆脱初居香港的困境，刘诗昆决定从授课开始创业。没钱登广告，妻子盖燕四处奔波，最后终于找到一个团体答应刘诗昆通过他们的教联会举行钢琴讲座。

通过授课、外出演出以及出教学录影带，一年半之后，刘诗昆在经济上翻了身。1992 年 3 月，他出资 400 多万元买了房子，开办了第一家刘诗昆钢琴艺术中心。3 年后，香港的刘诗昆钢琴艺术中心发展到 6 家，学生 3000 多人。

2000 年，刘诗昆在内地学校授课时听到有家长抱怨市面上钢琴太贵，他脑中灵光一闪：为什么不能去做钢琴呢？就定位在一般家庭能够承受的万元钢琴，一定会有市场。刘诗昆马上奔赴法兰克福参观正在举行的国际钢琴博览会，在对国内外所有钢琴的样式进行了熔铸和提升后，他将脑中浮现的钢琴雏形画了出来。尽管是定价平民化的钢琴，盖燕却执意在脚蹬上缀上了双狮和皇冠的图案，顿时使钢琴显出了十足的贵族气。钢琴的品牌被定为"swaydel"，中文名"诗威德"。

　　一位音乐大师做生意，会不会惹人非议，或者觉得自己面子上挂不住？刘诗昆回答："根本没有的事。"如果在 20 世纪 70 年代自己跳出来做生意，或许会招来骂声。但如今国内艺术家的观念放得很开了，"舒伯特和梵高的时代已经过去了"，艺术家做生意大可不必遮遮掩掩，羞羞答答。他办学校做生意，非但没有人责难，反而到处都在为自己开"绿灯"，"就连一批老艺术家也认为我做了一件大好事"。

刊于 2003 年 12 月 17 日《太湖星期三》

刘诗昆：美妙的湖州音乐之旅

　　泉水般流动的音符回响在湖城夜空，在无限遐想与倾心仰慕中，2004年1月2日晚1000多名观众有幸领略到了世界一流钢琴大师的精湛表演。著名钢琴演奏家刘诗昆在湖州大会堂为湖州人民献上了"枫洋"诗威德钢琴之夜——刘诗昆新年钢琴独奏音乐会。

　　此次记者能独家全程跟访刘诗昆的湖州音乐之旅让记者一直激动并感动着。刘诗昆在回答记者问题的时候，手总是习惯性地伸开平放在沙发扶手上，说到高兴处，手指还会轻轻地敲着，好像弹钢琴一样。今年已经年过六旬的刘诗昆有着非常丰富的经历和坎坷的人生，但记者从他的身上却根本看不到当年的任何磨难和沧桑。

演出前后的刘诗昆

得知著名钢琴演奏家刘诗昆先生要来湖州的消息，湖州的众多音乐爱好者都在热切地期待着刘诗昆的到来，演出门票早早一售而空。可以说刘诗昆未到先热，佳音琴行仅有的五台刘诗昆设计制造的"诗威德"钢琴也早在音乐会一星期前预订一空。

1月2日下午1点左右，刘诗昆风尘仆仆地出现在浙北大酒店。刘诗昆给记者的第一印象是个严肃的老者，他不苟言笑，在寒暄几句、稍事歇息后回到房间，这时记者们都以为采访机会来了，但未能如愿。只见刘诗昆坐在沙发上给主持人交代音乐会的各项事宜，把需要注意的事项全部写在纸上，一笔一画，从出场的安排到台词，每个细节都不放过。

还没来得及吃晚饭，刘诗昆又出现在音乐会演出场地——湖州大会堂，来不及歇一歇，就径直走到钢琴边试琴，音乐声霎时飘荡在空旷的大会堂里。在场的工作人员都不愿放弃先睹为快的机会，纷纷围观起来，但刘诗昆丝毫不受影响，他的专注就如他的严肃一样，一坐到演奏的位置上，他马上就倾注其中，不会因为旁边的人和物而走神。动听的音乐在大会堂里回荡……

细致地检查好演出的各项准备之后，利用广大听众进场的短短几分钟时间，刘诗昆来到休息室，抓起面包胡乱地啃了几口后，在听众的欢呼声和掌声中出场了。

两个小时的音乐会让整个大会堂沸腾了！

在谢了六次幕还不成时，刘诗昆又为湖州听众加演了两个曲子。就连他的助手也称，刘老师举行过千场音乐会，但一连加演两首曲子是极少有的，湖州的听众是幸运的。

音乐会结束后，刘诗昆表示，他对当晚的音乐会感到很满意。他认为，湖州的听众很有礼貌，尽管现场有许多幼小琴童，但整个大会堂的秩序很好；同时听众们也很热情，音乐能得到大家的热烈回应。充分说明湖州人对于高雅音乐艺术的一种欣赏和追求。

当一向非常惜"琴才"爱"琴苗"的刘诗昆得知湖州目前有近千琴童在参加钢琴

考级时，刘诗昆表示，虽然在湖州直接招收徒弟从地域上时间上来说都不太可行，但他会非常愿意等条件时机成熟后在湖州开办他的钢琴艺术中心。如若可能的话，让湖州佳音琴行组织一批琴童，届时他会找机会亲自为湖州琴童指导、评点，为每个琴童写上评语。

在人们的印象中，钢琴演奏的往往是一些古典音乐，尤其是一些名曲，但在刘诗昆的音乐会上，听众还惊喜地听到了几首由刘诗昆自己改编的中国通俗歌曲甚至是港台流行歌曲。

刘诗昆说，他在全国各城市的音乐会演出都有一个准则，尽量要让高雅音乐得到更多听众的共鸣、喜爱和了解，以吸引更多的知音。

刘诗昆认为，以前，能够学琴的孩子，大多数人的家庭有着良好的文化背景，出自艺术之家的占很大比例。但从现在的学琴者的总体情况看，大多数孩子来自工薪家庭。他们毕竟不是行家，要让琴童的家长和琴童一起由浅入深地了解高雅音乐，出于这样的想法，除了是非常专业的听众组成的少数演出外，他都非常注意雅俗共赏，让听众对高雅音乐的初步喜爱到追求到了解。

从历史上来说，许多名曲像李斯特的一些作品，在当时来说也是民间音乐，但经过时间的考验，它们流传下来了。这就是古典音乐与流行音乐的区别，可以说，古典音乐是永恒的流行音乐。

从现在来说，流行音乐通俗易懂，容易引起心灵上的欢快和愉悦，而流行音乐也总是依靠媒体不断炒作，推出新人，人们因此也都很喜欢听流行音乐，当然，听张惠妹歌曲的人越多不是坏事，但听贝多芬音乐的人越多肯定是件好事。

听刘诗昆各种"谈"琴

学钢琴要有一定的强制性。

我当年学琴就是被强制的，现在大多琴童也是如此。有兴趣的人未必能成为一名钢琴家，尤其是从事文艺事业的人，不应只讲兴趣，欣赏、观赏文化则需要兴趣。孩子天性贪玩好动，在学钢琴的时间内他不能玩，这与玩在时间上是相抵触的。学钢琴是一种美育教育，而教育是具有一定强制性的。

现在对于大多数孩子来说，最大的问题是，你是否能学到正规的、正确的教育。现在全国教琴的正规专业老师不多，大多数的教师都是非专业的，这是钢琴教育方面最大的问题。培育一个专业的钢琴教师起码要十几年，但琴童的日益增长哪等得起啊。

刘诗昆要提醒广大湖州琴童家长的是，钢琴质量的好坏对琴童至关重要。钢琴音质好有助于琴童欣赏的良好培训，键盘的标准程度关乎琴童指法的灵敏度。

然而大家目前面对的现实是，钢琴市场良莠不齐，因为钢琴的专业性太强了，不像电视机，是三星的说成是松下的谁都可以断定，但钢琴就不一样了，不但要会看，还要会挑。即使是同一个品牌经过挑过的钢琴也很不一样。

刘诗昆讲到一件事情，有一次他让三个人分别去同一家店问同一架钢琴，三个人回来却告诉了他三个不同牌子。这让刘诗昆很吃惊也很无奈。为了保证钢琴的品质，事务繁忙的刘诗昆还经常到钢琴厂亲自挑琴，用他自己的话来说"我是跑不了的"，一旦钢琴出了问题，人家说起来是刘诗昆的钢琴出了问题。

艺术也需要经营

刘诗昆目前正红红火火地经营着自己的钢琴艺术中心有限公司、音乐教育集团股份有限公司、钢琴乐器实业有限公司。

一位音乐大师做生意，会不会惹人非议？一个成功的艺术家是不是也应该有市场意识？

刘诗昆的回答很坦率，"处在当今这个时代的所有艺术家客观上都离不开市场，只是像我这样直接开办企业可能不多而已。"

刘诗昆认为，文化艺术领域也需要进行体制改革，这个领域同其他的，特别是经济领域体制改革相比还很滞后。许多文艺界人士应该适应市场，利用市场。舒伯特、梵高以穷困潦倒著称，人们便形成了一种固有观念：艺术家都应该穷，不穷就不能称之为艺术家，艺术家不能与钱与市场发生关联。其实舒伯特和梵高的时代已经一去不复返了。现在艺术的发展离不开市场，全让国家养着是不可能有的，凭什么养？

此次的湖州音乐之旅，让刘诗昆感受多多。刘诗昆说，尽管此次湖州之行很匆忙，但对湖州的印象很好，音乐会、听众、大会堂、街道、楼宇、太湖度假区等等，一路上的这一切让刘诗昆对湖州的印象大有改观。

在了解了湖笔的背景和制作工艺后，刘诗昆忍不住赞叹不已。他说，毛笔作为一个小小的文化艺术器具，能够闻名中国、亚洲和全世界，真是不容易。看了谭建丞画册后，刘诗昆认为谭建丞应划为潘天寿、张大千那样大师级人物，他日后一定利用自身的社会影响去推崇他。湖州这样的文化底蕴也会带动湖州经济的发展。

1月3日下午，站在太湖边的刘诗昆直叹"人间佳境"。他说他去过无锡看过太湖的那头，站在太湖的这头，真的是太美了。而在哥伦波太湖城堡看见一架白色钢琴时，面对太湖的刘诗昆走到它面前，调侃道："此情此景，是不是该来一首《太湖美》？"

刊于 2004 年 1 月 7 日《太湖星期三》

听李姝诉说星途心情

2004年1月18日，湖城下雪了，洁白晶莹的雪花在寒冬里轻舞飞扬，多少增加了些许年味。

湖州演员李姝，趁拍戏间隙今年可以回家过个年。李姝，一个有着清透气质的女孩，恬静秀美，透着雪花般的灵韵，她，自信地说着戏，诉说着星途上的心情故事。

"我要明星姐姐给我化妆"

1月18日夜，湖新影剧院有一场少儿节目，下午时分，李家"人马"已悉数到场，"李姝全家总动员"的工作图景，和谐中展露出家的涵义和质量：父亲李东民忙进忙出、整体指挥；姑妈李利民细致入微地关注到每一环节的运转；李姝的母亲顾玉萍则担任化妆师。李姝本来只是准备悠闲地当回看客，怎料湖城的小娃不乏"追星族"，软磨硬泡非要"明星姐姐给我化妆"，而且自觉排起了一溜烟的小长队。李姝也只好走马上任喽，母女俩俨然一对姐妹花，成为后台一道抢眼的风景。

家是李姝永恒的牵挂。演员的职业，注定了她同家人聚少离多。所以，李姝很珍惜每一次回家的时光。离家的日子，生活中不可或缺的大部分，是父亲每天一通电话打卡，绵长的父爱足以浸透一天的好心情。今年春节回家，母亲偷偷地告诉李姝："老爸又想你了，如果今年你又因为拍戏回不了家的话，老爸说放下一切事情，立马飞过去陪你过节。"李姝为之动容，严谨的父亲其情感表达方式很特殊，爱就一个字，藏在心里口难开，但却爱得那么深沉。

李姝告诉记者，最难以抗拒的美食，就是母亲的"爱心料理"，彻底地控制住她心和胃的距离，春节这几天，大概可以充分满足迷恋的情结。

春节定下计划，随大流、懒散地过几天平日里不敢奢望的"腐朽"生活。年初七，李姝又要忙活开了，一部公安题材的新片《褐色美人蕉》即将开拍。她将要扮演的是一名英姿飒爽的女警。看来湖州女孩李姝的演艺事业任重且道远，父母的爱将再一次伴她踏上征途。

第一次当上"万元户"的感觉

李姝于2003年7月上海戏剧学院表演系毕业的一位佼佼者，她说，记者的采访，让她重新体味了大学的滋味。其间也透露了一件搁浅在心中的遗憾往事。她对舞蹈情有独钟，由于肩部的骨骼向内耸，最终未能如愿地成为舞蹈演员，但有了舞蹈的功底，如今，在拍戏上使她受益匪浅，就如武装剧中的打戏部分，动作一气呵成，利索柔美，受到导演的啧啧称赞。

据了解，大一时，李姝接到上好佳的广告，一天时间完成平面加TV。大二的暑期和大三的实习，她领略到香港导演和内陆导演截然不同的拍摄风格，《乌龙闯情关》要求演员在镜头前更为轻松、自然些，而《镜花水月》更多地要求根据剧情，含蓄、细腻地刻画角色的心理感情，收获颇丰。当记者问及片酬、收入等较为敏感的问题时，李姝眨动充盈着灵气的眼睛，调侃道："拍上好佳的广告，一天就赚进1万元，兴奋地拿着这笔钱，设计了一系列的使用方案，也囊括来年学费这一项。不经意间，钱就从指缝中溜走，到头来，还是向老爸索要的学费。"演员如能频频接到戏，收入肯定属中上水平。然而，李姝也困惑：演员始终处于一种等待状态，每每机会稍纵即逝，她唯有时刻准备及时把握。

吻戏之初体验

熟识李姝的人，都说她是个非常纯粹、简单、聪慧的人。她作为演员是这样描绘自己日常生活的内容：与演戏丝丝相关，运动是为了训练、保持良好的肢体语言；逛街是为了维持一个演员应有的时尚形象和信息；看书是为了增强理解力。她重复了数次：除了当演员，真当无法寻觅到适合的职业。

演员具有较强的可塑性，不会演情欲戏就不能称其为一名合格的"艺人"。李姝第一次拍吻戏的体验，可谓感触多多。饰演《镜花水月》女一号晓菲有一段江边接吻的场景。导演告诉李姝，与其演对手戏的演员是马来西亚的"一号"帅哥，这使她本来忐忑不安的情绪为之一振。其他配戏的年轻女孩们则哇哇大叫，好不羡慕。期待中，帅哥如约而至，帅哥当前，李姝反倒不好意思与他直视，找个角度偷偷地瞄上几眼。吻戏镜头开拍前，帅哥很绅士地各自发了一片口香糖，让李姝尴尬的感觉慢慢地消失，逐渐进入角色，捕捉剧中人物的细微感受，就是一个小的眼神也传递得很到位。在很多目光的注视中，一遍即OK。她滔滔不绝地说着：帅哥的渣胡，磨蹭得她脸庞生痛……只是最终还是因为导演认为两人吻得不够投入而剪掉了其中一个吻戏镜头。

李姝眼中的明星

陆毅是李姝的学长，刚进"上戏"时，李姝同班上的几名女生一起去观看陆毅的话剧表演，他在《家》中饰男一号大表哥。陆毅传神地演绎角色，让青春魅力得到淋漓尽致的展现。那时，李姝思量着当演员的心情最初萌动。如今，她也挺期望能有机会同学长陆毅演对手戏。

一部成功的戏，一定要有个性特质穿梭其中。李姝说，《镜花水月》里扮演的角色晓菲，是较为满意的一次人物塑造。在戏中真情流露，展示出真实的一面。现实中，她就是备受宠爱的女儿身份。

说到剧中扮演晓菲母亲的于小慧，李姝感叹："不知是否藏有独家哭功秘笈，怎么在任何时候都可以哭出来？只要导演喊开始，于小慧老师只需3秒就能落泪。"

李姝在资深演员身上发掘出许多闪光点。她向记者得意地数着：寇振海的入戏速度非常快，不论工作生活态度坦诚，他会主动找年轻演员对词，扶持小辈驶入演艺快车道；曹颖生性豁达，拍打戏时基本上都亲自上阵，很少用替身，她还常带着李姝去无锡吃烧烤；跟随孙耀威等人去唱KTV，孙耀威从不让人家点他的歌，总是自封"烂歌王"。演员的生活丰富多彩，李姝依然沉醉。

执着地走在星途上

表演系的学生都是演话剧的行家里手。李姝一直铭记着老师的话：演话剧是释放天性，剧中性格各异的人物，充满了活力与激情，极具挑战性。但是舞台上的表演略带夸张而不贴近生活，从而会使演员在拍戏时，细微处理把握不准，找不到镜头感。李姝在话剧舞台上，拍戏镜头前的历练中，不断地寻找相似处、平衡点。吊威亚一挂就是一天，身上被勒出多道乌青印痕，悬挂高空还得拗出各种造型；哭戏不用眼药水，哭了两天还是泪水出不来，拍戏进度因此被耽误，气得导演一阵责骂。李姝最后哭得一发不可收拾，那是委屈的泪水。湖州演员李姝就在泪水中打磨表演基本功。

李姝越来越有"星"味，角色也更多元化，片约不断，不过李姝不忘自己的专业——话剧。去年七八月份，话剧团里安排她参加公益性巡回演出，《凝聚》一天演三场，共演了80多场。而期间恰逢《六指琴魔》电视剧版本开拍。由于没人顶位，无暇抽身只好婉言拒绝《六指琴魔》剧组的邀请。

谦虚耿直的李姝开始有了粉丝。在机场，小孩就屁颠颠地要李姝签名。在饭店，服务员认出李姝后的惊喜表情……

李姝累并快乐着，执着地走在星途上。

刊于 2004 年 1 月 21 日《太湖星期三》

新时期"铁人"王启民：我是"70后"

    2007年9月26日，是大庆油田松基3井出油48周年纪念日。这一天，也是中国石油大庆油田有限责任公司总经理助理、副总地质师王启民的70岁生日。

    如今自称自己是"70后"的王启民依然很忙，记者连着两天打了很多电话，都没能追上他忙碌的脚步：10月5日在上海指导科研、10月6日参加母校湖州中学的105周年校庆、10月7日飞回大庆……就在王启民刚到湖当天晚上在下榻的酒店进餐之前记者才"拦"访到他。一个多小时的采访，记者沉浸其中，仿佛置身于那个时代，钻机耸立，机器轰鸣……

"铁人"的追求——

"妻子笑我不该姓王，应该姓油，只要有油，我姓什么都可以"

1960年4月，一个天寒地冻、风雪肆虐的日子，王启民以及同窗好友陈宝玲和北京石油学院的100多位同学来到向往许久的大庆油田实习。那时，大庆油田刚开发，到处都是亘古荒原。当时，中国正是最缺油的年代，全国原油产量还不到400万吨。

1961年8月，王启民毕业了。从小在湖州长大的王启民毅然决然地选择了一片荒凉的大庆。一到大庆，王启民就和同事们在"干打垒"的房门上贴了一副对联："莫看毛头小伙子，敢笑天下第一流"，横批是："闯将在此"！

油田开发初期，国内没有大庆这种大型陆相砂岩油田开发的经验。"有些外国专家从大庆撤走的时候说，中国人靠自己的力量开发不了这么复杂的油田！"

70年代初，王启民和其他科技人员一道经过长达10年的现场攻关，创立了石油开采新模式，使大庆油田提前五年实现年产原油5000万吨的目标；1976年，大庆油田实现年产原油5030万吨，跨入了世界特大型油田行列。美国专家认为，这一开采模式可以向世界各国推行。

王启民依然活跃在科研一线，如此算来，自从1956年开始在北京石油大学开始研究"油"，这条"油"路王启民已经整整走了半个世纪。这一路上，王启民不断创新科研，大胆挑战传统。1997年1月17日，时任中共中央总书记、国家主席江泽民亲切地接见了60岁的王启民，握着他的手说：你是第二代"铁人"，是科技战线的"铁人"，是新时期的"铁人"。

因此有人说，第一代"铁人"王进喜是骆驼型的钻井铁人，而王启民是领头雁型的科技"铁人"。不变的是——"铁人"精神：冬天不怕冷，夏天不怕热，干活不怕累，做事不怕苦。

"妻子笑我不该姓王，应该姓油，只要有油，我姓什么都可以，真的。"古稀之年的王启民依然一脸的执着。

"石油资源是有限的，但科技进步的力量是无限的"

在记者想来，石油是不可再生资源，目前开发稳产都突破了技术攻关，但石油总归是越开发越少的。而当前，我国经济飞速发展，石油缺口日益增大。这个矛盾怎么来解决呢？

王启民解释说，人们的这种担心不无道理。

1976年，大庆的原油年产量攀上了5000万吨。但在稳产10年后，老铁人那个时代随便打一口井就有原油喷薄而出的地质条件现在已经不复存在。人们都不禁要问：大庆油田要是枯竭了怎么办？

1984年，王启民承担了编制第二个5000万吨稳产10年规划的艰巨任务。他把目光盯向了厚度不到半米、在国内外开发中被判了"死刑"的表外储层。

整整7年，王启民和同事们终于摸索出一套开发表外储层的技术，保证了油田再稳产10年目标的实现。据计算，大庆油田表外储层可采储量近2亿吨，等于又为国家找到一个大油田。

2003年，大庆油田提出了"持续有效发展，创建百年油田"的发展战略。当时已年近古稀的王启民再次担当重任，把攻关的目标锁定在挑战采收率极限上。目前，他正带领技术人员研发三元复合驱采油技术，将在水驱基础上提高采收率20%。

如今，王启民带领下的科研队伍研发的这种"死井复活"法引起了美国同行的高度关注，本月底，王启民受邀去美国交流这方面的课题。

王启民戏称自己如果能够退休，他就带上一帮人到中东去注册一个公司，买下一块阿拉伯人不要的废油田，很快就能成为洛克菲勒。

"石油资源是有限的，但科技进步的力量是无限的，变中国制造为中国创造，以我们目前的技术和资源储备，可以变担心为不担心。"70岁的王启民依然雄心勃勃。

"铁人"的遗憾——

"我爱家人，却没能完全尽责"

1963年11月初，寒气逼人的哈尔滨站月台，王启民匆匆将大腹便便、已临近预产期的妻子陈宝玲送上开往北京的列车硬卧车厢，列车带着他牵肠挂肚的思念渐渐远去。

妻子陈宝玲和王启民是大学同学，王启民选择了大庆，北京姑娘选择了王启民。

1963年，陈宝玲怀孕了。时值油田出现油层被水淹掉一半、采收率只有5%的严重局面。在地质指挥部动态组的王启民昼夜守在现场取芯化验、分析数据资料，根本无暇照顾妻子。

预产期一天天临近，陈宝玲想回北京娘家分娩。然而就在车上，陈宝玲陡然感到小腹阵阵剧痛。夜凉如水，陈宝玲拖着沉重的即将分娩的身子独自一人在中途的锦州站下了车。

半夜时分，"哇——"，婴儿不安的啼哭划破了医院的寂静。丈夫不在身边的陈宝玲几经折腾生下了女儿。

王启民给女儿起名为"锦梅"。

1992年12月14日，在这个西北风呼啸着拍打窗棂的寒夜，王启民黯然地坐在家里的沙发上，失去母亲的悲痛使得他的心像井喷似的不平静……

1992年6月，81岁的老母亲中风，生命垂危。在湖州的弟弟妹妹一次次给王启民来信，让他回去看看。可是，研究院正值稳油控水试验关键之时，这一试验关系到大庆油田的年产量能否继续保持5500万吨，王启民作为主管科研的领导，每天加班加点都感到时间不够用，怎么走得开啊！他惟有默默祈求：妈妈，你一定要等儿子做完试验回去啊！可是试验还没有结束，母亲就走了。他再也见不到慈祥的母亲了，再也兑现不了当年答应母亲的诺言了。

王启民说，在事业与家庭不能兼顾时，他选择事业是正确的但也是痛苦的，"我爱妻子，却没能完全尽责，我爱父母，却没能完全尽孝。"

"我爱人才，却没能完全留住"

在一次面对中央媒体新闻记者的集体采访，王启民说了这样一句话：谢谢大家！我也要向王启民学习。

王启民向王启民学习？一直以来，记者对此不太理解。在此次专访时，王启民解释说，媒体报道的王启民其实应该是一个科研团队，因此他个人也要向王启民学习。同时，王启民非常注重油田科研队伍建设。1997年，王启民荣获"铁人科技成就奖"金奖，并得到10万元奖金，他将这10万元奖金全献给了研究院，设立一项科研奖励基金。鼓励广大科技人员搞科研，培养更多的油田科研人员。然而他还是觉得个人的力量非常有限。

王启民说，做科研是非常寂寞的，一个技术攻关，有时候会花上几年甚至是十几年。耐不住寂寞的人往往就会中途选择放弃。同样，要创新，就得有面对挑战克服困难的勇气，而这个时候又有不少人会选择退缩。尽管现在石油工人住进了有空调的板房，喝上了纯净水，并且设备有了很大的改进，安全系数也大大提高了。我爱人才，却没能完全留住。

在王启民看来，"铁人"只是一个比喻。露天睡在风雪弥漫的东北荒原、跳到结冰的泥浆里充当人体搅拌机，毕竟是特殊情况下的特殊行为，我们应该继承的是"铁人"精神。

刊于 2007 年 10 月 10 日《湖州星期三》

袖珍妈妈创造生命奇迹

117，30，4，3.6。这是普通的四个数字，但用在长兴姑娘沈凤琴的身上却极不寻常，它们分别代表了她的身高（厘米）、体重（公斤）、掌握的语言数和孩子出生时的体重（公斤）。

对于沈凤琴这个袖珍妈妈，我们心里有太多的问号。带着敬佩，2007 年 11 月 14 日一大早，记者一行赶往沈凤琴在长兴夹浦镇长平村的家。

冒死创造奇迹

袖珍妈妈术后恢复良好

上午 9 点 20 分，记者到达了目的地，经过一番打听找到了沈凤琴的住处，听到声音，沈凤琴从楼上探出了脑袋。眼前的沈凤琴虽然个头很小，五官却长得很端正，尤其是那清脆甜美的声音十分悦耳。

"他叫罗三奇，小名叫奇奇，医生说我创造了三大奇迹，所以丈夫就给儿子起了这个名字。"沈凤琴抱着怀里熟睡的儿子脸上堆满了笑容。看得出经过1个多月的休养，她的身体恢复得不错，就是在一个月前的10月8日，沈凤琴却挣扎在死亡的边缘……

10月初，长兴县妇保院来了一位特殊的孕妇，她就是沈凤琴。在检查中医生发现：沈凤琴胎位不正，子宫壁已经被腹中孩子撑得薄如蝉翼，稍一不小心就会导致大出血！医生果断做出决定：沈凤琴必须马上住院，随时观察以防意外发生。

10月7日晚上，沈凤琴就开始出现了轻微的疼痛，医院专家连夜召开会议商讨手术问题。最后，他们决定由有着32年临床经验的李桂珍医生为沈凤琴主刀。

10月8日上午10点，沈凤琴进入手术室。大家心里很清楚，她的生产风险极大。

10时25分，一个体重3.6公斤的健康男婴被医护人员捧到了罗朝宽面前。瞬间，通道里响起了热烈的掌声，可大家却不清楚手术室里的沈凤琴此刻正处在极度危险之中……

10时35分。李桂珍医生对沈凤琴进行腹部缝合时发现她的子宫开始大量渗血。是进行保守机械止血还是再一次动手术？保守治疗对于一个血友病患者来说，希望是渺茫的！要保住沈凤琴的命，继续手术！

医生第二次为沈凤琴开腹，刚把腹腔打开，鲜血就喷涌而出……无奈，他们给家属下了紧急病危通知书。想着自己的妻子面临着生命危险，罗朝宽再也坐不住了，冲进了手术室……

"沈凤琴，你要挺住啊。咱们的孩子很好，他需要你，我也需要你啊！"罗朝宽声泪俱下。迷迷糊糊中，沈凤琴听到了丈夫的呼唤，母爱让这个小小的身体显示出了惊人的力量——血，竟然慢慢止住了。

"沈凤琴很坚强，她创造了三大奇迹。"李医生在术后这样总结道：身高不足120

厘米的残疾孕妇却生下了 3.6 公斤健康男婴；血友病人，子宫被撑破，出血不止，却能凭借坚强的意志配合医生治疗；不足 30 公斤的体重遭受如此大的手术创伤，心脏、肾脏、肺功能衰竭现象并没有在她身上出现。

不断制造神话

"小不点"不向命运低头

"当初你有害怕过吗？有想过怀孕可能是一件这么危险的事吗？"看着如此瘦小的沈凤琴，记者不禁发出这样的疑问。

"其实，只要有勇气，没有什么不可能。"回首从前，沈凤琴淡淡一笑，"尽管，怀孕对我来说是一件很危险的事情，但我已经顾不了那么多了，我要给丈夫一个幸福、完整的家。"

沈凤琴的寥寥几句话让记者感受到了她的乐观和坚强。

沈凤琴出生于 1980 年 5 月 11 日，7 个月大时，父母渐渐发现小凤琴用手抓东西时，手指竟然不会弯曲。经过医生、专家的详细检查，结果发现小凤琴的问题大了——没有指关节，膝关节和肘关节不健全，长不高！不仅如此，她还有先天的血友病，血小板只有正常值的 20%。

转眼到了上学的年龄，可学校以生活不能自理为由，拒绝了她的入学申请。每天放学后，哥哥沈浦便教妹妹认字计算。短短的一年时间，小凤琴居然掌握了小学一年级的全部文化课。这让心灰意冷的父母重燃希望，再次去央求学校领导。这次，校方被打动了。1988 年 9 月 1 日，沈凤琴如愿成了一名小学二年级的学生。

沈凤琴以优异的成绩初中毕业后，聪明的她把目光投向了条件相对不苛刻的中专，并顺利考上了杭州市职业中专，学习美术。站在凳上画画的她，又在斑斓的色彩中找到了快乐。

沈凤琴一直强烈地渴望着能上大学。课余，她会拿着高中英语课本一啃就是半天。神话再一次出现在这个小小女孩身上，1997 年 9 月，她考上了上海大学计算机专业。

大学期间，沈凤琴成绩优异，还自学了日语、法语。

"大学毕业了，家人都劝我回老家一边工作一边享受残疾人的福利，可是我不愿意。我努力了那么久不想这样。"经过一番奔波，有美术功底又具备计算机专业知识的她留在了上海，受聘于上海影视中心做美术编辑。

感动帅气小伙
袖珍姑娘收获甜蜜爱情

"春日夏桃朵朵开，恋情人儿心已在，爱也美，情也美，等待的心谁来采……"这是沈凤琴在恋爱时创作的。

"说实话，我没有想过自己能有一段如此诗意的爱情，更何况他还是一个身高172厘米，浓眉大眼，硬朗阳光的帅小伙。"说起丈夫罗朝宽，沈凤琴言语间尽是甜蜜。

沈凤琴和罗朝宽相识在2002年春天，那时的沈凤琴刚参加工作薪水不高，就通过网络和几个年轻人在上海市郊"拼租"一处房子，罗朝宽就在其中。罗朝宽来自安徽六合，大沈凤琴3岁，在上海一家装饰公司做油漆工。罗宽朝发现小小的沈凤琴是如此坚强和乐观，她的博学和多才更让他佩服。慢慢地，罗朝宽对沈凤琴的感情发生了微妙的变化，直到半年后的那个下雨天……

那天因为淋了雨，沈凤琴发起了高烧，罗朝宽一眼便察觉了她的病情，忙关切地说："哎呀！你应该马上去看医生。"当时的沈凤琴已无力再迈出一步了，罗朝宽不等她说什么，背起她直冲社区卫生站……

事后，罗朝宽还是一如既往地照顾沈凤琴，"这么好的男孩，怎么能看上我呢！"沈凤琴暗自想道。于是，趁着罗朝宽不在家时，沈凤琴悄悄地搬到了一个同事那里。

沈凤琴的突然悄然离开对罗朝宽来说是一个不小的打击，他发疯似的到处打听沈凤琴的下落。

其实，沈凤琴自己何尝不心酸呢？好不容易降临的爱情，自己却只能放弃。就算在周末，她也依然会独自坐在以前天天来往的地铁里，静静地思念着罗朝宽。

“你们看，你们看，这么小的人，面相倒是个大人，真稀奇！”20多年的时间里，沈凤琴经常听到这样的指指点点议论声，她早已习惯，安静地看着窗外。

　　“请你们文明点，她已经很痛苦了，你们怎么还这样伤害她呢！”这声音怎么那么熟悉？是他——罗朝宽！沈凤琴掩饰不住自己的兴奋，没有太多的预演，双眸对视的瞬间，沈凤琴明白了：原来罗朝宽找不到她就一直在她曾经天天坐的地铁上等！

　　2007年的春天，他们在长兴民政局领取了结婚证。

　　“罗朝宽前不久回上海工作了。怀孕期间我把工作辞了，但我不后悔，我重新学了会计。等我身体完全恢复了，我也要去上海和他一起打拼。”面对未来，沈凤琴充满了信心。我们也期待沈凤琴能创造出更多的奇迹。

刊于 2007 年 11 月 16 日《湖州星期三》

遗体美容师用心留住生命最后的美

　　"美容师"，一个太熟悉的职业，一份美丽的事业，她可以展现人的生机与活力；而当"美容师"出现在殡仪馆，并在前面加上一个定语"遗体"时，你又会作何感想？2007年12月的一天，记者走进湖州市殡仪馆，在公园般的环境中，与一位遗体美容师面对面，听他讲述为逝者描绘生命最后美丽的故事。

20多分钟，遗体美容师化腐朽为神奇

　　一踏进殡仪馆的大门，人就不由地产生肃穆的感觉，记者赶到的时候，正赶上一场葬礼，告别室里传出一阵阵哀恸的哭声，让人揪心。

　　早上6时20分，殡仪馆"资深"遗体美容师姚盛广准时到岗，一上岗就接到任务：

为一名老年逝者做美容。笔挺的工作服，深紫色领带，整齐而精神，乍一看，还以为是城市白领一族，经旁人提醒才得知眼前这位年轻帅小伙就是记者此次的采访对象。很难想象，今年才34岁的姚盛广已伴随着这样的哭声工作了16年，而且每天要近距离内数次面对一具具冰冷的遗体……

记者鼓足勇气跟随着姚盛广前往他的工作间，只见一排排整齐的铁皮冰柜格子里透出令人压抑的气息，尽管已经有了足够的心理准备，身处其境，记者仍有一股沉重的恐惧压上心头。紧挨这些冰柜的就是姚盛广的工作间。

此时一具面色惨白冰冷的遗体已推到了姚盛广的面前，麻利地穿上隔离服，戴上口罩手套，从靠墙的柜子里取出各种工具，表情严肃地开始为遗体美容，消毒水清洗、上底妆、打腮红、涂口红、画眉、打眼影、梳头……一切都从容不迫地进行着。透过门窗，工作间的采光很好。

20多分钟后，经过姚盛广那双神奇的手，原本惨白的遗体脸色慢慢变得"红润"了，甚至有了几分生机。追悼会上，亲人们看到老人和蔼而安详的遗容，心里也有了一丝安慰。这时，姚盛广才欣慰地脱下手套和隔离服，在一旁默默地用消毒液洗手。

16年来为遗体美容，姚盛广从来都未曾害怕过

忙完一早的工作后，姚盛广终于有时间坐下来跟记者聊天，坐在沙发上的姚盛广显得很腼腆，不停地揉搓着自己的双手。16年前，时年18岁的年轻帅小伙怎么会选择这样一个特殊的行业呢？

原来姚盛广的表哥一直在殡仪馆工作，身边的亲人也对这个行业不持反对态度，于是，中专毕业后的姚盛广在表哥的影响下也勇敢地走进了殡仪馆，最初，他担任的是遗体火化工作。

姚盛广回忆自己第一次看到遗体，一点害怕的感觉也没有，甚至想马上动手去操作，最后还是一位老师傅强烈阻拦，才让他在旁观一个星期后真正上手火化工作。

19岁那年，殡仪馆为了培养年轻的新人，就派了馆内当时最年轻的姚盛广学习遗

体美容和防腐，以"多学一点东西也好"的态度，他踏上了前往杭州、上海、北京的求学之路，年轻小伙有生以来第一次接触遗体美容。

生前患高血压的，血液会往上冲，脸色就会很红，美容时就不能做得过于红润；生前出血过多的，脸色惨白，就需要做得红润些……16年的实践操作经验让姚盛广面对各式遗体都驾轻就熟。

姚盛广戏称自己好像是天生干殡葬工作的，他说："给遗体美容其实没什么可怕，就是味道比较难闻，特别是到了夏天，但既然亲属提出了这样的要求，我就尽可能地满足他们。"

"为正常死亡者美容算是轻松的，最考验技能和心理承受能力的要数意外非正常死亡者。一般来说，给一个正常死亡者美容的时间大概20多分钟，而为非正常死亡者美容则需要好几个小时。"在姚盛广的印象里，最艰难的一次经历是为一个遭遇车祸死亡的年轻人整容。由于逝者的头部被车子辗压过，骨头碎裂、脑内物质都没有了，只剩下了一层破裂的皮，遗体残缺不全，惨不忍睹。面对这样一张支离破碎的"脸"，姚盛广本能地产生了一种难以抑制的抵触感，但想到外面悲痛不已的家属，他努力平静自己的情绪，拿起了整容工具。

对缺损的头部进行填充，进行伤口缝合，完成脸部整形，做面部化妆，服装和整体形象的整理……整个整容加化妆的过程从上午一直持续到下午，当最后整理好逝者的服装，看着自己的劳动成果，姚盛广深深地舒了一口气。整容时，需要运用与外科医生近似的针、剪刀、钳子等等，所以法医学也是姚盛广的必修课。

还有一次，也是一个脸部被车撞得惨不忍睹的遗体，因为面部的骨头、关节几乎都错位了，戴着手套操作的姚盛广手上越来越没感觉了，干脆，他就把手套一脱，直接接触遗体的面部……

姚盛广告诉记者，几乎每天都有一两具遗体需要美容，16年来自己到底为多少逝者做过遗体美容他已记不清了。

给遗体整容，不仅要承受心理和生理的双重压力，还要面对极大的风险。因疾病死亡是最常见的死亡，做遗体整容的逝者大部分都是因病而逝的，如果是非传染性疾病还好一些，一旦遇到了因传染性疾病而亡的就很危险。姚盛广说，虽然工作时身上穿着隔离服戴着口罩，但相对于不到几毫米的面对面近距离接触，危险程度可想而知。

工作是冰冷的，亲人的爱是火热的

采访中，殡仪馆的员工普遍反映干这个行业找对象相当困难，但年轻的姚盛广有一个令人羡慕的幸福三口之家。他与妻子从小一起长大，一起读书，青梅竹马，从姚盛广刚进入殡仪馆工作到后来从事遗体美容师，妻子都了如指掌，于是她就顺其自然地接受了遗体美容师这个职业，接受了姚盛广的这份爱。

很快两人就结为了夫妻，今年儿子都已经念小学三年级了。讲起自己的家庭，姚盛广充满感激："我每天早上5点多就得起床去上班了，下班就很累了，家里大量的家务都是老婆做的，我到家只要吃饭就可以了，每个月难得可以睡懒觉的休息天，老婆和孩子都不会打扰我，让我安心睡到中午，那个时候他们连走路都会轻手轻脚，生怕吵着我。"

这个特殊的职业也让姚盛广养成了回家从不讲自己工作上事情的习惯。"我下班回家一般都是一家三口吃饭的时候，如果我跟家人讲'今天又送来一具面目全非的遗体'之类，让他们还怎么吃饭啊！所以不管是工作上的烦恼或是成绩，我都会藏在心里。"

在殡仪馆工作16年，姚盛广觉得自己最幸运的是工作得到了身边所有亲戚朋友的支持。每年正月头上不去亲戚家走动是殡仪馆员工一个不成文的约定，而亲朋们通常会主动邀请姚盛广去做客。

整个采访过程中，姚盛广始终紧拽着自己的双手。殡仪馆沈主任告诉记者，社会对殡葬工作者的歧视还是多多少少存在的，所以遗体美容师在生活中还有许多与普通人不同的社交习惯。和人问好时一般只打招呼，很少主动与人握手，避免给别人带来尴尬。

据悉，近几年，特别是2005年以来，殡葬事业的人文关怀也渐渐得到了社会的认同，殡葬工作者的队伍也在不断壮大中，除了姚盛广外，湖州市殡仪馆还有两位专业的美容、防腐师坚守岗位。沈主任还欣喜地向记者透露，最近一位殡葬专业毕业的应届女大学生也将走上遗体美容师的岗位，这也将是我市第一位女大学生遗体美容师。我们也期盼全社会都能给予殡葬工作者更多的理解和支持。

刊于 2007 年 12 月 21 日《湖州星期三》

夏有贵：从绿色军营走向绿色田野

桃红柳绿、重峦叠嶂、竹林葱郁、碧水潺潺、茶香雾绕……20分钟的车程，就让记者一行见到了恰似人间难寻的"绿色王国"妙西镇白鹭谷。这片美丽的白鹭谷里，有位汉子在此挥洒汗水，创造出了一片新天地。他，就是白茶种植大户夏有贵。

手中端着一杯夏有贵刚刚沏好的白茶，欣赏着每个芽头都在杯中花般绽放。在妙西镇肇村村王坞里白鹭谷茶厂，记者边品茶，边听夏有贵聊起他的种茶之路。

黄沙土上种出了白茶

夏有贵带领村民走上致富路

得悉记者的到来，忙得焦头烂额的夏有贵匆匆赶来。尽管从上个月26日第一天采茶开始，几乎没睡过一个囫囵觉，手上吊水的针孔还依稀可见，消瘦的他依旧腰板挺直、目光执着，言谈间还不失幽默。

栽下梧桐树，引得凤凰来。夏有贵说这几天茶场里宾客盈门，每天都有客户上门订购茶叶，有时门口的汽车都停不起。他的妙喜牌三癸白茶已经得到了市场的广泛认可与肯定，就连在白茶闻名的安吉，夏有贵的茶一拿出手，就能排到市场最高价。"我的白茶卖的价总能高出别人 50 ～ 100 块一斤，但客户还是抢着要。"说起自己的三癸白茶，夏有贵就喜上眉梢："除了我们技术上把关外，最重要的是我们白鹭谷的土质好，这里都是黄沙土，所以炒出的茶带有一种金黄色，泡出来的茶总有一丝淡淡的甜味……"

前几天，台湾阿里磅生态农场的老板王德昌慕名找上门来，在看了夏有贵这片地理环境优越的白鹭谷白茶场后，感慨万千，"你的茶场完全达到有机茶的标准了！"王德昌还当即表达了要和夏有贵合作有机茶的意向。

采访间，夏有贵家雇请的 200 多位采茶女工们挎上茶篓整装待发。于是记者也跟上了夏有贵和采茶女的脚步。穿过一片又一片金灿灿的油菜花地，就到了一片被村民们叫做"庙沟"的茶山，一眼望去，一排排茶树阶梯般整齐地飘绕于"庙沟"，200 多亩的茶山好不壮观。采茶女工们灵巧的双手上下翻飞，成了茶山又一道靓丽的风景线。

此时天空飘着细细的春雨丝，湿润润的鲜叶，湿润润的气息，整个茶山上弥散出一股清香的味道……

去年夏有贵还扩建了茶场的厂房，山谷里一间间宽敞的厂房拔地而起。在夏有贵的带领下，记者参观了厂房里现代化的炒茶机器设备，"每天下午四五点钟的样子，采茶工们就会把鲜叶集中到这里，我就跟几个炒茶师傅开始通宵炒茶，一直要炒到第二天早上九点钟。"说话间，夏有贵抓起一茶篓里刚摘下的鲜叶，倒在机器里娴熟地炒了起来："我现在是一级炒茶师了，还带出了好多徒弟，但我每天还是亲自上阵，为的就是把好炒茶技术关。"夏有贵的妻子王小琴也不甘落后，不久前专门去杭州考出了评茶师的证书，全心协助丈夫把茶场的事业做大。

最近几年来，肇村村的村民眼见着夏有贵通过白茶走上了致富之路，也开始慢慢尝试着种植白茶。到目前为止，妙西镇共有四十多户村民加入夏有贵的茶叶合作社，妙西镇也从最初没有一棵白茶发展到现在全镇达千亩的白茶种植面积，夏有贵俨然成了妙西镇的致富带头人。一项项荣誉也接踵而至，"全国星火带头人""全国绿色小康户""党员创业中心户""十佳青年""百名农村优秀青年"等等。

背着蛇皮袋推销上品白茶
退伍军人与白茶结缘的创业故事

一位退伍军人，当过保安，干过农活，曾经一直苦于找不到创业之路，他是怎样与满身幽香的白茶走到一起，并由此牵出一段白茶缘的呢？

采访中记者得知其背后原来还有一位"白茶仙子"的协助，她就是夏有贵的妻子王小琴。

就在夏有贵三十而立那一年，王小琴从娘家安吉带来致富信息：种白茶。夏有贵隐约感觉到这条路可以闯一闯，但他当时的顾虑也很多，妙西还从没有人在山上种出过白茶，白茶种植能搞得起来吗？

谨慎起见，夏有贵从妻子的娘家溪龙乡带回几十棵白茶苗，种在自家屋后，精心打理。那年三月，他特意把采的茶送到安吉农科所，得到的答案是茶叶的质量很好。这下子，夏友贵心里有底气了。

退伍后夏有贵几年打工生活就攒下了七千块钱，第一笔六七万的种茶投资从哪里来？只能开口问亲戚借，向银行贷款。那时亲戚朋友都觉得他年轻，只是一时头脑发热，借钱时碰壁不少。

"你又不是安吉人，怎么种白茶？"

"就算你种出了白茶，卖得掉吗？"

倒反而在王小琴安吉的娘家亲朋那里，听说夫妻俩要种白茶，钱借得很顺利。

"当时我们确实也冒了很大风险的。不过我老婆比我胆子大，她对我种白茶相当支持，让我趁年轻大胆干，就算亏了两个人也可以再去打工把钱挣回来还清借款。"说这话时，夏有贵对在旁一直忙碌的妻子投去了感激的眼神。

2001年10月，怀揣着希望，夏有贵种下了白茶，凭着军人的那股子干劲和从妻子娘家学来的种植与炒茶技术，仅仅半年时间，白茶就有了收获。但第一年，夏有贵只采了五斤茶叶。尝试着跑了安吉和湖州的各家茶叶店，店家们均对茶叶作出很高的评价。据细心的王小琴回忆，她在帮丈夫第二次送白茶到湖州某家茶庄时，发现她前天送来的白茶竟然被放到了茶庄的最高价位处：每500克1700元！这件事让夫妻俩着实兴奋了好一阵子，第一年的投石问路让夏有贵吃了颗定心丸。

第二年，夏有贵的白茶产量达到了300多斤，但是他的茶叶没有包装，也没有品牌，为了把这些品质上乘的茶叶销售出去，夏有贵把茶叶装在蛇皮袋里，背在身上专往茶叶店里钻。除了安吉，湖州的茶叶店，嘉兴、苏州、上海等地的茶叶店夏有贵也都跑了个遍，这300斤茶叶让他掘到了创业的第一桶金。

妙西镇政府也适时地为夏有贵创业助了一臂之力，帮他的白茶注册了商标，还到处为其吆喝宣传，让他的创业之路走得更顺畅。

机会只给有准备的人。采访中，记者处处体味到夏有贵创业的成功之所在，就是他的大胆与谨慎。他是妙西镇第一个敢于利用得天独厚的资源尝试种植白茶的人，但其大胆也是基于谨慎的考证，才让他有了今天的成功。此外，退伍军人特有的干劲闯劲与坚韧在他身上也得到了淋漓尽致的发挥。第一次面对上百斤品质上乘的茶叶，他能背着蛇皮袋全国各地推销，最初创业的不易可见一斑。

就像白茶在口中咀嚼，苦苦的，可回味又带着一丝甘甜，不知这是不是夏有贵如今尝到的苦尽甘来的滋味呢？

妙西镇党委薛副书记表示：妙西镇需要像夏有贵这样的致富带头人，由他牵头成立的青龙山茶叶合作社，为村民们带来了相当可观的经济收入。在本次干部的换届选举上，他还被推选为支部委员，这是村民们对夏有贵的肯定和认可。村民朱丽娟：我去年也在夏有贵的带动下种了白茶，我们只管种茶，把鲜叶摘下来交给他就行了，其他怎么炒茶啊，卖茶啊，都不用管了。今年我们家已经摘了20多斤茶叶了，夏有贵让我们家一年多了好几千元的进账。妻子王小琴：我对丈夫种白茶是全力支持的，不管有多么辛苦，我们两个从来没有为种白茶的事情吵过嘴。他在种白茶这件事上花的心力也相当多，什么事都亲力亲为。我们从曾经对白茶一窍不通到头头是道，获得了市场和客户的肯定，他的努力我都看得见。

刊于 2008 年 4 月 11 日《湖州星期三》

朱晓峰：开启互联网+农庄新模式

　　"周末去过老巴那里了，钓鱼、挖笋、采茶叶、烧烤、篝火晚会，又好玩又能吃到最土的菜，挺不错的……"最近，在湖城各个知名论坛及QQ群里，有关于"巴米尔"和他的"栖贤人家"受到网友们的热捧。游完归来，网友们通常汇聚于网络，用诱惑的照片和文字与大家分享"栖贤人家"的游玩体会。于是，又一批网友叫嚣着要"杀"向"巴米尔"。

　　"巴米尔"是何许人也？他又用何种手段"掳获"了湖城一大批好玩的80后网友的心呢？通过网络，记者开始寻访"栖贤人家"的庄主"巴米尔"。

偏僻农庄每周末招待两百客人
朱晓峰初尝网络生意经甜头

蜿蜒的乡村公路，一路打听，记者一行总算找到了在湖城网友圈中热得发烫的陆羽休闲农庄——栖贤人家。说实话，地方有些偏僻，可却能吸引这么多年轻人自发组织往这里跑，"巴米尔"肯定在农庄的经营方面有其独到之处。

清清瘦瘦，一副精致的近视眼镜再加上一身深色的西服，俨然是文质彬彬的都市白领形象。他就是"巴米尔"，大名朱晓峰。对田野生活的向往，让这位从没干过农活的城市白领找出锄头，种起菜。因为曾经是一名临床医生，所以他的网名也是"阿司匹林泡腾片"的另一种称谓——巴米尔。

"来我这儿的客人大部分都会报上奇奇怪怪的网名，而且他们都会成群结伴而来，互相之间也称呼着网名，他们还喜欢喊我老巴。"朱晓峰告诉记者，他的栖贤人家从去年9月份开张时的开门红至如今在湖城的小有名气，每周末有固定的200多客源，得归功于这神奇的网络。

因为爱玩电脑，一台黑色的小本本始终不离他身，一有空他就会坐在电脑前打开QQ、MSN，逛逛湖城年轻人汇聚的各大网络论坛。记得农庄还在筹备时，一个新鲜的想法在朱晓峰脑中形成：用网络网聚游客。在人气较旺的本地论坛上以"巴米尔"的ID发帖，介绍自己即将建成的农庄，并且在论坛里做起调查，公开征询网友的意见。其中包括网友爱玩的活动项目、爱吃的菜，甚至是能接受的价格等等。

当这样一个需要网友参与其中的农庄展现在网络上时，不禁让大家兴致十足。在网友们的翘首企盼中，朱晓峰第一期占地近70亩的栖贤人家终于在2007年9月开门迎客了。

"50元一日游"活动的报名帖第一时间出现在了论坛上，立刻得到了众网友的热情顶帖和积极响应。

免费车子接送，钓鱼、吃自己刚从菜地里采摘下的时令蔬菜、游湖州四大古刹之一栖贤寺、拜陆羽墓、逛三癸亭、皎然塔，玩饿了有番薯、玉米、毛芋艿作点心等等。一时间，网友蜂拥而至，或者论坛网友成群结伴，或者 QQ 群友聚会，抑或者是带着全家老少。最让朱晓峰兴奋的是，网友们满意地结束一天的游玩后，还会自发地在论坛上记录下难忘的游玩经历。很快，又有一批接着一批的网友赶来体验……

"我自己说上 10 句好话也抵不上他们说的一句话。"朱晓峰深有感触地说道："农庄刚开业就做了一个开门红，这是我之前根本想都不敢想的。"

篝火晚会、车友会、种爱情树
朱晓峰成了网络当红的农庄老板

曾经这里是一片荒山，曾经全家反对他开发农庄，曾经当地村民预言这里绝对做不到生意。今天，32 岁的朱晓峰用成绩证明他当初的决定是正确的。

竹制牌楼，就连农庄的主体建筑及一桌一椅都是用竹子做的。大片垂钓水面与连绵大山让农庄陷身于背山面水的优美环境中。

真正让朱晓峰在网络上名声大震的还是去年 12 月份举办的一场大型篝火晚会，从前期网络预热、筹备、接受报名到晚会的招待工作，朱晓峰可谓费尽心力。

夜幕降临，网友们陆续赶到晚会现场，篝火燃起来、音乐响起来、歌儿唱起来、游戏玩起来、美食烤起来、舞蹈跳起来……

"你就是某某某啊！"

"某某某，我经常看到你发的帖，你在论坛里混了多久了？"

200 多位论坛的网友在栖贤人家尽情地玩着，当论坛上一个个熟悉的 ID 与现实生活中的人一一对应起来时，兴奋与激动写在每个人的脸上，"巴米尔"也在众网友面前"曝光"，与其说朱晓峰办了一个篝火晚会，不如说他更像是筹划了一场大型的网友见面会。

"我这里的客人几乎有 70% 都是网络招徕的，个人认为这个网络的经营模式还是相当成功的，很多人还会通过我的 QQ、MSN 等预约来玩，我的 QQ 现在好友都快加满了。"朱晓峰自信满满，俨然成了网络当红的农庄老板。去年 11 月的浙江飞度车友会活动；今年植树节前后的免费种树活动；二月十四情人节，推出"埋爱情种子，种爱情树"活动；近段时间，挖笋、采茶叶又成了农庄的主打活动……每当朱晓峰把这些"时令"信息在网络上公布，网友们就如期而至。"小狼""卡位撒""湖边的杨柳"……朱晓峰对多次来农庄玩的网友如数家珍。

空闲时，朱晓峰还会在论坛上不定期地发一些厨师新做的菜式照片，再配上诱人的文字，经常让许多看帖回帖的网友口水直流。

据朱晓峰介绍，现在经常有网友单位举办活动都会主动来找他合作。"一年四季这里都有不同的农家休闲活动，接下去还会推出自助种树、钓小龙虾、挖泥鳅等活动，我们的定位着重在'休闲'二字上，突出特色。"成功的喜悦一直在他脸上。

网络给朱晓峰农庄带来的蓬勃发展，也许是人当初都不敢想象的。但他并未满足于这些，朱晓峰脑中还在不停地思索着新鲜的好玩的玩意儿来吸引客人。比如栖贤人家秋天的落叶景色一般，他就想办法在农庄种植了各种秋天采摘的水果，板栗、柿子、山楂、冬枣、龙枣；又比如，他还计划在农庄的后山开辟场地玩真人CS游戏等等。

与朱晓峰一样开农庄的人还有很多，如何让自己的农庄有特色就成了现今市场竞争的重点。朱晓峰通过网络做出了属于自己的特色，在行业中脱颖而出。

妙西镇楂树坞村村支书杨连生点赞：朱晓峰是我们楂树坞村第一个大胆在一片荒地上开农庄的人，正是因为他的成功，现在村里又有了第二家农庄，很快这里还会有第三家、第四家，可以说，朱晓峰带动了村里的一个产业。今年，这里陆羽茶文化景区的建成及五月即将召开的国际茶文化节，朱晓峰的栖贤人家无疑能成为为其提供周全的配套休闲服务。

母亲包满娣感慨：儿子从小就身体不太好，开办这个农庄更是辛苦，所以我尽可能地帮助他多干些活。不过儿子还是很争气的，认准了就下定决心去做这件事，今天能取得这样的成绩我作为母亲很骄傲。

网友小狼更是兴奋地推荐：创业需要眼光和勇气，很显然，老巴具备了这两者，更所谓"创业容易守业难"，我想老巴不用担心，他有出不完的点子想不尽的创意。利用了农庄的独特属性开展了一系列有影响的活动，而且每一次都很精彩！接下来要钓小龙虾啦，我已经报名了！老巴那么聪明细心，想生意不好也难啦！

刊于 2008 年 4 月 18 日《湖州星期三》

吴亚琴：安吉印刷行业的领头人

    早早就开始联系大忙人吴亚琴，与她再三商定了采访时间，可计划始终赶不上变化，2008 年 4 月 15 日一大早，忙碌的吴亚琴就急着独自开车去杭州参加投标了。

    虽然要花上大半天的时候等待，但记者丝毫感觉不到乏味，吴亚琴的朋友们早已妥善地安排好了一切采访需求。一个人，能让朋友如此为她付出，足见吴亚琴的魅力所在，也让记者对她越发好奇。晚上 7 点 30 分，终于见到了吴亚琴，在堆满包装盒的车间里，吴亚琴聊起了她的创业之路。

争得安吉白茶包装资格
吴亚琴要让家乡茶叶走得更远

短发，玲珑的个子。当吴亚琴出现在记者眼前，让人着实无法把她与"企业家""董事长"等字眼联系在一起，她亲切得就像位邻家阿姨。一天的奔波让吴亚琴显得有些疲惫，喉咙也越发沙哑了，谈话间总是咳个不停。可一谈到她的印刷厂，吴亚琴马上变得精神起来，布满血丝的双眼立刻闪烁着坚定的目光。

晚上8点的工厂车间里依然灯火通明，工人们正在紧张地赶制安吉白茶的包装盒，不大的车间里堆满了大大小小的茶叶盒。见到吴亚琴，工人们放下手中的活儿向她问候。"吴总，你怎么又来了，这几天没那么忙了，你还是早点回家休息吧！"工人们的关心让吴亚琴很欣慰，可她怎么能安心休息呢？

"连续一个多月了，每天晚上工人都要加班到10点，包装的时间跟不上，可是要耽误茶农们卖茶的。"说着，吴亚琴随手拿起盒子也就开始动手折了起来。

安吉是白茶之乡，近年来广大农户从种植白茶中尝到了甜头，积极性不断提高，种植面积不断扩大，茶叶包装量也迅猛增加。可是2007年3月白茶包装在市场上却出现了断档现象。

"农户有茶叶却因没有包装无法买卖，这将给他们造成很大的经济损失。而且作为浙江省十大名茶之一，如果因为包装问题而影响销路，那是一件多么遗憾的事。为什么我们要去温州买包装，难道我们安吉人自己不能做包装吗？"为了改变茶农做包装难的问题，使得安吉白茶更畅销，2007年9月，吴亚琴向安吉白茶协会提出了包装白茶的资格申请。

对于做惯了印刷的吴亚琴来说，茶叶包装是一个完全陌生的领域。不知包装价格，不懂工艺流程，甚至连购买什么机器设备也不知道。可就是靠着一股不服输的劲儿，吴亚琴一人去杭州的包装厂"偷师"。通过努力，她终于获得了安吉白茶包装定点生产企业的资格，并于年底与茶农们签订了包装供给协议。可让人始料不及的是，今年纸张的价格一下子上涨了30%~50%，吴亚琴顿时傻了眼。

"既然跟茶农们签订了合同，那就不能变更了，这是一个诚信的问题，做生意一定不能没有诚信。"面对目前的亏损状况，吴亚琴很淡然，她说就算是亏钱也一定要把茶叶包装做了，不能玷污了这个安吉的品牌。有了今年的经验后，明年她将投入两倍的人力努力做好这一块。

从小作坊到印刷龙头企业

巾帼英雄的创业之路越走越宽

从小学代课老师到工厂质检科科长，再到今天创年税利百万元的民营企业家，吴亚琴身兼湖州市印刷行业协会副会长、安吉县政协委员、县妇联常委、县女企业家协会会长。

作为一个事业有成的成功女性，吴亚琴走过了无数坎坷的路。她在印刷行业中取得的成功，还得从她1987年开办的打印社说起。

创业初期，为了节省开支，每次到杭州进原料，吴亚琴都要坐3个多小时的公共汽车到武林门车站，然后租辆自行车去进货。有时候女式自行车租完了，她就骑着高大的破旧男式自行车颠簸在省城的大街小巷，将一包包货搬到车上，有好几次她都累得快要虚脱了。有一次，因为进的货太多，庞大地挪移到车站已赶不上末班车了，吴亚琴只得把货搬到路边等过路车。夜色渐渐暗下来，冬日的寒风一遍遍吹打在吴亚琴的脸上，她在路边焦虑地等待着，终于看到车来了，吴亚琴像是抓住了救命稻草，马上招手拦车，客车停了下来，正当吴亚琴兴高采烈搬货时，客车却突然一脚油门一溜烟开走了，夜空里传来售票员冷漠的声音：东西太多了，不要带了……就这样吴亚琴又一次被孤苦伶仃地剩在了夜色里，泪水溢满了眼眶……她委屈、气愤、心酸，她更无奈！一次次的困难让吴亚琴真正体验到了什么叫创业的艰辛，也激励着她在创业道路上更坚定地走下去。

开弓没有回头箭。1993年在迅达打印社业务迅速扩展时，吴亚琴毅然建立了安吉县科达印刷公司。业务范围从打字、复印、名片制作扩展到印刷各类表格、商标等系列，印刷技能也从简单印刷到复杂印刷，从铅印到凸版彩印，实现了产品设计、印刷一条龙。1994年，她又增添了对开平面胶印机等先进的设备，在随后的几年企业在印刷行业中实现了跨越式发展。

2001年，是吴亚琴抓住开发范潭工业园区的机遇取得了8000平方米的土地使用权后，投资600多万元建造了新标准厂房。引进先进的印刷设备，企业发展成为市商标、信封印刷的指定单位和纸品印刷与成型包装为一体的生产厂家。公司还培养了一大批专业设计人员、印刷技术人员、管理人员和品优技熟的老员工，使企业在本地印刷行业中始终处于领先地位。

2007年，吴亚琴再一次向自己提出了挑战——将业务领域拓展到了包装业。

与其他私营企业的老板不同，吴亚琴凡事都亲力亲为。每天早上7点不到她就赶到工厂开机器预热，晚上等员工们下班后，她总是自己开车送货，最后一个回家。

身为"妇字号"龙头企业的当家人，吴亚琴不忘自己的社会责任，共解决农村剩余劳动力100余人，安置15名工人再就业，安排残疾人就业岗位5个。在自己富裕的同时，也没有忘记乡下的兄弟姐妹，积极带领他们共同创业。他们通过科达公司技术和业务员的培训，已发展开办了9家印刷服务企业。

有人说吴亚琴是个"傻瓜"，无形中给自己设立了那么多竞争对手，吴亚琴却不这么认为："市场那么大，钱不是我一个人赚得完的，何况市场是和竞争对手一起做热的。"

结束采访已是晚上9点，雨越下越大，吴亚琴却执意要亲自开车送记者回湖州，她说这些天司机都在加班已经累坏了。一席话，不免让人对眼前这位纤瘦的女企业家更为钦佩。事实上，她总是一个人去杭州进货，一个人去香港参展，一个人去各大城市投标……

安吉媒体记者陈霞这样评价吴亚琴，与亚琴结缘是十多年前的一篇新闻报道，她为乡下的姑姑、姑父造了房子，当时就被她纯朴、孝顺的农家女儿本色所感动。与其深交更是发现吴亚琴是一个感性的人，正是这份感性让她无怨无悔地为家人、朋友和社会付出。

员工王国琴说，我跟着吴姐已有10多年了，我们厂还有很多像我这样愿意一直跟着吴姐的员工。她是一位好领导，一个好朋友，就是对自己不太好，我最希望对吴姐说的是："大姐，不要太辛苦了，要保重身体，你要是倒下了谁来带领我们创业啊？"

在时任安吉县工会办公室主任涂宝鸿看来，吴亚琴身上既有女性的温婉，也有男性的魄力。她务实、诚信的处事原则值得我们每一个人学习。

刊于 2008 年 4 月 25 日《湖州星期三》

文艺女兵斐然：幸福像花儿一样

身材高挑，青春靓丽，清新脱俗，背着乐器匆忙赶到学校的山东姑娘斐然，一如我们来时一路上猜想中的出众。

一直以来，对于文艺兵，我们的印象就是外形非常漂亮，内功也实在了得，属多才多艺型。见过斐然后，你就会对于她能在应征文艺女兵——那种超级女声式的海选中脱颖而出，绝非她本人所低调地表示仅仅是幸运和意外而已。

美丽的意外

陪同学去应征，部队考官却相中了她

2008 年上半年，某军区的一场部队文艺兵特招在各地展开，在湖求学的斐然对此

并不知情。

　　六月初，斐然在江西求学的同学突然来电，说是要来湖州参加驻湖某部应征文艺兵面试，之前该同学已成功闯过第一关——应征初试。一直对部队生活非常向往的斐然听后羡慕不已。

　　这位性格爽直的山东姑娘为自己的同学能有这样的应征机会而高兴，热心地陪同学前往驻湖某部进行新一轮的选拔。斐然坦言：能以陪同者的身份去神秘的军营看看也够让她兴奋异常了。

　　那天，来自全国各地已经通过首轮面试的佼佼者云集驻湖某部。

　　"从小就开始学艺术的我，看过表演也不少，但我没想到她们的专业水准这么高，唱得太棒了！"讲到那天考试的情形她依然止不住激动。在等同学的过程里，斐然就像欣赏一场演出一样欣赏着每个应征者带来的节目。

　　等到所有的应征者全部面试结束时，已是晚上十点了。此时这些很疲惫了的考官们却同时注意到了一旁的那个认真的观众——斐然，他们一致要求斐然即兴表演个节目。毫无准备的斐然因为没带舞鞋，无法展示一直以来最为自信的舞姿，但毫不怯场的她还是清唱了一首歌。考官们那肯定的眼神让斐然好好地满足了一把。

　　回到学校，回到课堂，一切依旧。懂事乖巧的斐然把这事儿深埋心底，并没有跟同学提起。

　　一个月后，都快淡忘此事的斐然，却突然接到部队的电话，急召她当天就赶到金华参加相关培训。

　　深深明白部队的组织性和纪律性，斐然当天到杭州转车到达金华已是晚上，接过队长递过来的盒饭，扒拉了几口就投入了排练。

部队生活之初体验

随部队外出巡演，收获掌声却很淡然

　　七月的夜晚，天热，外加排练室的灯非常烤人。赶到金华的当天，排练二天，都

到凌晨两点半才结束。因为其他队友都已经排练了一个多月，反复磨合了几十次，而斐然是新插入的，她要求自己绝不能出错。同时要面对两天后的公演，无疑增加了不少压力。但斐然还是美美地告诉记者："表演非常成功，现在想想排练时那点辛苦不算什么。"这样的乐观不难让人品到眼前这个女孩子骨子里的坚强，虽然并没有军装的点缀，但不难把她的形象和军人靠拢。

这样的紧急训练一次接着一次。

八分多钟的演出变换三十几次队形，还有近百个动作要记，不管是谁的动作还没到位，大家都会留下来陪练，不过，这样团结的集体生活正是她所向往的。

有了几次成功的演出，斐然留给演出队的印象就更好了，被邀请去参加排练的机会自然也慢慢多了。她回忆起那次巡演和部队官兵一起在台上唱《为了谁》，虽然那不是一个正式的表演节目，只是临时和观众的互动，但她还是很认真地去唱好。斐然说，她相信机会是给有准备的人，所以不管是学习还是排练她都会努力去做好。

经历了几个月的部队实习，斐然现在虽然还没有正式入伍，但懂得感恩的她，非常知足：若不是当时前面的应征者表演得那么好，考官看完之后意犹未尽，我也不会有这么一次表现的机会。若不是学校领导和老师的大力支持，我也没有机会去金华参加表演队实习。所以，如果最后我还是没能正式成为女兵，这段部队生活的体验将是我人生最宝贵的财富，我定将好好珍惜。"只有很好的艺术修为才是舞台上的立足之本。"这是斐然说得最多的一句话。在此真诚祝愿斐然最后能梦想成真。

有人说，80后是一个有特色的人群，每个人都是主角。然而，斐然却低调地把张扬的美化成一种平和，穿上军装是她一直的梦想，一旦梦想与现实邂逅，却懂得把喜悦升华为淡然，用一种自己的方式演绎80后。采访中，斐然的声乐课老师对她评价特别高：毫不夸张地说斐然不是一般的乖学生，是我教书二十几年来少见的乖学生之一。应该说，她刚来学校的时候，她的专业成绩并不是很突出，但她懂得用努力去弥补先天的不足。每堂声乐课都会用MP3录下来回去反复琢磨。身体不好落下的课都会自觉补回来。而她的同学兼好友更是了解她：斐然是个文艺积极分子，有机会展示她从来都不会退缩。她还是校园十佳主持人。她有这样的机会参加部队的排练和巡演也绝不是偶然的，她一直在为实现梦想而努力着。我们都为她高兴，并祝福她。

刊于 2008 年 10 月 31 日《湖州星期三》

程益欢：外交官有点"经济特工"的味道

 有一个群体，他们活跃在国际舞台上，传递和平信息；为了国家利益，他们要唇枪舌剑；公民海外遇到困难，他们会在第一时间提供帮助……他们就是外交官。

 在一般人眼里，外交官永远是个神秘而富有传奇色彩的职业。2009 年 4 月 15 日，安吉小伙程益欢作为中华人民共和国驻佛得角共和国大使馆的三等秘书，踏上了非洲这片陌生的土地，开始了他的外交官生涯。随着两次时差 9 小时的 QQ 采访，外交官那神秘的面纱终于被一层一层地揭开了。

几乎所有的大型建筑都是中国援建
当地人看到中国人就会热情招呼

4月15日，经过了18个小时的飞行，程益欢终于到达了目的地——佛得角共和国，这是一个位于大西洋上的群岛国家，是连接欧洲、南美、非洲大陆的交通要塞。总面积为4033平方公里，总人口54.6万人，在非洲算是中上收入国家。相较于非洲的一些其他国家，佛得角像一块"净土"，它是非洲唯一一个没有地区传染病的国家，平均气温25摄氏度。

还来不及好好地欣赏佛得角的自然风光，程益欢便走马上任了。作为三等秘书，他主要负责协助参赞处理承包工程与劳务、出口信贷项目协调管理、FDI、对佛经援、培训、国际组织联络、贸易促进、商协会联络、综合调研等。"上个月，中共对外联络部部长王家瑞一行来佛访问，能与这些国家领导人近距离接触、握手、照相、聆听他们的讲话，真是一种不可多得的殊荣。"程益欢兴奋地说道。

在佛得角待了两个月，由程益欢主谈和助谈的一些中国对外援助项目，以及中资企业（国有）对当地的投资与并购项目，都获得了成功。就拿前不久的一个中方援建的医院工程项目来说，双方在工程定价上以及中方工程队的工作中有着不同的意见，程益欢既要尽力为中方节约资金，让中方工程队获得利润，同时，也要从中国和佛得角的友好关系着想，达到一个双赢的局面。"说实话，我们有点像电影里的CIA特工，其实外交官在本质上有着特工的一些特点，而我算是个'经济特工'。谈判和协调，就像在做生意；作为亚洲唯一驻佛得角国家，也可以获得一些能与欧美竞争的战略情报。"程益欢打趣道。

"中国在当地援建了很多项目，总理府、总统府、国会大厦、国家性的水库、学校、医院、港口、码头……几乎所有大型建筑都是中国援建的。"尽管才当了两个月的外交官，可程益欢却明显感觉到了当地人民的热情。无论是白天还是夜晚，当程益欢走在街上，有时甚至是郊外，大人、小孩、男人、女人都会对他说上一句："中国人，你好！"

同时还会献上一个友好的微笑，那份亲切感让身在异国他乡的程益欢倍感荣耀。

程益欢说，每逢节假日，在佛得角的中资企业就会排着队向大使馆发出做客邀请，他们这样做并非有事相求，他们的想法其实非常朴实，就是因为大使馆是中国政府的代表。这些企业的老总常说，祖国日益强大，让我们在当地的地位也随之提高，谁也没敢小瞧咱们。

过年不能回家思念家乡亲人
外交官生活也有酸甜苦辣

中国驻佛得角大使馆算是中国驻外机构中的"小弟"，加上厨师、司机、警卫、外籍雇员等等，总共才19人。整个大使馆就像一个大家庭，上班在一起，下班也在一起，谁有个头痛脑热的，大家都来嘘寒问暖，哪家有什么风吹草动，另外几个肯定马上有所察觉。

"我们馆内有专职厨师，每天都有工作餐，每人一套120平方米的住所和一间独立的办公室。开的车是外交牌照的……"程益欢的描述不免让人对于外交官的工作更加向往，可他却说，外交官并不像外表那么光鲜亮丽，也有很多酸甜苦辣。

白天的工作还算充实，可晚上的时光对于程益欢来说简直就是"煎熬"，他想念安吉的妻儿、父母、朋友。"我们每月有6个小时的卫星通话时间，虽然每天都打电话可我还是很想他们。"考虑到时差，为了凑家人休息的时间，程益欢总是在中午12点，也就是北京时间晚上9点给他们打电话。每次他们的通话时间都不会很长，程益欢怕讲得越多，思念也会越多。"按照规定，我可以把妻儿接过来一起生活，可考虑到妻子的工作，孩子的学习，还是决定让他们留在国内。"

对于每个外交官来说，过年不能回家似乎已成了一条定律，程益欢也一样。"每年我们只有一次公费回家的机会，但绝不是过年时节，因为我们是代表国家在国外的形象，过年要去慰问当地的华人华侨、中资企业，或是设宴招待其他国家的外交官。"

说到外交官的工作待遇，程益欢告诉记者，1994年以前外交官的工资少得可怜，一个中等级别外交官的工资每月只有几十美元，而现在像他这样的三等秘书的每月工资为3万元人民币。"不过，佛得角的消费水平比湖州要高一些，肉50元每公斤，蛋1.6元一个。当地人的购买力不错，不是我们想象中的贫穷、落后的样子。"

程益欢说，使馆工作人员除了工资，就没其他收入了。医疗费一般小病免费，大病需按比例报销。驻外人员没有任何创收的途径，也没有任何福利。使馆人员在对外交往中，因工作需要，免不了会相互赠送礼品。按规定，不管是谁，使馆人员所收礼品原则上都要上缴。贵重的礼品要交给国内处理；一般礼品要随时交给使馆，由使馆在年终时按有关规定统一处理。

原为安吉外经贸局工作人员
外交官回国后要为家乡出力

程益欢在成为外交官之前是安吉县对外贸易经济合作局(招商局)的一名工作人员，毕业于桂林电子工业学院，2001年到2003年期间，在新加坡及英国攻读MBA学位，学成后分别在上海外企、外资金融机构工作。2006年，程益欢回到家乡安吉，投身到了外经贸系统工作队伍中。

2008年，商务部组织驻外秘书级人员考试。出于对外交工作的向往和对自我的挑战，程益欢报了名。报名人员首先要经过挑选，经过笔试、口试（全英文的）。然后有六分之一的人被录取，还要经过严格的政审，再参加集中培训，一个月后，再淘汰一半人员，最后再等候调令去什么国家。

"我的英语也不是很好，当时就抱着试试的心态，不行也无所谓。"程益欢很谦虚，他告诉记者，这次作为外交官出去，同时也肩负着安吉外贸的工作，争取能通过这个平台认识些国家的同行，引进一些资金及项目，多一些高层次的经济合作。

"非洲是个有待中国去开发的大市场，需要有针对性地开发并定位，不能盲目。对于湖州和安吉来说，只要是当地企业有产业优势的产品，比如安吉支柱产业，办公用品转椅，完全可以开拓非洲市场，也会成功，但前提是要能做好非洲市场的调研，定位，产品的地区性更新，合适的宣传，质量的保证。"

程益欢说，一至两年后他还是会回到家乡安吉，他希望自己的工作经验与海外阅历能为今后的工作带来质的提高，能为家乡建设献上自己的一份力。

刊于 2009 年 6 月 19 日《湖州星期三》

"飞天女侠"章娴：阅兵精神让我飞得更高

2009 年 10 月 1 日 11 时 15 分，湖州姑娘章娴和她的姐妹们驾驶着教 -8 型高教机拉着彩烟飞过天安门上空，完成了难度极高的 5 机前后距离 15 米的编队飞行，为祖国献上最美丽的"五彩哈达"。令所有坐在电视机前收看国庆 60 周年阅兵式的湖州人备感骄傲。

"章娴现在还在学校里学习课程，以前是白天练，现在是晚上练，电话也打得少了，忙得很啊！"当记者打听章娴的近况时，父亲章昌明的语气中满是自豪和思念。

一头清爽的齐耳短发，身着军绿色飞行服，脸上总是挂着恬静的笑容……虽不能和章娴面对面的采访，可从她寄给父亲章昌明的相册里，记者还是感受到了这名 1986

年 10 月出生的"飞天女侠"的风采。就在不久前，章娴入围了"浙江骄傲——2009 年度最具影响力人物"。

米秒不差　精准飞过天安门上空

据回忆，在国庆盛典当天，"起飞时天气不是很理想，但北京天安门周边能见度很好，就是气流大，算是一个考验！"尽管心里有一点点忐忑，但有多种预案做准备。

10 点 50 分章娴和姐妹们从华北某机场顺利出发。

11 点 15 分左右，章娴和姐妹们准时出现在天安门上空。

"气流确实大，感到飞机有点颠簸，为了保持队形和精度，我们一点也不敢分神。"最后一架飞机降落后章娴和姐妹们才松了一口气：梯队"米秒不差"地通过天安门！出色地完成了飞前下达的目标——误差零米零秒！

女战斗机飞行员梯队所表现出来的不仅是外观上令人惊叹的美，身着空军新服装的章娴，身上既有着传统女兵的飒爽英姿，更散发着 85 后青春激昂的个性。她和她的姐妹们作为一批以"85 后"为主体的特殊群体为中国空军书写了多个第一：首批歼击机女飞行员；首次驾驶中国自行设计制造的喷气式教练机；首次参加国庆阅兵。就是这个"首批""首次""首飞"等字眼一直伴随着章娴这几年的成长，神秘的光环让她承载荣耀的同时也承受了巨大的压力。近日，中央军委签发通令，为参加新中国成立 60 周年国庆首都阅兵贡献突出、成绩卓著的我国首批歼击女飞行员群体记集体一等功。

万里挑一　女儿圆了父亲的飞天梦

2005 年 5 月，空军招收第八批女飞行员，首次从全国 35 万名应届高中女生中选拔女歼击机飞行员。那一年，章娴在双林中学读高三。当时住校的她并没有把招飞消息告诉父母，而是自己直接去参加了体检。事实上，章娴的条件相当不错：身高一米六八，体型匀称，更是学校的短跑健将。这些先天的优势让章娴在堪称苛刻的体检中脱颖而出，顺利通过了初检。

"当章娴把通过初检的消息告诉我们的时候，我和她妈妈都不敢相信。记忆中只有招女兵，没听过招女飞行员。后来我们才知道在之前都是八年才招一次，现在也要三年一招。当时湖州只有两个女孩子通过初检。"章昌明回忆过去，每个日子都像被他刻在脑海里一样清晰。

　　2005年6月10日，章娴去南京做了近千个项目的全面体检。单是眼睛，就做了一百多项。飞行员检查用的是C字视力表，有八个方向，章娴都能看得清。测试心理时，要先做十几个连续下蹲动作后才能接受检测。还有最难受的转椅检测，它会突然间上下左右大幅度旋转起来，同时，头要随着提示左右摇摆，得熬60秒……检测项目听说起来挺有意思，却非常残酷。两轮过后，整个浙江省仅剩下两个女孩子：章娴和另外一个杭州姑娘小盛。

　　"回来后，章娴依然很平静，照常复习备考。大约过了20天，我们接到了一个电话，是招考单位打来的，让我们寄8张照片过去。直到那时，我们心里才有数，这次八九不离十了。"其实，章昌明在年轻时也有过飞天梦，当时还在读书的他参加了招飞行员的体检，南浔区的初选顺利通过，没想到湖州复选时被刷下来了。"说实话，我并没有刻意在这方面去培养章娴，因为那时不知道会招女飞行员，可女儿的选择却让我大感意外和惊喜，也可以说圆了我的飞天梦。"

　　最后，35万名高中女生中选出了35名，参加初训。选飞选上了，章爸爸分析了两点原因：身体条件好，心理素质强。章娴的家境不是很优越，从小她就很懂事，不用家长操心。如今，获得这么大的荣耀，章娴依然很低调，很平静。

阅兵精神　激励湖州姑娘飞得更高

　　2005年9月，坐了20多个小时的火车后，章娴和父亲来到了位于长春的中国航空大学。兴奋和高兴劲儿还没过，"魔鬼训练"却要开始了。

　　每天清晨6点的晨练长跑，对章娴来说是一天当中最恐怖的时刻——最初入学时晨跑量是3000米，没多久就开始往上加，最后晨跑量加到了1万米。章娴硬着头皮跑，越跑越抬不起脚步，两条腿就像灌了铅。然而跑在最后的几个要加跑两圈。"3000米，是你们通向蓝天的第一步，如果连这一步都迈不出去，不用说开飞机、驾飞船，就是拖拉机，你们都不一定能开好。"教员的话回响在这些志在飞天的姑娘们耳畔。

大学一年级的文化课有高数、英语、计算机，以及三防等专业知识。体能训练课占了很大的比重，练队列、撑双杠、转旋梯、绕滚轮……每天都是超负荷训练。与男性相比，飞歼击机对女性身体、心理素质和操作技能等方面提出了更加严厉的挑战。歼击机超音速飞行，机动性能强，技术难度大，特别俯冲跃升，快速急转，减速盘旋，最大载荷达 6～9G，常人难以想象。刚开始训练绕滚轮时，章娴入睡前都感到天旋地转，要晕上很久才能入睡。

这种身体和心理的历练，并不是每个女孩子都能坚持下来的。四年中，章娴和学员们先后经历了空军航空大学、飞行学院，历经基础教育、初教机训练、高教机训练三个阶段，过程中先后停飞了 19 人。2009 年 4 月 2 日，章娴等 16 名歼击机女飞行员顺利毕业，获得象征飞行员身份的飞行员证书和三级飞行等级证章。5 天后，章娴和战友们接到命令飞抵华北某机场集结，参加国庆阅兵的军事训练。

章昌明告诉记者，女儿还有一个航天梦。"航天英雄"杨利伟曾到学校看望新招的女飞行员，坐在台下的章娴兴奋地拿着相机拍了好多照片。这次见面会上，章娴得知中国第一位女航天员将在她们这批女飞行员中产生，她们中的优秀学员将在毕业后进行两至三年的航天员训练。于是，好强的章娴心中又多了一个目标——希望有一天能成为女航天员。

自信美丽　"假小子"爱武装也很爱红装

"读书的时候，女儿胖了不少，这几个月集训下来，又瘦回去了。"在父亲眼里，章娴取得的成绩固然让他自豪，可女儿的健康同样让他牵挂。"4 年时间，她只回来过 3 次，两次春节一次暑假，现在已经两年半没有回过家了。由于甲流，现在还不能确定今年是否能回家过年。"

去年，思女心切的章昌明去了长春。由于进出校门都有严格的规定，父女俩虽然在同一个城市，可见面的时间每天只有几个小时。

不能回家，章娴就经常给家里打电话，电话里她从来不说训练有多苦。她常说，学校的伙食很好，早餐牛奶、鸡蛋、蛋糕等，中晚餐荤素搭配。唯一苦恼的是，吃多少是限定的，不能剩下，不管喜欢不喜欢的菜，都要全部吃下去。这样不长胖才怪呢！懂事的章娴还把自己的日常拍成照片，集了厚厚一本相册寄回家中。相册里有她训练的场景，有她和战友庆祝生日的画面，还有她化着妆参加文艺表演的片段……

"女孩子都是爱漂亮的，当初刚刚到学校的时候一头秀发落地，她伤心了好久。训练时，她是'假小子'，到了周末，章娴又会恢复女孩子的天性，和战友们逛逛街，买些漂亮的衣服。她们不能化妆，但防晒霜人手必备，高空紫外线特别强烈，需要保护脸部的皮肤。"父亲的话让我们了解到了"假小子"时尚、爱美的一面。

刊于 2009 年 11 月 13 日《湖州星期三》

钱伟强：游刃于国学与时尚之间

"80"后、"老夫子"，谁说这两个称呼不能相关联。长兴 80 后小伙子钱伟强，精通诗词歌赋，凡历史上的人物，不管多少名不见经传他都能娓娓道来；凡别人都不认识的字，就连字典上也难查到的字他都认得；凡百家姓，不管有多鲜见的姓氏他都有追根溯源。

钱伟强，字逢吉，人称"80 后钱夫子"。

钱夫子特别低调，要不是那位与他相熟的朋友努力做工作，根本约不到他做专访。

竖排古籍　成了最好的身份证明

初见钱伟强，是在他位于长兴白溪公寓的家中。小小的个子，脸上总是带着微笑，对人有礼有节，十分朴素谦和。

不是人称"钱夫子"么？不是说他平时看的书都是竖排古籍么？可跟他聊天时，却没听他提到一个"之乎者也"。最让我们想不到的是，阅经史子集无数的钱夫子，鼻梁上竟然也没架个眼镜，在我们的想象中，怎么说也得是好几个圈圈的那种深度眼镜。

钱夫子开玩笑说："古代的竖排书籍的字都是大个的，眼睛一般看不坏！"

当然，此次我们对钱夫子最感兴趣的是，一位80后为什么会如此钟情于国学。

小时候，钱伟强经常听小舅妈讲古代的故事、小说，听得感兴趣了，他就自己去找这样的书来看，遇到不认识的字他也会想方设法去弄明白，读不懂的地方他就去查阅更多的书籍。

初中时，在县新华书店看到一套清代影印本《春秋三传》，如获至宝。竖排，没标点，没注释，钱伟强却读得津津有味，每天抱个字典埋头研读。

当书翻破了，字典翻烂了，《春秋三传》也便字字句句刻在了钱伟强的小脑袋中。

还有两则有关他看书的趣闻。

小时候，钱伟强特别喜欢到在无锡承包土地种田的阿姨家过暑假。原因只有一个，因为姨父、阿姨会给他买很多他喜欢的书。有一年暑假，钱伟强照例又去了无锡，姨父、阿姨出门干活了，只剩他一个人在家里看书。那是一本竖排的《孟子》，正看得专注，几位户籍民警上门查办暂住证，他们见到一个这么小的孩子在看这样的书，惊讶不已，临走前，一位户籍民警不忘特别关照钱伟强："小朋友，不要看竖排的书了，眼睛要看坏的，以后看书要看横排的。"

大学二年级，钱伟强在杭州一书店淘到本《清诗史》，顺道一个人去逛逛西湖。徘徊在苏堤上，他发现自己不认识路了。据钱伟强自己描述，当时天已经很黑，他就这么背了个包，胡子拉碴像个流浪汉一样游荡在苏堤上。这时，一辆警车拦住了他的去路，问他身上有没有可以证明自己身份的证件。掏遍全身，钱伟强发现包里就有个带有寝室门牌号的钥匙。正尴尬之时，其中一位民警看了看他包里放着的那本《清诗史》，就对他说了句"前后这个路段经常发生案件，你自己小心点"后就离开了。"也许他们觉得看这种书的人一般也不会坏到哪里去吧！"钱伟强感叹。

一文成名　成为西泠印社最年轻的社员

进入大学视野，得益于钱夫子的恩师，时任浙江省书法家协会副主席、西泠印社秘书长金鉴才先生。

一次偶然，金老师看到钱夫子的一篇文章，眼前一亮，有种遇见知音的冲动，立即想办法相约见面。金老师想象中的钱夫子应该是一位老者，花白的头发，干瘦的身材，没想到却是一位意气风发的"80后"，一番长谈后，更是对其刮目相看。

钱夫子25岁时，为西泠印社代撰《乙酉清明祭先贤文》，言典词奥，座惊掌抚，他也因此一跃成为学术圈中的传奇人物。2009年，他又在西泠印社诗书画印大展中脱颖而出，荣获第一名，并成为最年轻的西泠印社社员。

钱夫子记忆力惊人，说他过目不忘一点也不夸张。他写论文时不用临时查阅资料，凭记忆写来，其中的引文能引得一字不差。

现如今，钱夫子已从长兴中学的一名语文老师顺利转型成为中国美院客座教师、在读博士、西泠印社最年轻的社员、浙江古籍出版社编辑。

不过他一直没有脱离"老师"这个称呼，受邀四处讲授国学，普及我们老祖宗留下的一段段经典人生哲理。

听过钱夫子的课后，有人惊呼："此人授课不同凡响"，也有人赞叹，"听过他的课一辈子都不会忘"。据说他的爱人也是当时因为听了他一堂课后便暗许芳心，要知道，他的爱人可是中国人民大学国学院的博士生。

不完全统计，他的学生从中小学生、大学生、美院教授，再到公务员、企业家甚至是寺庙的僧侣，无一不是对其钦佩不已。

对国学钻研如此之深，你可千万别把钱夫子想作一个"食古不化"的老学究。闲暇时间，他也爱看娱乐新闻，喜欢去KTV亮一嗓子。钱夫子最爱唱刘德华的歌，特别是刘德华版那首气场十足的《上海滩》。"浪奔，浪流，万里涛涛江水永不休……"

国学牵线　成就举案齐眉的美好姻缘

2010年8月18日，是钱夫子与其爱人顾大朋喜结良缘的日子。文化圈赋予二人"国学伉俪"的美誉。

国学伉俪，平日生活里当然也少不了诗词歌赋相伴左右。结婚前几天，大朋还一直在北京学习，于是，通过手机发了一条短信给钱夫子：

秋思

冰枕烟帏淡画屏，不关风雨忍伶俜。

凉飔未许遥相望，梦入江云一点青。

很快，大朋的手机里收到这样的回复：

七夕后一日

愁斯佳夕夜，思汝但孤吟。

别日多难惜，芳时短莫任。

梦随黄获老，思入白蘋深。

忆昨窗台雨，好心牛女心。

"仰之弥高，钻之弥坚。"这是在二人的婚礼仪式上，大朋用《论语》中颜子的一句话对夫君作了最高的评价。

"钱老师，中国百年以来一人而已！"这是采访当时大朋用崇拜的眼神边望着钱夫子边说出的一句评语。

我们不好奇大朋对钱夫子的褒赏，我们更好奇大朋对钱夫子的这声"老师"的称呼。

"我平时就喜欢喊他钱老师，现在连我们家姥姥也喊他钱老师呢。"大朋说，有一次听课堂上老师提到"第五"这个姓氏。下课时她发了一条短信问起这个姓氏，钱夫子立即把"第五"的来龙去脉对她说了个明明白白。当大朋向同学们复述这些信息时，大家也对大朋佩服得五体投地。

"反正不管诗词歌赋还是历史、哲学各个方面的任何问题，钱老师都能给你一一解释得清清楚楚。"言语间，大朋充满着自豪感。

刊于 2011 年 1 月 7 日《湖州星期三》

当潘维遇到托马斯·特兰斯特勒默

　　北京时间2011年10月6日19时，瑞典皇家科学院宣布，将2011年诺贝尔文学奖授予80岁瑞典诗人托马斯·特兰斯特勒默。

　　此消息一经传播，也引起了湖州诗歌界一片欢呼声。

　　"他获奖是一件大事，是诗歌真正的胜利，他的诗是这个浮躁社会里真正的宁静，如何在时光里沉淀下来的事物才是最好的。"湖州籍诗人潘维，对此也发出了内心的感慨。

　　如此高的评价，源于潘维对于托马斯·特兰斯特勒默诗歌作品的欣赏以及曾经一段在其家中共享晚宴的愉快记忆。

用汉语朗诵诗歌

与托马斯·特兰斯特勒默共享家宴

点开电脑上的"瑞典行"照片文件夹，潘维为我们重新回放了2009年10月那次在托马斯·特兰斯特勒默家中共享家宴的情景。

大约在傍晚5点钟，潘维在翻译家李笠的带领下，敲开了托马斯·特兰斯特勒默的家门，其夫人为他们开的门。

据说，瑞典人有一个习惯，他们喜欢根据不同的季节或者气候条件变换居住的家。托马斯·特兰斯特勒默还另外拥有一幢别墅，10月，正是一家人居住于斯德哥尔摩的季节。

斯德哥尔摩，瑞典首都，素有"北方威尼斯"的美誉，蓝天白云，城市内水道纵横，气候温和，环境优美。作为瑞典的"国宝"级诗人，托马斯·特兰斯特勒默理所当然地住在城市中心的风景至胜处。

潘维这样描述托马斯·特兰斯特勒默的家：建在城市地势最高的山上，从窗口可以俯瞰整座城市；另一边，波罗的海在山脚下，蔚蓝，不时传来轮船的汽笛声。住宅的面积并不大，约80平方米。

托马斯·特兰斯特勒默，一米八的高个，多年前患脑溢血导致右半身瘫痪，只能支着拐杖站起来与潘维握手。"他身上有种欧洲人的宁静，那是这片土地赋予他的一种气质。"潘维试图让我们对这位诺贝尔新科状元有更形象的认识："他也很亲切，尽管因为身体原因话不多，但他给我们创造了一种非常自由的交流氛围，使我们想表达什么就表达。"

应托马斯·特兰斯特勒默的要求，潘维用汉语朗诵了自己的作品《白云庵里的小尼姑》等二首，接着李笠把翻译稿念给托马斯·特兰斯特勒默听，原本还担心对方不能理解中国的诗歌，令在场人欣喜的是，他完全能听明白，听完了，他连声说了好几遍："写得非常好，我喜欢。"两人的投缘，不光如此，就连许多文学观点也出奇的相同。

家宴，在瑞典是一种最隆重的待客仪式，托马斯·特兰斯特勒默的夫人亲自下厨为大家煮了六道菜，有牛肉，有红酒，还有潘维最喜欢的带着丝丝清甜的波罗的海大虾等等。

托马斯·特兰斯特勒默还是一位业余音乐家，他会风琴和钢琴。为表达内心的愉悦，他又支着拐杖缓慢地走到钢琴前，打开台灯，现场用左手为远道而来的客人弹起了钢琴。

当天，潘维还将自己在瑞典写下的一幅书法作品带去送给了托马斯·特兰斯特勒默，内容是潘维创作的一首诗的其中一句，潘维说，当时气氛相当融洽，他还笑言要让托马斯·特兰斯特勒默一定将自己的字挂上墙。

深得诺奖终身评委的喜欢
作品依稀可见对诺奖的向往和追求

潘维坦言，两年多前，自己就动过邀请托马斯·特兰斯特勒默来杭州的念头，万事俱备，只欠其身体状况不佳而无法成行。这次瑞典行，不光与托马斯·特兰斯特勒默有了深层次的交流，还参观游览了诺贝尔奖相关的种种景观。

据称，潘维还与最权威的诺贝尔文学奖终身评委、诗人谢尔·埃斯普马私交甚好。采访中向其确证，潘维又为我们讲述了一段他与谢尔·埃斯普马的故事。

那是他一位黄山的朋友组织的一次民间性质的诗歌活动，邀请到了欧洲一批知名诗人前来参加，活动行程安排中有一天闲暇时间，潘维就趁此策划了一场让欧洲诗人杭州一日游的活动，热情地为他们安排了品杭帮菜、西湖龙井等交流节目，当然，压轴戏是晚餐后的诗歌朗诵会。

印制了诗歌小册子，专辟杭州的黄龙酒吧，现场钢琴配乐，潘维朗诵了自己的几首代表作，深得谢尔·埃斯普马喜欢，也因此两人建立了良好的私交。

此外，在潘维的诗歌作品中，也依稀可见到他对诺贝尔奖的一种向往和追求。

如在《丝绸之府》的最后两句："漫山遍野的青年，转瞬即融化，一艘船驶出梦乡，尝到波罗的海的微浪。"

又如《被沉重的空气压着》中有这样的句子："哐当一声，铁门从里面出来宣布：真正的生活不仅在人间，更在语言中。奥德修的历程是我内在的命运。"

刊于 2011 年 10 月 14 日《湖州星期三》

张峥：一起走进航母时代

2012年9月25日，中国第一艘航空母舰——"辽宁舰"正式交付海军，最自豪的当属"辽宁舰"的全体官兵，令湖州人更为骄傲的是，中央军委任命张峥为舰长，而张峥是咱们湖州长兴人。

"历史将永远记住这一天，2012年9月25日，中国海军从此迈入航母时代。当我从胡主席手中接过军旗，一种神圣的使命感油然而生。"

站在宽阔的航母飞行甲板，"辽宁舰"舰长、海军大校张峥激动之余，说得更多的是责任与使命。

一个军营里长大的孩子

1969 年，张峥出生于浙江长兴，父亲也是海军军官，后随父定居浙江舟山，在舟山定海一中完成初中、高中的学习。

张峥的高三班主任是黄启英老师，教政治的黄老师对于当年张峥所在的定海一中高三（2）班印象深刻，这个班级一共有 42 名同学，张峥任副班长兼学习委员。

在黄老师眼里，两种学生最能让她记得住：一种是品学兼优的；另一种是调皮捣蛋的。黄老师说，张峥毫无疑问属于前者。

黄老师记得，张峥是为数不多在军营里长大的孩子，虽然能说一口流利的舟山话，平时却很少和别的同学聊天，说闲话。高考结束后，同学们回到教室填报志愿，张峥让黄老师留下了最深刻的印象。

"几乎每个同学都填满了 3 个志愿大学，3 项可调剂专业。"黄老师说，唯独张峥，只填了一所大学，一个志愿，而且不愿服从志愿调剂。那就是之后张峥如愿录取并就读的上海交通大学自动控制系。

"当时，我还特地找到他，希望他多填几个志愿，以防万一。"黄老师说，张峥却拒绝了。

"考试一结束，我问过张峥，考得怎么样，他一再只用'还好'回答。"黄老师说，从这件事上，她更以张峥是自己的学生而自豪：谦虚的态度下，装着满满的自信。

"他还告诉我，填报这个专业，就是为了以后能进部队。"这时，黄老师才想起，她认识张峥一年来，张峥最常穿的衣服，总是草绿色，那是军装的颜色。

黄老师回忆，当年的张峥身材瘦小，走路，说话时腰板却挺得笔直；不爱说话，却喜欢默默地帮助别人；解答出疑难问题时，紧锁的眉头自然解开；最常穿的衣服，是草绿色的军装……

一支上千人的高学历团队

航母建设承载着民族振兴的梦想，吸引了大批优秀人才。据介绍，首批航母舰员中，具有本科以上学历的军官达到 98% 以上，博士生硕士生也有 50 余人。

与其他国家的航空母舰一样，"辽宁舰"上也出现了女舰员的身影，她们分布在舰艇的各个岗位上。在现代化程度比较高的情况下，对体力要求有所降低、对智力要求提高，女性舰员可以发挥出更多的优势。"辽宁舰"上配备了将近 5% 的女舰员，几乎涉及舰上所有专业，不再像过去一样仅从事通信、医疗等服务领域。

在谈到航母平台人员及职责如何划分时，军事专家们表示，航母是一个非常大的作战平台，除了舰载机飞行员，其他全是地面保障人员。地面保障实际上分成很多种，一种是负责航母起飞和降落的人员，他必须给航母一个明确的提示，何时起飞降落，这显然是个特别重要的岗位。还有补给和保障人员，比如舰载机挂弹、加油、维护等。此外还有例行检测的人员，航母出动一次，回来后要马上进行检测，这实际上都是保障的范畴。另外航母上还有负责卫生、后勤的人员，航母上 1000 多人的饮食消耗，炊事人员的比例也很高。

从作战的任务来划分，航母上有负责对空警戒的人员，比如雷达兵，他们对于可能来袭的目标进行研判，分辨各种危险，一层层向上报，由舰长统一下达作战任务，这是一个指挥程序，但是从作战岗位上来说，有专门负责警戒的人员。因为航母如果没有对空警戒，就相当于是一个靶子，十分危险。另外，在整个航母的各个岗位，比如说指挥塔台，有指挥人员，他们和各个阵位的作战人员必须形成有效交链，各种武器包括防空导弹、反潜导弹、反潜水雷等怎么使用发射，此外还有专门负责动力系统的机械人员等。这是一个千人团队基本的岗位分布。

一位非飞行员出身的航母舰长

关于我国首艘航母的掌舵人物一直笼罩着神秘面纱，海军大校张峥作为"辽宁舰"舰长正式亮相一下子成了新闻人物。

面对媒体记者，张峥坦言压力很大。"我当然感到光荣，这是目前我们国家最大的一艘战舰，但是更多的是感到责任和压力，在这艘舰上工作，面临许多新的挑战。"

他说，"航母舰不但要对航海、驾机、操舰、指挥作战和综合管理样样精通，还要有丰富的国际战略、外交等经验，更要有凝聚全舰上下数千人的领导艺术。"

航母舰长，真的如同此前媒体和评论所言，必须是飞行员出身吗？事实上，这只是第一航母大国美国的惯例，而英国的航母舰长则通常是由驱逐舰舰长中选拔的。

张峥的上任，构成了中国海军指挥军官日趋年轻化、国际化的图景一角。

"这次航母交接入列，举世瞩目、举国关注，党中央、国务院、中央军委专门致电祝贺，党和国家领导人亲自参加航母交接入列仪式，这既是亲切的关怀、莫大的荣耀，又是巨大的鞭策和鼓舞。"张峥，这位曾担任护卫舰、驱逐舰舰长，并有着国外军事院校留学经历的高才生，有着丰富的管理和指挥经验，对大型水面舰艇建设也有深入的思考和研究。

刊于 2012 年 9 月 28 日《湖州星期三》

特别的爱给特殊的你

　　人类无论怎样进步，也不能避免智力缺陷的产生。我们身边总有这样一些人，他们由于智力发展上的缺陷，难以适应和满足社会环境提出的要求，他们不懂得我们觉得十分简单的事情，他们很难学习一般的知识技能……这个群体背后，存在着另外一个默默奉献的群体：他们从不说工作平淡，因为这联系着多少家庭的悲欢，每接纳一个特殊孩子，就是带给一个家庭的希望。

　　穿过热闹的市中心，走在文化气息浓郁的衣裳街，按着电话里方燕的指点，在教堂旁边的一条小弄堂里，我们终于找到了这所一直住在我耳朵里的学校。

　　此时，2013年元月的一个早上，8点左右，完全看不到早上普通学校校门前家长车水马龙地热闹送孩子上学的场景，世界在这里仿佛安静了下来，两位年轻的女教师正站在校门口迎接通校生来校上课。学生似乎并不多，偶尔一两个孩子背着书包向老师问好，带着明显的面部表情，让人不忍多看一眼。

这是一座只有一幢教学楼的学校，一个并不大的操场，总共一百多位学生。虽处寸土寸金的衣裳街闹市，却很好地隔绝了市中心的热闹与喧嚣。

"认，认为。排，排队……"

在四楼的文明礼仪班，我见到了方燕。简单的玫红色羽绒服，及肩长发，脸上盈着笑意，给人一种舒服温暖的感觉。她站在教室门口看着孩子们认真地练习早读。一个孩子手持卡片，站在讲台上担任小老师的角色，用颇为夸张的嘴形再加上各种表情和动作，带领大家一遍又一遍地重复练习着与他们年龄认知并不很相符的简单字词。

教室被装扮得很漂亮，五颜六色的拉花，精致的手工艺品，励志的黑板报，就连挂着的一周课程表内容，也是精心设计的，各种色彩，各种字体，童趣跃然于上，其中可见方燕的用心。

与普通学校四五十人的班级规格相比，文明礼仪班仅有的10个座位让教室显得宽敞透亮。方燕告诉我们，这个班一共有12名学生，其中9人状态不错，基本能坚持每天在校上课，另外3个孩子视身体状态间歇来校上课。

很多温暖的小细节——

每个座位上，都有一个软软的小坐垫。"冬天了，孩子们都说坐着上课屁屁冷，我就统一去给他们每人购买了一个座垫。"方燕介绍着。

讲台上放了一支护手霜，方燕说，她是特意放在这里让孩子们可以随时擦手用。

有孩子手上长了冻疮，方燕又给准备了半指手套，这样上课写字也能用。

8时20分，早操时间到，随着欢快的广播声响起，方燕带着孩子们排队下楼进行运动康复。列队，立正，升国旗，这里每天都举行庄严的升旗仪式。

随后，方燕将彩色塑料铃铛发至每个人手中，并站在自己班的队伍前面领操。

操场上，孩子们显得很开心，也许是有我这个刚刚认识的大朋友跟他们一起参与锻炼，他们显得特别兴奋，表现欲也特别强。动作并不难，无非就是动动手动动脚，扭扭腰，但有了手上的彩色铃铛，整套操显得很好看，也很好听，每个孩子都能顺利完成这一整套动作。在这个欢快的场景里，我问身边一个漂亮的高个女孩：你今年几岁啦？对方满脸天真又认真地回答：我两岁。我的心瞬间随之一沉，思绪一下将我拉回了现实。

放下手上的铃铛，方燕带着孩子们开始绕着操场和教学楼晨跑，一圈又一圈，跑得并不快，走也没关系，很快身上就暖和了。跑完后，又一遍铃铛操。早晨这一整套运动下来，就近半个小时。方燕告诉我，适度的体育锻炼，对孩子的康复特别重要。

第一节课，方燕给孩子们上生活语文课。

他们都是八年级的孩子，也即在衣裳街学校已经学习了整整八年时间，他们中有来自星星的孩子，有糖宝宝，也有极重度智障的孩子，他们有的已经能识好些字了，而有的还只停留在写笔画横和竖的阶段，但这并不妨碍他们已经成为全校公认的学习最好的学生。

课前，方燕在教室里给孩子批改前一天布置的抄写作业，大家都很踊跃，因为又可以有机会得到五角星了，在黑板的一角，每位孩子的名字后面都可以为自己的优秀表现画上五角星。

"小伟这次作业写得很不错，三颗星。"

"好的！"高个男孩小伟得意地利索地在自己的名字后面添了三颗星。

趁此，我跟身边一个女孩子聊天，16岁，来自福利院，她说方老师对她最好，最喜欢方老师喊她小名——娃娃。

几天的雾霾后，今天难得出现了透亮的阳光，晒进教室暖暖的，与孩子们坐课堂听课的感觉很棒。

上课铃响，师生问好。

"请同学们将课本翻到第七课。"

"第五课后面是第六课，第六课后面才是第七课。"方燕帮一位孩子翻着语文书。

"今天我们是复习课，昨天我们学了四个生字，同学们再来回忆一下，昨天我们学的词组……"

……

一番强化复习后，方燕让大家合上课本，发给每位孩子一张测试小卷子，内容依旧是针对这四个生字的重复抄写和组词。仔细看后，我发现每个孩子拿到的卷子并不完全一样，有些要求孩子抄写四个字，有的只要求抄写三个，有个孩子不用组词练习，还有一个孩子只需要练习笔画横和竖。9 名学生，总共 4 种不同卷子。

方燕告诉我，这是她针对每个孩子出的不同的卷子。如此重复的练习，如此简单的知识点，在这个课堂上，让每个孩子完成也不是一件容易的事。她不停地在教室里给有需要的孩子指导。

"大家好好写，完成了给你们吃好东西哦！"一边手把手地教，一边用哄小孩子的语气鼓励大家。

"哎，钱，还能组什么词？哦，存钱？！老师，存怎么写？"小峰在课堂上向老师发问。

"用你的小脑袋好好想想，老师知道你一定会想出来的！"

方燕虽然这么说，还是会不时给孩子们一些小提醒。活跃的小峰这时忍不住夸起老师来："还是我们方老师厉害，我们可佩服你了！"

35 分钟的一节生活语文课就在不厌其烦地强化记忆中结束。方燕说，即便这样，放一个寒假再上来，有些孩子能记住的东西也就只剩下 10% 了。

且不论孩子们能在这 35 分钟的课堂学到多少，这样有序的课堂纪律，师生间良好的互动，来之不易。

八年前，当这些孩子刚踏进衣裳街学校的校门时，学习常规的培养让方燕记忆尤深。35 分钟的课，学生能坐定的最多 5 分钟，其余的 30 分钟就是满教室逮人，这个孩子刚坐下，那个孩子又跑开了，基本靠扯着嗓子喊。一天七八节课，常驻自己班级。五天下来，变成公鸭嗓是常事，到周末往往就完全发不出声了。等到下周一嗓子稍恢复，一周下来又失声了，如此周而复始。

一年级的第一学期，方燕反反复复就教了18个汉字，有些孩子还是没法全部掌握。生活技能的培养也是一项极大挑战，吃饭、洗脸、洗手、上厕所、拉裤子、穿鞋子，一遍遍地教，重复再重复，直到他们学会为止。

"长这么大，从没这么辛苦过！"这是方燕最真实的体会。

"在他们二年级时，我就可以顺利开课了。"一年下来，孩子们的进步方燕都看在眼里。

小伟，当时吵得最凶的一个孩子，上课时满教室跑，动不动用拳手教训同学。一次午休时间，把一位同学头皮打破。为了彻底治愈小伟爱动手打人的坏毛病，事后，方燕特意坚持让小伟的爸爸当小伟的面将几百元的医疗费和一大袋好吃的东西交到被打同学家长手中，小伟看到自己的行为所付出的这些代价，之前又挨了爸爸的一顿教训，内心触动挺大，也渐渐明白了自己错在哪里，真的改掉了这个坏习惯。

还有个孩子，爬到窗台上就想往下跳，亏得方燕及时制止。这样的"混战"场面让我难以想象出来要如何去招架。

然而，方燕却说"吵闹的孩子我并不怕，就怕不说话的孩子"。说起班里一个极重度智障的孩子，刚来时不说话，永远低着头，指出她不对的地方时，她的第一反应就是紧紧抱住自己的头，还会无缘无故地哭或者笑。有时候还会出现癔症，回家会无中生有地告状：说是老师在学校里打她。现在，虽然认字学习方面还存在很大困难，但生活都能自理了，上课也能抬起头来了，性格更是开朗多了。

可以说，方燕掌握着班里每个孩子的痛点，什么事物对他们来说是强化物，她也了如指掌。

小丹，学校老师们公认的乖乖女。父母都是打工族，没时间与这个先天有缺陷的女儿作更多的沟通。有一次她在家里竟企图用剪刀捅死自己的亲妹妹。方燕得知后很震惊，给予了她更多的关注，就连她妈妈也直言："我女儿就听方老师的话！"

一次小丹额前的刘海长了，扎着眼睛还影响视力，方燕就拿起剪刀自己动手给她修剪了。当刘海再长长时，方燕让小丹回家叫妈妈修剪下，谁知好多天过去了，刘海依旧。小丹妈妈告诉方燕，女儿不让剪，说别人剪的都没有方老师剪得好。

"方老师剪的头发可好看了！"这个消息由此在班里女生中传开，娃娃直接对方燕说："我头发长了，也帮我剪一下呗！"另一个孩子则显得更含蓄些，每当方燕走过她身边，就甩甩头发来一句："头发长了，剪了，剪了！"

眼睛很小，却很壮实，方燕爱叫他小眯眼。平时住校，周末回漾西的家。因为家长没有时间接送，四年级时提出想让孩子自己乘车回家。说实话，方燕挺担心的，第一次，她护送小眯眼上了开往漾西的城乡公交，千叮咛万嘱咐，让他路上任何一个站点都不能下车，还给他爸爸打了接站电话。第二次，方燕送小眯眼到衣裳街口，帮他叫了一辆三轮车去车站坐车，并关照三轮车夫一定要看着孩子上车。第三次，第四次就送到衣裳街口。现在周末一个人回家对小眯眼来说已经是小菜一碟了。

"孩子的表现让我感到很骄傲，去年暑假，小眯眼还在姑姑的厂里打了两个月的工，挣了两千多元的工钱，充当今年的生活费呢。"方燕言语间尽是对小眯眼的赞叹。

回忆这八年来带这个班的孩子，方燕总结道："在他们三年级前，我属于虎妈的类型，那时跟他们讲道理他们根本听不懂，只能从我严肃的表情知道自己犯错误了。六年级前，我的角色是半慈母、半虎妈，而现在，我可以完全对这帮孩子放心了，只要一个眼神，孩子们就知道他们的行为惹我生气了，立马改正。"

这些年来，孩子们也将方燕视作最好的伙伴，只要老师布置给他们的任务，他们不折不扣地去完成。像每天早上打扫教室和包干区的劳动，每个学生都尽心尽责，像早读，不用老师在教室督促，大家都会认真执行……

孩子们会很自然地把方老师当作妈妈，有任何生活上的需求都会向方老师提要求。

比如护手霜啦、手套啦、糖果啦，甚至还有女孩子会跟方燕要卫生棉，她们都说方老师的好，自己的质量太一般。有时方燕也会跟他们开玩笑："你们什么都跟我要，下次挣钱了要还我哦！"

课余，方燕买来滑板，孩子们可开心啦，都在那里练。有一天，欢欢神秘地将方燕拉到操场上："老师快来，我给你变个戏法看看。"

只见他在地上放一个塑料杯子，人在滑板上滑过的瞬间迅速弯腰将杯子捡起来，看得方燕直为孩子鼓掌。

33岁，从事特教13年，当时还是个20岁小丫头的方燕如今已经成为一名衣裳街学校的特教老师了。

说起选择这份职业，她坦言自己从小在德清山里长大，为了跳出农门，初中毕业后选择了中专，读的专业是当时校长推荐的特殊教育专业。之初她对这个专业并不了解，直到进入学校上了一门视频教学课，看到极重度的脑瘫儿时，内心极为震撼，才真正意识到自己的未来将和这些特殊的孩子连在一起。

毕业后来到衣裳街学校任教，成为这所学校当时仅有的三个特教专业毕业的专业老师之一，接手一个五年级班。当时五年级的孩子已经具备了良好的学习习惯，所以在教学上，方燕感觉挺顺利，课堂上提较有难度的问题也能得到孩子们的回应。

然而，工作两年多后发生的一件事让她一度对这个职业产生了动摇。有一天中午，她正和学生一起在食堂吃饭，突然大家都闻到了一股臭味，有孩子当场喊道："谁放屁了，这么臭！"随后，方燕断定应该是哪个孩子拉大便了。连忙放下手上吃了一半的饭，一个个扒开孩子的裤子挨个检查。

果真，一个15岁的孩子将大便拉在了裤子上，整个屁股都是黄黄的一片。那可是在12月的冬天，方燕二话没说就带着孩子去了厕所，端来一盆温水，脱下孩子的裤子，一遍又一遍地将她身上的污物冲洗干净。满地的大便污物和散发出的恶臭，在给孩子洗好换好后，她终于没忍住，大吐了一场。那天，她委屈地哭了，甚至想放弃这份工作继续去读大学。

不过，一转身她似乎就忘了这事儿。只是没想到的是，后面还有更严重的状况等着她。一天她在三楼的音乐教室练习打鼓，突然从身后传来一阵声嘶力竭的吼叫声，还没等她反应过来，脖子就被重重地砸了一拳，当场晕了过去。原来，是隔壁教室的一个孩子对声音比较敏感，那天听到了方燕的鼓点声，产生了精神上的异常反应。在医院，医生告诉她，如果那一拳再往下几公分，人肯定就瘫了。

家人得知这件事后，集体反对方燕继续干这份工作。第一个全力反对的就是外婆了："我们不做了，再做下去命都要没了，赶紧回德清找份别的工作，任何工作都比这份工作强！"

父母也表示，在特殊学校工作听上去也不是很体面，还得遭这份罪，方燕还小，不如让她继续去深造呢。

"那时工作已近三年了，对这些孩子有感情啊，特别是看着我一直关注的个案在一点点转变，一点点进步，真的不舍得放弃啊！"

在学校阳台上，坐在温暖阳光下，听方燕讲述了过往的那些个案，娓娓讲述间，我再一次为这位特教老师的用心和努力震撼了。

小午的特奥梦

小午，16岁，轻度智障，主要是学习障碍。长相高大帅气，经常参加学校文艺汇演节目的排练，舞蹈跳得也不错，节奏感很好，所以在打击乐器方面有一定的天赋，体育成绩也相当棒。这样一个各方面表现不错的学生，突然开始迷恋上打游戏机，打架，甚至还被送进过派出所。方燕执着地认为，小午是个可教育的孩子，自己有责任把他从边缘给拉回来。

家访，父母双双下岗，家里经济条件很差。一家三口吃喝拉撒全部在一间没有阳光的10多个平方米的房子里。爸爸经常酗酒，频频对小午施行暴力。妈妈就在一边无助地抹眼泪，求老师不要放弃孩子。"但凡一个有责任感的老师，都不会让这样的一个孩子听之任之的。"这是方燕家访后下的决心。

于是，下班后不回家，方燕就骑着自行车，在小午频繁出入的网吧中搜寻，"要么是在星火附近的网吧，要么是在朝阳街那里的一个网吧。如果两个网吧都没人，那么肯定是窜出去玩了，我就会骑到老汽车站那边再去找找。"次数多了方燕都找出经验来了，常常逃不过这三个地儿，准能将小午给领回来。

每次找回，当然少不得一番批评教育，可那些对小午根本不管用，你越批评他，他把头偏得越高，让方燕颇伤脑筋。一次在网吧找到小午后，见他游戏打得正嗨，方燕将计就计："这么好玩也让我玩玩呗，来，赶紧，教教老师怎么玩。"

这下，小午来劲了。大方地给了方燕几个游戏币，并热心地教她怎么玩。同样的游戏，小午能一下冲二三十关，而方燕勉强过两关就GAMEOVER了，方燕见机故意问道："你怎么这么厉害啊，为什么老师总是冲关冲不过啊？"小午喜形于色。

就这样方燕跟着小午打了两三次游戏后，小午渐渐愿意与方燕交流内心的想法了。可几天后，她听到同学反映小午开始抽烟。家访，原来家里最近开了个小卖部，小午不仅偷家里的香烟自己抽，还将香烟偷出来卖给别人用来买游戏币。

"算了，就当我没有这个儿子！"爸爸当着方燕的面绝望地甩出一句话。妈妈再一次用泪眼求方燕："老师，如果连你也放弃我儿子，我们以后该怎么办啊？！""面对小午妈妈期待的眼神，让我没办法拒绝，觉得我身上承担的不光是责任二字了。"找人依旧，教育依旧。

小午从外面跑回学校，一改往日的我行我素，一个大小伙子，竟在方燕面前哭鼻子："我在外面打架了，他们取笑我是白痴，不跟我玩。"

"你要别人喜欢你，尊重你，你必须先尊重你自己。喏，去省里拿几块金牌回来，看他们还会看不起你么！"适逢学校组建省特奥会运动队，方燕用这样的方式想激起这块体育苗子的好胜心。

为了证明自己，小午暂时将注意力转移，全身心地投入到特奥会的集训中。7月里，烈日下，小午和学校几个小伙子在训练操场上相互较劲，一天下来，衣服都要跑湿好几回。

果不其然，省特奥会上，他一举拿下好几枚金牌，还与另一学生入选省队，参加了全国特奥会，两人顺利摘得两金两银三铜。

那段时间，小午表现特别好，逃课的事情再也没有发生过，当然游戏瘾彻底戒掉还不现实，偶尔，他还会去玩一小会儿，但懂得自控了。

小清的书法梦

小清，一个有跳舞天赋的女孩，全校老师都将她捧在手心里。来衣裳街学校念书是因为有严重学习障碍。比如老师让大家一个学期学150个字，她最后掌握的，连50个字还不到。

除了学习成绩，在音、美、体、劳等方面样样出色，小清成为学校骄傲的小天鹅。方燕作为小清的班主任，理所当然也是对她宠爱有加。

有一次，她带着小清去找专业的音乐老师学乐谱，音乐老师连夸小清比普通学校的孩子接受能力还要强。方燕原本想自己也跟着学，好回去再给小清做些指导，没想到的是，方燕在学习的过程中发现，小清在学谱方面很有灵气，不好意思道："老师，你直接教孩子得了，我学得还没她好呢！"

舞姿美，与小清平日里的刻苦练习分不开，从不喊苦，最多是在压腿时实在太疼了，掉几滴眼泪，最后都能坚持下来。为备战特奥会练习中长跑，膝盖摔破了，流血了，她爬起来继续跑，老师让她赶紧停下来休息，她却倔强地表示，就算走也要走到终点。

相处时间长了，方燕也发现小清身上的一些问题。骨子里那种坚持到底的毅力，正是来源于极强的自尊心，容不得别人比她好，经不起挫折。知道老师都喜欢她，与同学交流时，眼睛总会不自觉地往上抬，一副目中无人的态度和神情。"我决定把她的这个毛病拐过来。"方燕展开了一套心理战术，发现苗头不对，就有意冷她一阵，让她心里有落差，然后再找准机会与她谈心："对小清这样的孩子不能一味惯，也不能一味打压。"

另外，针对小清浮躁的心理，方燕在课余教她练起了硬笔书法，家长也挺配合，还专门给孩子报了一个软笔书法培训班，风雨无阻地练习书法，冬天，练出了一手冻疮，夏天，练出一身臭汗，但是收获颇丰，小清和那些普通习书孩子同场写字，摘得了很多奖项呢。

英子的电声乐梦

方燕的特教生涯中，曾组建了省内第一支特殊孩子的电声乐队。在这支电声乐队中，就是电子琴手英子又创造了方燕特教生涯的一个奇迹。

英子是一个重度智障的孩子，已经20岁的大姑娘了。10以内的加减法都不会，认识的汉字也没几个，在别人眼里，她就是个一无是处的大孩子。家里有一个长得既聪明又漂亮的妹妹，父母对她就更加漠视了。

内心缺乏家人关爱，渐渐显现于人际交往上。"其实她有与人说话的欲望，可又不敢，面对谁都是怯怯懦懦的。"方燕说，英子每次跟她说话都是妹妹干吗干吗，爸爸如何如何，话题永远没有她自己。

家人放弃了她，方燕不愿意放弃。她想为英子做的是，让其父母看到自己女儿的优点，起码让他们看到那丝希望。家访时，总把肯定的一面带给家长，有一分的优点，往往会放大到十分。哪天英子一天学会了三个字，她第一时间打电话讲给家长听。

就是这样的一个孩子，能让她掌握电子琴这种乐器吗？之初，方燕也作过思想斗争：乐理不通，智商不高，也预见了将面对的辛苦和挑战。最终，为了挽回英子父母对她的爱，方燕决定不管如何尝试一把，挑战这个几乎不可能完成的任务。

在每个键上标注"哆""来""咪""发""嗦""啦"……可即使这样，光找键这一项就花了一个星期。接下来，遇到更大的问题是如何把章节连贯起来，无论怎么讲解，英子都没办法领会这个连贯的动作。方燕干脆抓着她的手指手把手地练，当练到一个多月，仍没有丝毫进展时，方燕的内心也不由自主地打起了退堂鼓，开始想这样做是不是值得，要是换一个轻度智障的孩子来学琴，半年时间可能就能上台表演了。

"每次练琴结束，我就想：算了算了，放弃吧！可新的一天开始，我又很自然地去把她带出来，让她再练一次。"方燕说，就这样，坚持了一年，英子能弹一首简单的歌曲了，有了这一年的基础，随后一个月便学会了第二首曲子，再一个月学会了第三首……她真的创造了一个奇迹，就连英子的父母也不敢相信，自己的女儿竟然学会了弹琴，并成为了学校电声乐队的一员，惊喜之余对方燕感激万分。

每逢电声乐队耀眼地登台演出时，方燕都会让英子的父母坐在台下观看，看着舞台上光彩夺目的孩子，听着台下雷鸣般的掌声，父母对孩子的爱和希望也在这里渐渐重拾。英子的节目参加浙江省特殊学校文艺汇演，捧回了一等奖。并受邀在浙江省音乐厅为杭州的机关干部进行表演时，家长露出了欣慰的笑容。再去家访时，家长居然开始向方燕炫耀起孩子来：每天都坚持弹琴2个小时，而且越弹越好了，有时家里来客人，还能露一手了！在这个四口之家，方燕感受到了幸福，无论是英子，还是家长，都笑得那么灿烂。

如今，方燕所教的学生有些已经回归到普通学校就读，有些已经参加工作自食其力，毕业了的孩子还会常回学校来看望她！她说："对于我来说，最大的快乐和成就感并不是孩子们取得了多么傲人的成绩，而是在这些孩子步履蹒跚时，我搀扶着他们走过崎岖，看到人生最美好的风景——像同龄人一样快乐、幸福地成长，和常人一样露出自信、灿烂的笑容。"

在方燕眼里，智障孩子虽然不聪明，但很纯真，这种纯真常常感动她，让她觉得自己的付出是值得的。

当我觉得看着那些孩子特殊的面部表情很心疼，方燕却说他们很可爱，特别是糖宝宝，老师们人见人爱。

每位老师都希望自己的学生成名成才，桃李满天下，可是作为一名特教工作者，也许一辈子与这种成就感无缘。普通学校的老师教龄满30年，学生人数甚至会上万，而方燕，达到同样的教龄，学生总量却不会超百人。方燕说，以这样一种格式来讲的话，那是没法衡量的。

一位普通学校的老师来这里体验，当她跟那些流着鼻涕的孩子一起吃饭，看着老师还放下碗筷给他们擦鼻涕时，她私下里偷偷跟方燕说："在这里吃饭我真的吃不下。"

"做这份工作，要抱着一种为家人为孩子积德的心态，相信好人有好报。"方燕说，面对这些孩子，有爱心是最基本的，还得有超乎寻常的耐心。

此外，学校女教师普遍面对着另一个重压，就是生孩子前来自于家人和朋友的所谓胎教说：每天与这群特殊的孩子在一起，会否影响肚子里的宝宝的健康。方燕坦言，自己当时怀女儿时也曾纠结过，家人纷纷劝她请假在家休息，但她就是闲不住，总是忍不住走进衣裳街的这条小弄堂里，直到生产前夕。

方燕的女儿今年6岁了，已经长成一个漂亮的小姑娘了，可每当说起妈妈，小姑娘的评价总是："妈妈一点也不温柔。"

对此，方燕也心存愧疚，因为在学校一天工作下来，回到家就很累，也会产生一些烦躁心理，这时需要更多自我调节的时间，她很少抱女儿，当女儿缠着要她帮忙做这样做那样时，她真的已经力不从心了。方燕的办法是，从小就培养女儿的自理能力。一周岁多一点，就能自己独立吃饭，现在不管是在家里还是在外面，吃饭都不用大人操心。小小年纪，已经会帮妈妈洗碗，打扫卫生，旁人听了都忍不住批评道："你这个妈妈真狠心哪，这么小就让你女儿干活啊！"

置身喧哗的都市不起眼的一隅，方燕和她的孩子却自有一方天地：没有奥数，没有没完没了的作业和考试，甚至少了匆忙奔走的脚步。每个人都那样恬静自然，老师坚守清贫和孤独，孩子们拥有最纯洁、最本真的心灵。

在这里，教育终于归顺本义："通过对学生生活能力、劳动能力和社会交往能力的培养，让他们成为自食其力的劳动者。"

回归教育的本意，让我们看到了他们脱胎换骨的魅力——即使是智商有缺陷的孩子，也有着和普通孩子一样美好的心灵，有的还是某些方面的天才：他们中有运动健将；有优秀的舞者；有的孩子节奏感好得惊人；有的刚进学校时智力很低，却在老师和家长的共同栽培下掌握了一门乐器，活跃于舞台……

　　回归教育的本意，更让我们感受到了像方燕这样的一群特教老师们的坚守和付出，在整个教师群体中，他们是最默默无闻的一部分，他们的付出，缺少成绩单上那漂亮的数字，更无法拥有令人称道的升学率，然而，因为一份坚守，清贫的外表掩饰不住他们内心的富有。正是他们，把特别的爱给了这些特殊的孩子，搀扶着这群特殊的孩子去追寻自己的梦想。

刊于 2013 年 3 月《和春天一起芬芳》

赵孟頫：惟余笔砚情犹在

　　在中国书画史上有一个很有意思的现象：很多著名书画家都是皇族后裔。比如，李唐皇族后裔里擅画马的汉王李元昌、擅草书的鲁王李元婴和魏王李泰，擅长山水画的彭国公李思训；赵宋皇族后裔赵孟坚；朱明皇族后裔石涛、八大山人；清雍正皇帝的七世孙启功等等。以上这些名家虽然已经非常"牛"了，但比起赵孟頫，还是差了不止一点点。

　　赵孟頫（1254—1322），南宋末至元初著名书法家、画家、诗人。字子昂，号松雪、鸥波，别称赵吴兴。宋太祖赵匡胤十一世孙、秦王赵德芳嫡派子孙。四世祖崇宪靖王赵伯圭因获孝宗赐笔第于湖州，所以赵孟頫一脉遂为吴兴（今浙江湖州）人。在湖州甘棠桥的赵孟頫故居旧址纪念馆里，讲解员每天都在讲述着赵孟頫的书画人生。

荣际五朝　官居一品

帝王均为之倾倒

1282 年，元世祖忽必烈见国势渐稳，为了巩固统治，令行台治书侍御史程钜夫"搜访遗逸于江南"。于是作为最重要的"统战"对象赵孟頫被强行带到了程钜夫面前，然而赵孟頫却以"尧舜在上，下有巢由，今赵孟頫贯已为微箕，愿容某为巢由也"婉拒了，程钜夫"感其义"，将其释放了。四年后，程钜夫再次奉命下江南"搜访"，而他寻访的 24 名士人中，又有赵孟頫，且为首选。这次赵孟頫没有拒绝。第二年到达大都后，心情忐忑的赵孟頫还获得了单独觐见忽必烈的机会。

元世祖一见到赵孟頫，便为之倾倒："神采秀异，珠明玉润，照耀殿庭"，令世祖皇帝惊为"神仙中人"，第一次召见就破格让他坐在右丞叶李之上。授兵部郎中，从五品。

从政之初的赵孟頫，为元世祖起草诏书，他才气横溢，往往能"挥毫立就"，而世祖认为其"得朕心之所欲言者"，并特许他自由出入宫廷。

在朝五年，赵孟頫深知伴君如伴虎，所以当年迈的元世祖让他充当耳目，似乎非常信任他时，他却"自是稀入宫中，力请补外"。至元二十九年，赵孟頫以朝列大夫、同知济南路总管府事出守济南，从四品官。

元贞元年夏，元成宗以修《世祖皇帝实录》召赵孟頫进京入史院，并将其升任集贤直学士。

1308 年，元武宗继位，赵孟頫再升为翰林侍读学士，次年又升为集贤侍讲学士、中奉大夫，官从二品。

对赵孟頫最为倾心的，当属元仁宗。仁宗皇帝对赵孟頫的推崇几乎到了无以复加的程度："文学之士，世所难得，如唐李太白、宋苏子瞻，姓名彰彰然，常在人耳目。今朕有赵子昂，与古人何异？"古代尊对卑可直呼其名，而卑对尊或同辈之间多称字，称字表达亲切与尊敬。元仁宗对赵孟頫称字而不称名，其得贤之喜与尊贤之心可见一斑。仁宗皇帝还总结出赵孟頫七个别人比不上的"好"："帝王苗裔，一也；状貌昳丽，二也；博学多闻，三也；操履纯正，四也；文辞高古，五也；书画绝伦，六也；旁通佛老者，造诣玄微，七也。"总之就是出身好、长相好、学问好、人品好、文章好、书画好、佛道理论也好。

1313年，赵孟頫先任翰林侍讲学士，后转集贤侍读学士、正奉大夫。1314年，迁集贤学士，资德大夫。1316年，再拜翰林学士承旨，荣禄大夫，这时的赵孟頫已经官至一品，推恩三代。从元世祖开始，赵孟頫备受帝王恩宠，至此达到登峰造极的高度。后来，赵孟頫年事已高，有一段时日未到宫中，仁宗问其缘故，有人说他因为年老畏寒而不能来。于是，仁宗敕御赐貂裘服慰问。

元英宗即位，对赵孟頫推崇依旧如前，并命他缮写《孝经》，可见朝廷对他的倚重。赵孟頫以年迈体弱要求致仕，终于得到朝廷的应允，后英宗还遣使至吴兴慰问病中孟頫，并赐衣酒。

1322年6月16日，赵孟頫犹在吴兴故里宅第观书作字，谈笑如常，晚上翛然而逝，时年69岁。十年后，朝廷追封其为魏国公，谥文敏，以示他对文化的成就。

蒙古族人以铁蹄灭了南宋，赵孟頫作为宋皇室后裔，却终以优秀的文化艺术征服了蒙古族大汗的子孙。能在少数民族统治中国的历史阶段将汉族文化的艺术精神薪火相传、发扬光大，这是何等的难能可贵！

追随二王　自成一体

开拓创新的复古

赵孟頫在书画艺术上的辉煌成就，元代时期备受帝王、文人推崇外，一样实力圈粉了明清两代帝王，尤其是乾隆帝，简直就是赵孟頫的头号粉丝。备受名家喜爱的超级偶像赵孟頫，其实也有自己的模仿对象，也追过星。

赵孟頫早年学智永的书法，结体方阔，捺笔较重，用笔精致遒劲，结体谨严而富于变化莫测。除了智永，赵孟頫还学过颜真卿、米芾等多位名家书法，字字沉雄纵逸，笔笔圆劲存神，与其中晚年书作风格迥异。

可以看出年轻时的赵孟頫是个好奇宝宝，不满足于一种风格，乐于尝试不同的表现方式，上下而求索。直到所谓四十不惑，赵孟頫开始远师晋唐，转向王羲之、王献之呈现的灵动秀逸的中和之美。赵孟頫对二王的爱，也表现于临摹，而且还不是一般的临，而是临了好多件，临到严重上瘾。王羲之的《兰亭序》现在所知的赵孟頫临本，高达10个版本。临了这么多遍还不过瘾，赵孟頫还为《兰亭序》题了13段跋文！赵孟頫57岁时奉诏再次从吴兴前往大都，好基友独孤淳朋赶来送别，把《宋拓定武兰亭序》让给了他，可以想象当时赵孟頫之欢欣雀跃。就在乘船去往大都的一个月时间里，赵孟頫多次为兰亭序写跋，不知不觉就写了13段。临书最勤的赵孟頫还曾自题："余临王献之《洛神赋》凡数百本，间有得意处。"

但赵孟頫的模仿非常高明，由于他平生过目的书画很多，往往可以从中吸收各派大家的技巧精髓，融会贯通，最终形成自己的风格。世人多评价他"上追二王，后人不及矣""直接二王，施之翰牍，无出其右"。

在中国书法历史上，有四位以楷书著称的书法家，合称"楷书四大家"，他们是欧阳询（欧体）、颜真卿（颜体）、柳公权（柳体）、赵孟頫（赵体）。前三位大咖皆为唐人，唯赵孟頫为元朝书法家。

初唐时期的欧阳询发扬晋唐笔法，楷书于平正中见险绝，创立了"欧体"；盛唐时期的颜真卿，一变流美秀丽的书风，形成雄秀壮美的"颜体"，具有恢宏磅礴的盛唐气象；晚唐时期的柳公权，融合欧体和颜体之长，自成一家，创立了骨力刚健的"柳体"。楷书发展到这个阶段，已经到达了巅峰。后代书家的工楷写得再标准规范，再端庄俊美，也难以超脱欧颜柳三家的窠臼。到元朝的时候，书坛盟主赵孟頫正本清源，高举复古的大旗，提倡回归晋唐，提出了"用笔千古不易"的理论，赵孟頫在继承前人楷书笔法的基础上，承前启后，终成一代楷书宗师。

比对这四大家的楷书，赵孟頫楷书在于他创造了具有行书笔意的楷书风貌，雄浑而不失秀美，端庄而不失灵动，这是区别于欧颜柳工楷的独特气质。

吴兴八俊　名满四海
翰墨为元代第一

元朝是士人进取无门的时代，他们在无奈的现实面前以无奈的心绪开始重新寻找个人位置。湖州清远秀丽的山水，成了他们栖居生存的理想境地，而湖州的文化传统更是培育和成就了"吴兴八俊"这一地域文人团体，并给中国的书画文化发展带来了深刻的影响，当时，最年轻的赵孟頫跃居"八俊"之首。

赵宋皇族是一个有着深厚艺术传统的家族，崇文抑武的政策成就了大批才情风流的文人雅士。在宋朝皇帝中，宋仁宗赵祯画马很出色，宋徽宗赵佶书画皆精，宋高宗赵构精于书法。这样一个富有文化气息和艺术情调的家族为赵孟頫创造了得天独厚的艺术环境，加上赵孟頫本人的聪明和勤奋，最终成就了他在中国书画艺术史上举足轻重的地位。

赵孟頫的官声甚好，足见其不忘初心。同时代的前史官杨载评价赵孟頫的才能"颇为书画所掩，知其书画者，不知其文章，知其文章者，不知其经济之学"。明代王世贞曾说："文人画起自东坡，至松雪敞开大门。"王世贞的话客观公正地道出了赵孟頫在中国绘画史上的作用和地位——中国文人画从赵孟頫开始才逐渐成为画坛主流。

大名鼎鼎的清代才子纪晓岚更是对他推崇备至："论其才艺，则风流文采，冠绝当时，翰墨为元代第一。"

赵孟頫的一生其实是尴尬的。本出身宋朝宗室，在时代的大背景下无奈出仕元朝，就这样，一个本该受到膜拜和称颂的大才子，在身后的几百年间，却因为"气节问题"，被后代文人极尽轻侮。

其中就以明朝的董其昌和傅山最为瞧不上眼。

董其昌与赵孟頫并列为"赵董"，谥号又同"文敏"，是赵孟頫后，清代皇帝最推崇的大书法家。他对于赵孟頫的字批评了一辈子，也较了一辈子的劲，动辄就拿出赵孟頫的名字，批斗他无骨气，书法媚世。直到晚年才认识到："余年十八学晋人书，得其形模，便目无吴兴；今老矣，始知吴兴书法之妙。"意思就是我十八岁学习晋人书（实际上主要是学习王羲之），就看不起赵孟頫，到现在我老了，方知他书法之高妙。评赵孟頫"书中龙象"，"超唐迈宋"，"临摹之风韵不及十分之一"。

另一个明末大家傅山，对于气节更加看重，誓死不降清，誓死不做清朝的官，直到七十二岁时，有人把他捆绑起来，送到京城去参加那里的科举，他居然挣脱绳索跑回来了。也正因为他自身对气节的重视，便非常瞧不起赵孟頫，并以此为由骂了赵孟頫一辈子。骂就骂吧，他还学赵孟頫的字。学完之后，又要以恶毒之语来攻击赵孟頫：我一学赵孟頫就像，可是学王羲之就像不了，看来学君子很难，不容易像，学小人、学匪人却容易像。但是到了晚年，傅山思想稍稍转变，专门写诗怀念起了赵孟頫："秉烛起长叹，奇人想断肠。赵厮真足异，管婢亦非常。醉岂酒犹酒，老来狂更狂。斫轮余一笔，何处发文章。"诗里，傅山把赵孟頫称为"厮"，将赵孟頫的夫人管道升称为"婢"，虽然对他们还是充满了鄙薄，但开始肯定赵孟頫的艺术成就。

鉴于赵孟頫在美术与文化史上的成就和贡献，1987年，国际天文学会以赵孟頫的名字命名了水星环形山，使其名传天外。

仕隐两兼　挚爱一生

惟余笔砚情犹在

上天自有最好的安排，才华横溢的美男子赵孟頫遇上了世间少有的才女——精通诗书画、笃信佛法的管道升。

在"女子无才便是德"的时代，管道升被封为魏国夫人，世称"管夫人"，与东晋的女书法家"卫夫人"，并称中国历史上的"书坛两夫人"。管道升是元代唯一留下名字并且有真迹传世的女书画家。她擅长画兰竹，有《竹石图》等名作流传了下来。

元仁宗曾命她书写《千字文》，并把赵孟頫、管夫人及子赵雍的书法合并装裱为卷轴令秘书监珍重收藏，并不无得意地说："令后世知我朝有善书妇人，且一家皆能书，亦奇事也。"

有意思的是，赵孟頫直到35岁那年才娶了27岁的管道升，典型的晚婚。于赵孟頫而言是先立的业后成的家，于当时已属大龄剩女的管道升而言：终于等到你，还好没放弃。他们还是一夫一妻制的爱情典范，在当时一夫可多妻的年代，赵孟頫只娶了管道升一位夫人。据说，赵孟頫也不是没有动过纳妾的心，年近五十的赵孟頫官运亨通，也开始爱慕起年轻漂亮的女孩子起来，而他又不好意思向妻子明说，可文人有文人的办法，作首小词先探探妻子的心：我为学士，尔做夫人，岂不闻王学士有桃叶、桃根，苏学士有朝云、暮云。我便多娶几个吴姬、越女无过分，你年过四旬，只管占住玉堂春。夫人管氏读后自然很不高兴，可又不便公开吵闹，聪慧的她采取了与夫君同样的办法，回了一首《我侬词》：你侬我侬，忒煞情多，情多处，热似火，把一块泥，捻一个你，塑一个我。将咱两个，一齐打破，用水调和。再捻一个你，再塑一个我。我泥中有你，你泥中有我。我与你生同一个衾，死同一个椁。《我侬词》既代替回复夫君，又用来表达她自己的心音。赵孟頫果然"大笑而止"。1319年，管道升重疾来袭，两人得旨南归，不幸的是，管道升逝于山东临清的船上，赵孟頫与儿子赵雍护柩回吴兴。三年后，赵孟頫随妻而去，并嘱子孙将自己与夫人合葬于德清东衡山，至此也完美实现了"我与你生同一个衾，死同一个椁"的爱情神话。

而赵孟頫与管道升两人情投意合，留下了诸多佳话的同时也留下了一桩"公案"——《秋深帖》的代笔问题。《秋深帖》共十八行，132字，现藏于故宫博物院。今世研究者多认为这是赵孟頫代夫人所书。后世争议之处，在于结尾处的署名，繁体字的"升"字，略有涂改。善于联想者就认为，当时夫人正忙，而赵孟頫有闲，于是代夫人给姊姊写信。前面脑子里还记得是替夫人代笔，写到后面却忘记了，一愣神儿，把落款写成了子昂，深感不妥，于是改成道升。这样的细节，足见夫妻情深，想想也是够浪漫的。

所以大部分专家认为，《秋深帖》应该是赵孟頫代替夫人所写。从字迹上看，《秋深帖》笔体温和、典雅，正与赵孟頫的行书特点相契合。

更难得的是，管夫人不仅是最才的女，还是最贤的妻。

赵孟頫在外为官，家中诸事皆由夫人主持打理。管道升心地善良、持家有方，每每接济陷入困难境地的族人，扶贫恤孤颇有贤名，"至于待宾客、应世事，无不中礼合度"。

当赵孟頫因受偏见而无法施展抱负、因自惭而心情郁闷，反复书写陶渊明的《归去来辞》时，管道升填《渔父词》劝其归去："人生贵极是王侯，浮名浮利不自由。争得似，一扁舟，弄月吟风归去休。"这是何等的心灵默契！

因此，赵孟頫三十余载为官，四进四出，不是辞官不受就是告病还乡，每次都是朝廷召令才回，仕隐两兼。他写过一首名为《自警》的诗，"齿豁头童六十三，一生事事总堪惭。惟余笔砚情犹在，留与人间作笑谈。"在这首诗中，表面繁花似锦的人生并没有让他迷乱，只有"笔砚"才真正是自己的安身之所。

就这样，或许在寄情笔墨的岁月里，赵孟頫的内心才能得到些许解脱，与此同时，他将自己的文化与艺术理念融入其中。

刊于 2019 年 5 月 4 日《湖州晚报》

在太湖的南岸边画了一个圆

　　作家车前子说："'湖'这个字特别有意境，一边是个三点水，中间是个古，边上又是个月。你就是在水边，如果有月亮的话，你的确能起到一个怀古之心。"

　　在我看来，城市里面有湖的话，就像家里有收藏了。就像安大略湖之于多伦多，华盛顿湖之于西雅图，抑或西湖之于杭州，大明湖之于济南……

　　环湖皆州也，以湖名之，唯有湖州。

　　李东民是一位南太湖开发的擂鼓手和拓荒者。1997年，他出任总经理筹建起了太湖乐园，让所有湖州人的记忆中除了人民公园外，又多了一个太湖乐园。1999年，他在城市竞演现场清唱了一首《太湖美》，令湖州在一众竞办城市中脱颖而出，将全国极限运动大赛和水上运动引了进来。一时间，给南太湖带来了很旺的人气。

每当下班，同事们一个个急着赶回距太湖8公里的城区市中心的家。而李东民则喜欢一个人静静地走近太湖，与她对视，与她对话，与她一起感受彼此的呼吸。

李东民也深深知道，南太湖需要系统开发，可持续发展。于是，他和同事们开始为心爱的南太湖"招亲"：东望上海，北接江苏，西连安徽，65公里的黄金海岸线，滋养着独特的"山水林田湖"。这就是一块璞玉，等待深爱她的人来精雕细琢。

一下子，湖州太湖旅游度假区空前忙碌起来了。迎来了一批又一批怀有各种目的来太湖旅游度假区考察的开发商，有时候一天就会有好几拨。挑剔的"家长们"统一思想：接待一下，客气地送走。直到遇见郑生华。李东民发现：这个人与其他人不一样！这个来自大上海已经成功开发多个房产项目的郑生华，同样被湖州人对太湖不一般的追求深深感染。

时间沉默不语，却是最好的见证。

2008年，著名设计师马岩松带领着世界一流的设计团队设计出了指环型月亮酒店。然而，专家们集体反对：任何建设不能占用一寸太湖水域！马岩松团队始终坚持：没有水的依托，这个水上明珠作品就不存在！聪明的南太湖人想出了一个妙招：把酒店建在陆地上，周边挖出30多亩水域与太湖相连接。撸起袖子，干！一个"干"字，增加投入1500万元。

2009年，南太湖整体规划落实年，开启了热火朝天建设画卷。郑生华把家安在了太湖边，每天在工地盯着，一砖一瓦，一花一树，都亲自过问。尤其到验收阶段，郑生华走遍每个房间：要看得见太湖！装好的玻璃就是因为不够可视度，换！一个"换"字，又是好几百万。

2012年，太湖的南岸边奇迹般地升起了一个月亮。当年去迪拜考察帆船酒店运营的考察人员很感慨，当时无论翻译如何努力介绍，对方始终对湖州这个城市概念一头雾水满脸问号。当考察人员翻出工作证上的月亮酒店图标时，对方一下子频频点头竖起大拇指连声说"OK"。就是太湖南岸的这个圆，跨越了语言和国界……

作为建设南太湖的参与者、见证者和享用者，南太湖人很是自豪。

刊于 2020 年 8 月 16 日《浙江日报》

后　记

　　因为工作的原因，时有小文得以见诸报端，有一天有了出书的念头，还是兴奋了好一阵子，廿年的部分作品可以编撰成集，有一种要做母亲的喜悦。

　　真的准备出书时，着实有些发愁，廿年的书稿有些散乱，工作岗位几经变动，办公室多次搬迁，许多资料已经流失。向原单位资料室求助，发现居然报纸也有断档！想到又不能放下手头的工作专门整理，犹豫过。正当进退两难之际，老同事说，我可以帮你文字录入；我的良师益友郑天枝先生说，我来写序……整理、编辑、校对……前后忙碌了近一年，让我的书增色不少，在此一并感谢了。

　　翻开已经泛黄的报纸合订本，闻着淡淡的墨香，读着自己的拙作，虽然都算不上鸿篇巨著，但也是点灯熬油的心血。最后挑选了55篇作品，以采写的个人专访为主，也有描述人物群像的。他们有来自外地参与城市建设的民工，也有得到国家勋章的科学家，有寻呼台的接线员、高速公路收费员，有国庆阅兵式上的"飞天女侠"，有"新时期铁人"，也有"辽宁舰"舰长等等，他们都是各自行业里的骄傲。因为一次遇见，一次采访，我们认识了，成了朋友。有的再见，有的再也未曾见。

孩子出生要有名字，都希望给取个响亮的名字，出书也一样。前前后后想到并罗列了十几个名儿，又一一划掉，总觉得缺少点什么。一个深夜里，在通读一遍文稿合上后，闭上眼睛，脑子里像放电影似的回放着一个个当时采访的场景，想象着如果可以重新遇见，那会是怎样？激动得赶紧起身记下书名——如果可以重新遇见你，也是对文中所有采访对象的牵念和祝福吧。如此，足足折腾了一个多月，才算有了可以"报户口"的名字。说出来不怕女儿嫉妒，当年给她起名字都没这么费劲儿。

真正交付文稿时，内心其实是惴惴不安的。对于写作者来说，写下的每一个文字，都像农人种在土地里的庄稼，而我这个农人收获的果实显然是不够饱满的，色泽也不太鲜艳。只能恳请读者们原谅，也谢谢你的宽容。

2022 年 2 月 22 日
写于湖州长岛公园